美しすぎる少女の乳房はなぜ大理石でできていないのか

会田　誠

幻冬舎文庫

目次

「最後にオマケとして、僕の初連載エッセイ《VinTa!》の『れっつ！　ネガティブシンキング』を……」

美しすぎる少女の乳房はなぜ大理石でできていないのか

「まずは『星星峡』連載のエッセイを……」

北京でCM俳優をやった件

まだ北京にいます。

来る日も来る日もサラリーマンの死体の山を描き続けています。『灰色の山』というタイトルなんですが、描いてる本人の心も、しだいに重く沈んだ灰色一色に染まってゆくような気がします。

そんな単調な毎日に、ほんの一日だけ、ちょっとした変化がありました。あれは砂漠にオアシスというより……なんでしょう……「砂漠に盆踊り」みたいな、唐突で意味不明な刺激の挿入でした。

僕が公開制作をしているギャラリーに、ワンさんという中国人から電話が入りました。すぐには思い出せなかったのですが、どうやら数日前、日本式の居酒屋に行った時、いつの間にか僕らのテーブルに同席していた、日本語の上手《うま》い、その店の常連さんのようでした。図々しいぎりぎり一歩手前の、やたら人懐っこい人でした。内容は「明日撮影するテレビCMに、40代の日本人男性がどうしても必要なので、スタジオに来てくれないか」というものでした。そういえばワンさんは、映像関係の仕事をしていると言ってたっけ。

まずイメージしたのは、ベネトンやユニクロがよくやるような、様々な人種の一般人が出てくる広告のイメージでした。しかし話を聞いてゆくと、どうもそうではなさそうでした。商品は薬。それも男性用の精力剤のようなものらしい。僕は日本人の医者の役で、演技して喋《しゃべ》ってほしい。ただし音声は中国語に吹き替えるので、デタラメを喋ればいい。予定していた日本人が突然キャンセルになって困っている——そういうことでした。

絵を描く毎日に飽き飽きしていた僕は、それ以上つっこんだ質問もせず、「ええ、いいですよ」と即答しました。電話を切ったあとその内容を、日本語のできる中国人のギャラリースタッフであるジャオジャオさんに伝えると、彼女はとたんに怪訝《けげん》そうな表情になりました。「中国のCMはアヤシイのが多いね」「悪い薬で、被害者から訴えられたらどうするか」

確かにそんなニュースを昔聞いた覚えがあります。何かの薬に「お墨付き」を与えるようなことを映像の中で語ったアメリカの大学教授が、実は架空の人物で、単なる無名俳優の演技だった、というような。

12

灰色の山（制作風景＝二〇一〇年三月）

2009−2011

キャンバス、アクリル絵具

300×700cm

タブチ・アートコレクション蔵

制作協力＝渡辺篤

Courtesy Mizuma Art Gallery

でも日ごろから倫理意識が希薄な僕としては、たとえそんなヤバい薬だったとしてもいいんじゃないか――いや、むしろその方が面白い――くらいにしか考えていませんでした。僕がやらなきゃ誰か別の日本人がやるんだろうし、そんな素人《しろうと》俳優にまで責任の追及がされることもないだろう。ヤバいくらいが、いい気分転換にも土産話にもなる。それに男性の下半身ネタってところも笑えそうだ……。

詳しい内容は分かりませんが、その晩ジャオジャオさんとワンさんの間で何回か電話のやりとりがあったようです。そして翌日になり、ジャオジャオさんは「会田さんが行きたいなら、行ってみてもいいよ」と言ってくれました。きっと変化のない毎日に気も狂わんばかりの僕に同情してくれたのでしょう。

昼の11時にワンさんがタクシーで迎えに来ました。広い北京の東端にあるギャラリーから、撮影スタジオのある西端まで、長い道のりの車中で、ジャオジャオさんは渡された契約書に隈《くま》なく目を通していました。彼女はまだ若いのですが、ギャラリーではスタッフのリーダー格を務めているしっかり者です（ついでに書けば、四川出身者のある種の特徴らしい、背の低い丸顔の可愛らしい女性です）。

どうやらワンさんは今回、「40代日本人男性」を探してくる役目を負っているだけで、撮影の全貌を把握しているわけではなさそうでした。まず第一に、商品が「男性用精力剤」というのはワンさんの誤解で、本当は筋肉痛を和らげる「サロンパス」に近い湿布のようでした。下半身ネタの面白みはなくなりましたが、飲み薬のように人の生死を左右する問題には繋《つな》がらなそうで、その点では安心の材料が増えました。

放映は来年1年間、全国の民放テレビで。CMの形態はよくある15秒や30秒のものではなく、深夜に15分くらい流す、長いもののようでした。僕の役名は「日本専門家」で、出演料は800元——約1万1000円でした。こちらの賃金の相場を考えれば、悪くない数字なのでしょう。

スタジオは想像していたものとは違い、少し古ぼけた普通のビルの中にありました。予定より早く着いたようで、まだ無人のスタジオに足を踏み入れると、その瞬間、嫌な予感が電流のように走りました。

丸いステージにがっしりした椅子が4脚、扇状に置いてあり、それと向かい合わせに、階段状の客席が用意されていました。つまりこのセットから推測すると、『笑っていいとも!』みたいな、観客の目の前でやるショー形式の撮影ということになるわけです。

医者役の僕が自分の診察室のデスクかなんかに座って、訪問インタビューを受けている

——立ち会うのは監督と数名のスタッフだけで、何度でも撮り直しがきく——というヤラセ撮影のイメージを僕は勝手に作っていました。それがそうではないことが分かって、心の準備をまた一からやり直さなければならなかったのです。

テレビ東京系列の『たけしの誰でもピカソ』など、僕は今までに何度か、ショーアップされたスタジオ撮影ものに出させられたことがあります。その経験から、こういう撮影は、一度始まったら最後までノンストップ、何よりもノリが大切で、場の流れを分断することが何よりも御法度——という認識が僕にはありました。そんなものに、ニセ医者で、演技経験ゼロで、しかも中国語が一言も分からない奴が出て、マズいことが起こらないわけがない！

僕は早くも帰りたくなりました。こんなことならおとなしくギャラリーで絵を描いてた方がどんだけ楽だったか……。

そうこうするうちに、スタッフや出演者らしき人が集まってきました。僕は一刻も早く今日使うシナリオを入手して、状況を把握したいと焦りました。方々に頼んだ末に、ようやく僕らの元にシナリオが届けられました。ジャオジャオさんがざっと目を通し、僕に必要なところだけを口で翻訳してくれました。

そこで分かったいくつかのこと。まず商品は、漠然とした筋肉痛ではなく、ずばり、リウマチを完治させる湿布とのこと。主成分は、日本の火山から噴出したマグマが冷えて固まった火山岩。それを研究開発したのが、僕こと、「横山松田」博士（なんだよその東名高速「横浜町田」出口みたいな、苗字苗字な人名は！　ま、親切心で間違いを指摘してあげて、僕の役名はめでたく「横山勇一」に変更されましたが）。

出演者四人のうち、二人は男女のホスト。男の方はけっこう名の知れた中年お笑いタレント。ゲストは僕と、中国人科学者役の女性。シナリオを見たところ、リウマチの原因やこの商品の効能を語る横山博士の台詞《せりふ》は、けっして少なくはありませんでした。

いつの間にか楽屋の外の廊下は、用意された客席に座るらしい、純朴そうな、平均年齢の高い（もっとはっきり書けばみすぼらしい）一般庶民で溢《あふ》れかえっていました。この中にはリウマチに長年苦しむ患者さんもいるんだろうか……。そう思うとニセ博士としては、一目散に走って逃げ出したくなりました。

出演者が全員楽屋に集まり、メイクが始まりました。若い監督らしき男が入ってきて、僕の容姿を上から下までチェックしました。

僕が着ているのは、サラリーマンの死体の絵を描くために、古着屋で上下揃《そろ》い1000円で買った、灰色の背広でした（それを自ら着て、ポーズをとって写真に収まり、それを参考に絵を描いていたのです）。いかにもダサい背広ですが、研究一筋の科学者ならそれもアリと思われたのか、ダメ出しはありませんでした。ぼさぼさの長髪はきれいなオールバックに、との指示が入りました。無精ひげを剃《そ》れと言われるのが心配でしたが、それはお咎《とが》めなし。ひげがあった方が中国人らしくない、日本人っぽいと思われたのかもしれません。

仕上げに、若いスタッフがかけていたメガネをかけさせられました。鏡の中の僕は、医学博士というより、どこかの文芸誌のやさぐれた編集者のようでしたが、あちらとしてはもはや他に選択肢はなかったでしょう。

客席にはすでに全員が座っていました。刻一刻と本番の時間が近づいてくるのが、現場の空気の変化で分かります。

全体の状況が分からない。自分の置かれた立場がよく分からない。知りたくても、中国語オンリーのこの環境ではどうにもならない（ジャオジャオさんはがんばってくれましたが、やはり翻訳を一回通すと、すべてが分かりにくくなるものです）――そういう実存主義小説みたいな不安が僕の胸に渦巻いていました。

デタラメな日本語を喋ればいい――そうワンさんは言うけれど、言葉のキャッチボールのあるトークショーって形式じゃないの？　シナリオを読むかぎり「横山博士」は、けっこう男性ホストとのカラミがあるじゃない？　相手の言ってることが分からないんだから、こちらがいつ喋り出したらいいかも分からないよ……。

そもそもリウマチって病気について、昔からよく耳にも目にもするけど、知り合いにそれに罹《かか》った人がいないから、実態がぜんぜん分からない。ぜんぜん分からないものについて、デタラメでもいいから喋れって言われても、それはやっぱり辛《つら》い。どこかにインターネットに繋がったコンピューターはないのかなあ。せめて3分間でいいから、日本版ウィキペディアで調べたい……。

しかし無情にも時は来て、撮影は始まりました。

まずはホスト二人がステージ中央に立って、長い前口上を述べ始めました。

お笑いタレントである男性ホストは、日本で強《し》いてたとえれば、毒蝮三太夫あたりのランクというか、全国的知名度はない吉本芸人の古株というか、そんな感じでした。カメラが回る前から何やら軽口を叩き、その度に客席を手堅く笑わせていました。なるほど、芸人としてそこそこの人気と実力はあるようです。

見ると、彼は電話帳みたいな本を2冊重ねたところに乗って立っていました。一方の女性ホストはハイヒールを脱いで、裸足《はだし》でトークをしていました。

そういえば楽屋で二人が顔を合わせたとき、ハイヒールを履くと女性の方が背が高くなっちゃう、みたいなことで、男性芸人はメイクさんたちの笑いを取ってました。女性のホストはちょっと年増の元美人なニュースキャスターみたいな人で、長身だったからです。その時はただの冗談かと思っていたけど、まさか本気でハイヒールを脱がすとは。カメラには映らないんでしょうが、その二人の間抜けな足元を、お客さんはどう見ているんだろう……。

シナリオを大きく映す〝電光カンペ（カンニング・ペーパー）〟みたいなものは用意されていました。男性ホストはほとんど〝台詞が入ってない〟ようで、それを始終見ながら喋っていましたが、途中で読み間違えました。すると監督の「カット！（たぶん中国語の）」が入りました。そして、その少し前からやり直しました。これは『誰でもピカソ』などの収録では見なかった光景です。

それで僕にも少しずつ事情が飲み込めてきました。つまりこれはショーに見せかけているだけで、実際はブツ切りで撮っていって、あとで編集で繋げるんだろう、と。だとしたら、こちらとしてはかなり助かります。というか、そうでなかったら僕なんて使えるはずがない。――冷静に考えればもっと早くに分かりそうなことですが、この時はその余裕がなかったのです。

前口上の収録が終わり、いよいよ僕らゲストが呼ばれる番になりました。こんな時の心境はやはり、月並みですが「まな板の上の鯉《こい》」としか表現のしようがありません。

僕は客席の脇から「女性科学者」のあとについて歩き、ステージに登り、彼女がやったように男性ホストと握手しながら、にこやかに「ニーハオ」などと言い、勧められるまま椅子に腰を下ろしました。

ここでいったんカット。どうやらNGは出なかったようで、ひとまず胸を撫《な》で下ろしました。

ところが男性ホストが僕のズボンを指差して、何やら言っています。椅子に座ってみると、どうも僕のズボンの裾が短いことが目立つようなのです。確かに適当に選んだ古着だから、ちゃんとサイズが体に合っていませんでした。

僕はベルトを緩めて、若者がやるような〝腰ばき〟みたいに、ズボンをズリ下ろしました。すると客席から笑いが漏れました。確かにチャップリンみたいなベタなギャグにも似てましたから。

これで確信しました。――ここの客席には誰一人として、マジなリウマチ患者なんかいない。僕を本当の医学博士と思っている人もいない。みんな金で雇われていて、みんなグルなんだ――と。これでかなり心の負担が軽くなりました。

まず最初は女性科学者が喋る番でした。さすがにベテラン女優らしく、ほとんど〝電光カンペ〟に目もやらず、とうとうと語り続けました（さっきまで楽屋の鏡の前で、真剣な表情で〝台詞を入れて〟いて、その姿がよけい僕をビビらせたものです）。

彼女が語り終わると、今度こそ僕の番です。打ち合わせ通り、ジャオジャオさんが合図を送っているのが見えます。しかし周りがすべて中国語という環境の中で、唐突に日本語を喋り始めるというのは、相当に抵抗があるものです。

また、正確には語れないにせよ、シナリオにある「横山博士」の台詞に即した、それらしいリウマチや火山岩に関する話をするべきか、それとはまったく関係ない自分の話でもするべきか、直前まで決めかねていました。とっさの判断で、とりあえず最初は後者を試してみることにしました。

「あー、どうもみなさん、はじめましてー、えー、僕は本当はー、絵描きでありましてー、医者でも何でもないんですがー、えー、昨日突然電話がありましてー、それでこうしてー、今ここにいますー、うー、未《いま》だになんで自分がここにいるのかー、よく分からない状態なんですがー、（……以下略）」

こんなどうでもいいようなことを、とにかく口が動き続けていることだけが大事と自分に言い聞かせながら、1分間くらい喋ったでしょうか——監督から「カット」が入りました。

監督がジャオジャオさんに何やら長々と言っています。あーあ、どうやらNGだったみたい。

ジャオジャオさんはステージの縁まで来て言いました。

「会田さん、もっと身振りとか手振りとか使って、この商品はとってもいいんだってことを、熱く、強く、アピールしてほしいんだそうです」

身振り手振りぃ？　熱く強くぅ？　日本人がぁ？　しかも医学博士がぁ〜？

……そう思いましたが、僕もこちらに来て2ヶ月あまり。知っていますよ。中国人のアメリカ人並みなオーバーアクション。強い自己主張。ここで「日本のマトモな理系の学者はたいていクールに喋るものですが」と教えてあげたって、そんなリアリズム、あちらが求めてないのは一目瞭然だし……。

気分を入れ替え、テイク2です。今度は〝電光カンペ〟を見ながら、本来の「横山博士」の台詞に近いことを言ってみることにしました。

「えー、ですからリウマチの原因というのはですねえ、いろいろと複雑でありましてー、骨がなんかー、こう、いろいろと悪くなっちゃうことでー、痛みが発生するわけでー、この製品はですねえ、火山岩が持つ熱とー、磁力とー、薬効成分によってー、なんかそのー、いろいろと良いことがあるわけでー、（……以下略）」

もともと台詞がぜんぜん頭に入ってないし、漢字とはいえ中国語のカンペを見てもぜんぜん日本語が浮かばないし、緊張で頭が真っ白になってるし、身振り手振りも忘れちゃいけないしで、ズタズタの語りになってしまいました。イヤな汗が背中の窪《くぼ》みを伝って流れ落ちるのが分かりました。

テイク2もひどかったはずですが、僕にばかりかかずらってるわけにもいかなかったのでしょう。次のシーンに行くことになったようです。

僕がサイドテーブルに置いてあった火山岩をおもむろに手に取り、何か一言言って隣の女性科学者に渡し、さらにそれがホストたちの手に渡る、というシーン。これも何回かのダメ出しがありましたが、なんとかクリアしました。

ホスト役のお笑いタレントは、この現場では相対的に大物であり、たぶん一点豪華主義的なギャラをもらっていました。これはあとで知ったのですが、彼の拘束時間は最初からきっちりと決められていました。そのため監督は、彼が画面に出てくるシーンを優先的に撮ることにしたようです。結果、シナリオの順序は無視されました。これは僕にとって少しありがたいことでした。なぜなら、火山岩を渡した直後に、商品開発者「横山博士」の最も長い熱弁があるはずだったからです。まあ、苦役が先延ばしにされただけなんですが。

渡された火山岩をあれこれ触りながらの、ホスト二人によるトークがしばらく続きました。2台あるカメラの両方が二人に向いていたので、僕が映っていないことは明らかでした。手持ちぶさたな僕は、サイドテーブルに置いてあった商品パッケージの箱を手に取ってみました。

表には、赤いマグマを噴出する火山の写真をバックに、商品名の力強い毛筆が躍っていました。具体的な商品名は伏せておきますが、弱った病人にはなかなか魅惑的なネーミングであることと、日本語のひらがなの、「の」の一文字が入っていることだけ、書いておきましょう。商品名とは別に、「リウマチ」というカタカナも添えられていました。

さらに僕は、箱の裏の説明書きも読んでみようとしました。「横山博士」が言うべき台詞の参考になるようなことが書いてあるかと思って。

……ひどいものでした。左右半分に分かれた説明書きの右側は日本語なのですが、厳密には日本語ではありませんでした。つまり中国人には日本語に見えるけど、日本人にはまったく判読不能な日本語でした。そうとう頭の悪い翻訳ソフトに一回かけただけで、そのあとのチェックはまったくしていないというシロモノ。この商品に日本人がただの一人も関わっていないという証拠です。中国の一般庶民に対して、日本製の輸入品に見せるための「格好つけ」に過ぎません。中身はどうせ中国製のただの湿布に決まってます。

ホスト二人は渡された石を触って、盛んに驚いています。きっと「オオ温かい！」「ホント温かいわ！」などと叫んでいるのですが、嘘なんです。僕が渡した石はただの冷えた火山

科技改变命运

岩でした。僕がこのあとの撮影で言うべき「横山博士」の台詞にあるんです。「みなさんは温泉に行ったことがあるでしょう？　なぜ温泉は温かいのでしょう？　そうです、この石が自ら熱を発するからなんです」――なわけねえだろう！

続けて「横山博士」は言う予定です。「地球には磁力があることはご存じですよね？　それも、この石が強力な磁力を持っているからなんです」

案の定、磁力の実験が始まりました。女性ホストが言います。「あたし今ちょうどコインを持ってるから、試してみましょうよ！」

ここでいったんカット。すかさず舞台に駆け上がったADさんが男性ホストに渡したのは、なんと強力そうな磁石。それを男性ホストは石を持った手の、手の平と石の間に滑り込ませました。僕は磁性を帯びた石くらい用意しているかと思っていましたが、予想を上回るあまりにも安い手品。しかも客に種がバレバレ――というか客ではなくグルなんでした――そこのところがまだなかなか納得できない……。

磁石手品の撮影は、石を通すので磁力が弱まり、うまくコインが石にくっつかなかったり、隠した磁石が映っちゃったりと、なかなか難航しました。その間客席の客、もといグルたちは、ブーイングはもとより、冷ややかな視線さえ送らず、ただ当然のごとくあるものを、当然のごとく眺め続けていました。

しかしこんなことで驚いてちゃいけない。さらに強力なアトラクションが用意されていました……。

いったん短い休憩が入り、また席に戻り、カメラが回り、男性ホストがステージ中央に立って何やら長々と語り始めました。語り終わると拍手をし、誰かをステージ上に招き入れる仕草。

すると舞台袖から、いかにも人生の不幸を一身に背負ったような、貧しい農村から来ました風のオバチャンが、その不幸を少しでも負担したい風の健気《けなげ》な娘に支えられて、よろよろとした足取りでステージに上がって来ました。オバチャンの目からは大粒の涙がボタボタとこぼれ落ち続けています。ハンパじゃない量です。そしてそのまま僕のすぐ目の前まで歩み寄って、これ以上低くはなれないってくらい深々とお辞儀をしました。

一瞬でだいたい事情は摑《つか》めました。——貧しい農村のオバチャンが長年リウマチに苦しめられてきた。夫に先立たれ、女手一つで娘を養ってきたが、ついに立てなくなり、農作業に出られなくなった。このまま自殺しようかとも思い詰めたが、そんな時に出会ったのがこの貼り薬。奇跡的に痛みが消え、農作業にも出られるようになった。この貼り薬を作ってくださった方は命の恩人だ。ぜひ直接会って感謝の気持ちを伝えたい——という演技。だいたいそんなところでしょう。

こんな展開はジャオジャオさんから聞かされてませんでしたから、そりゃあビックリしました。でもこちらも根っからの東洋人、泣かれた相手に深々とお辞儀をされれば、演技と分かっていても反射的に、神妙な顔つきで深々とお辞儀を返すってもんです。

そこで監督の「カット！」の声。そしてジャオジャオさんに向かって何か言います。

ジャオジャオさんは僕に向かって言います。「会田さーん、とっても良かったけど、もっと良くするために、立ち上がってオバチャンの肩を、いたわるように、軽くポンポンってやってください、だそうでーす」

見るとオバチャンと娘はもう舞台袖で談笑していました。こいつ……泣き役の完璧なプロだ。それにこの娘、さっき楽屋で女性ホストのメイクをやってた、ただのメイクさんじゃねえか。不幸そうな顔だからって、現場で急遽抜擢《きゅうきょばってき》かよ！

まあ一事が万事こんな感じで、撮影は続いていきました。

客席に仕込んでおいたサクラに挙手させて、リウマチの辛い体験談を語らせたり。これがみんないい感じにヨレヨレな人たちばかりで……。

それから、僕とホスト二人が絡む部分を先に撮影しました。お笑いタレントが「そんなに良い石ならこっそり持って帰って、商売を始めちゃおっと」とおどけるのを、「はっはっ

29　北京でＣＭ俳優をやった件

は、〇〇さんは冗談が上手い。でも、その石からこの商品にするには、宇宙工学やナノ・テクノロジーなど高度な先端技術が必要だから、素人では無理なんですよ」と咎《とが》めるあたりが、最も演技力が必要なところだったでしょうか。

定刻が来たようで、「大物」タレントと、そのペアである女性ホストは先に帰りました。その時点で、撮影開始から5時間は経《た》っていたでしょうか。

それからまた酷《ひど》い手品、いや手品とも呼べない、子供の学芸会以下のトリック撮影が始まりました。

大きな空《から》のビーカーの上に、普通の板ガラスを載せたものが用意されました。この商品の主成分である、火山岩の水溶液と称する茶色い液体の入った小さなビーカーを、僕こと「横山博士」は持っています。そしてその液体をおもむろに板ガラスの上に垂らします。

この映像にはあとで、「横山博士」役の中国人声優によって、こんなナレーションが入るんでしょう。「この水溶液は最新のナノ・テクノロジーによって作られているので、粒子が非常に細かく、ものの10分でこのガラスをすり抜けて、下に滴り落ちてきます。この強い浸透力があるからこそ、有効成分が骨まで直《じか》に届くのです！」

撮影はそこでいったん「カット」です。ＡＤ三人がステージ上にやってきて、二人で板ガラスを持ち上げ、一人が香水用の小さなスプレーで、ガラスの裏に茶色い液体をちょっとだけ吹き付けます。それを再びビーカーの上に載せるのですが、その時板ガラスがちょっと斜めになって、上の茶色い液体の多くが流れ落ちてしまいました。

監督がやってきてADたちの失敗をなじり、それからおもむろにペットボトルのジュースを取り出すと、流れ落ちて減った分の補充として、板ガラスの上に垂らし始めました。

どうりでさっきからいい匂いがしてると思った……ってそれ、さっき楽屋でお弁当と一緒にみんなに支給してた、酸っぱい梅風味のジュースやないけ！

嘘、ここに極まれり……です。

この「ブツ撮り」がむやみやたらと手間取りました。上の大きな水溜まりと、透明ガラスを隔てた下の、今にも落ちそうな小さな水滴が、映像でははっきり識別できないのです。照明を変え、カメラアングルを変え、何度も何度も撮り直しました。これは完全に監督の事前の実験不足です。監督といってもせいぜい学生映画の監督にしか見えない若造で、なのにもう中年腹が始まってるような冴《さ》えない奴でしたっけ。

僕も苛《いら》立《だ》ってきましたが、隣の「女性科学者」役はもっと露骨でした。不穏な空気を読み取ったのか、いったん休憩になりましたが、そこで彼女の怒りは爆発しました。若造監督に何やらまくし立てていましたが、あとでジャオジャオさんに聞いたところ、「約束より時間が延びてるんだから、夕飯を用意しなさい！」とのこと。女性ホストより年上の、もっとシャープな顔立ちでプライドが高そうな、やはり「元美人」と形容したい人。そんな職業があることが驚きですが、人民解放軍の専属女優だそうで、妙に納得しました。

なんとか「ブツ撮り」を切り上げると、ようやく僕のソロのパートの撮影になりました。シナリオ的にはずっと初めの部分、開発者としてこの商品の素晴らしさを熱く語るところです。今まで数時間、さんざんヤラセのオンパレードを見てきたので、気持ちはかなり開き直っていました。

カメラが回りました。僕はシナリオにあった台詞を、多少脚色して喋ってみました。

「いいですかみなさん、これはすごい商品なんです！　これが作れる火山岩が噴き出る火山は、世界に三つしかありません！　なぜなら、すごく深いところから噴き出すマグマじゃないとダメなんです！　浅いところのマグマじゃダメなんです！　そしてなんと、その深いところのマグマが噴き出る三つの火山は、全部日本にあるんです！　……（以下略）」

言葉の威勢は良かったのですが、手がお留守になっていたようです。客席の「グル」たちが盛んに『もっと身振り手振りを激しく！』というジェスチャーを送ってきます。僕は彼らの気持ちに応えようと、次第に日本人としてのデリカシーを投げ捨て、「オマエはアメリカ人か中国人か」というようなオーバーアクションに没入してゆきました。

監督の「カット！」の声がかかります。客席から「ハオ、ハオ（良い、良い）」という声がかかり、ちらほらと拍手さえ聞こえます。僕を本当に褒めているのではありません。監督に「これでもういい、これ以上ＮＧを出すな」とプレッシャーをかけているのです。約束の時間はとっくに過ぎているし、生で見られて嬉しい大物芸人はもう帰っちゃったから、みんな早く帰りたいだけなのです。半日以上拘束された彼らのギャラを、あとでジャオジャオさんに聞いてもらったところ、たった20元（約２８０円）とのことでしたから。

そんなこんなで僕の撮影は一応無事に終わり、不運な怒れる軍人女優殿を一人残し、僕らは先に帰りました。その後彼女に夕飯が供出されたかどうかは分かりません。

まとめです。

ちょっと怪しげな商品を売る、二流以下芸人や無名俳優を使ったショー形式のテレビ・ショッピングの類《たぐい》は、きっとアメリカが起源で、日本にもたくさんあるけれど、さすがにあそこまでえげつなく、堂々と非科学的なものはないでしょう。また、あの行き当たりばったりで、でもなんとか無理やり形にする撮影のスタイルも、独特なものを感じました。ある国の極端な一面を見て断定するのはいけないこととは分かりつつ、やはり「中国を見た」「ＴＨＩＳ　ＩＳ　ＣＨＩＮＡ」という実感は拭《ぬぐ》えません。

それに後日「ウィキペディア」などで「リウマチ」を引いて、ちょっとゾッとしたのです。リウマチは基本的に原因不明で、治癒は不可能に近いそうじゃないですか（だからこそ「火山岩」なんて突飛な嘘の入り込む余地があるんでしょうけど）。「横山博士」は明確にリウマチの原因を語り、この貼り薬で完全治癒できると断言していました。普通に温かい湿布の効果でいっとき痛みが和らぐのかもしれないけど、それにしてもなんて罪作りな商品……。そうと知っていたら良心の呵責《かしやく》で、あんなオーバーアクションはやれなかったかもしれません。

……とか言っといて、僕の本性は、性格の悪いコンセプチュアルな現代美術家です。撮影の当初から「一風変わった僕のビデオ作品が、これでまた1本、楽して作れるわい……」とほくそえんでいました。「CM番組として編集されて、中国でオンエアされたものを録画する。それを編集ソフトに入れて、まったく別の内容の日本語による『逆アフレコ』をつける。たとえ著作権や肖像権で訴えられたとしても、『他ならぬ中国から訴えられた』ってことで、それはそれでエピソードとして面白いし。くっくっく……」

僕のみみっちい「ユリイカ！」

少し前のことだが、あるどうでもいいことに気がついた。誰かに話すほど、重要でも面白くもないことだから、まだ誰にも喋ってない。たぶんそれが賢明だろう。しかし僕個人の中では、長年の心のもやもやが氷解した、「ユリイカ！」と叫びたい瞬間が確かにあったのだ。子供用の雑学本にある「夕焼けはなぜ赤い？」とか「海の水はなぜしょっぱい？」の類だが、そういう本のネタにさえならない、あまりにみみっちい話である。結論がつまらないわりに、説明にはある程度複雑な話の手順を踏まなければならない。読者には悪いが、僕自身の「綴《つづ》り方教室」と思って書き留めておく。

しばしば深酒をしてしまう。年々肝機能が低下しているようで、二日酔いがひどい。毎朝腹の調子が悪く、トイレに長時間籠《こも》っては、切れの悪いウンチの最後尾を気長に待つことになる（緩すぎるので最初の3秒で95%が出るのだが、残りの5%を出すのに何分もかかる）。そのような状況の者は、便座に座りながら、ロダンの「考える人」以上に前のめりになり、床の一点を無心に見つめ続けることになる。

あれはどこのトイレだったんだろう——ウチのトイレでないことだけは確かだが——床には白い正方形のタイルが、碁盤の目のように整然と敷き詰められていた。

僕が前の晩に飲んだ酒は、体にはあまり優しくないタイプの物だったらしく、眼球の奥がグリグリと鈍く痛んだ（終戦直後にメチルアルコールを飲んで失明した人がいたという話から、人造的な安酒は特に目に来る、と僕は推測している）。加えて頭痛もするので、脳の指令が体の各部に適切に伝わらず、目の焦点がうまく合わない。

そうしていると、タイルの床が変に見えてくるものだ。自分が足を置いているはずの場所から、1メートルくらい下にタイルの床がある——逆に言うと、自分がタイルの床から1メートルくらい浮いているように見えてくる。

もちろんここが「ユリイカ！」なわけではない。この現象は昔からお馴染《なじ》みで、原因もよく分かっている。タイルはどれも同じ色と形で、僕の両目に対して平行に規則正しく並んでいるのが原因だ。右目で見ている像と左目で見ている像を、タイル1マス分（か2マス分）ずれたまま、誤認して頭の中で合成しているのだ。両眼視による立体感と距離感の把握が、左右に連続する同じ形に惑わされ、狂ってしまっているのだ。

この原理を利用した本を、一時期本屋でよく見かけた。コンピューターによって作られたモヤモヤした複雑な図像が、じっと見ていると立体的に見えてくる、というやつ。あれも左右の目が見ている像を、頭の中で少しずらして合成することによって成り立つ。それにはある種のコツが必要なのだが、今は二日酔いによる眼球と脳のダメージにより、やろうとしなくても自然とできてしまう。

いつもだと「ああ、またこの現象か……」で終わってしまうところだが、この日はちょっと事情が違った。

トリッキーな距離感になったタイルの床を呆然《ぼうぜん》と眺めていると、なにやらタイルの目地がキラキラ、あるいはヌルヌルして見えるのだ。磨かれた金属のようでもあるし、透明なガラスのようでもあるが、そのどちらでもない。もっと不思議な、もっと高貴な輝きと透明感を帯びている。まるでこの地球上には存在しない、別の惑星から宇宙人によってもたらされた、神秘の物質でできているようにさえ見える。

手を伸ばして触ってみたい気がした。目地にそって指先で擦《こす》ったら、キュッキュッとさぞや良い音をたてるだろう。爪で弾《はじ》いたら、キーンという澄んだ硬質な音が跳ね返ってくるに違いない。あるいは場所によっては、ハチミツのようなものが溜まっているようにも見える。そんなギラギラしたグロス感もあった。

タイルの目地が宇宙からの未知の物質？　ハチミツみたいなグロス感？

不思議に思った僕は目を強くつぶった。そうやって一回リセットしてから、再び目を開け、今度は二日酔いの脳味噌を鼓舞して、左右の目が見ている像を正しく頭の中で合成した。……大丈夫、距離感は狂っていない。足は正しくタイルの床に接している。そうして、タイルの目地に注目した。

さっきまであったはずの神秘の輝きは、完全に消え失《う》せていた。それは普通の、いや普通以上に汚れた、ただのタイルの目地に過ぎなかった。

長年にわたって小便が染みこみ、黒カビが深く根を張った、いくら掃除しても元の白には戻りそうにない、絶対に触りたくない感じの目地。小便で黄褐色のまだらに染まっているが、それは完全に乾いている。目地剤は粒子が粗く、どこを見てもザラザラしたマットな質感をしている。――さっきまで感じていた物質感の、それはまるで真逆みたいな物質だった。

どうしてこんな激しい錯覚が起きたのか――。何かが分かりかけている感触があった。

僕はもう一度目を閉じ、また開け、今度は頭と目を二日酔いのコンディションに素直に委《ゆだ》ねてみた。視覚はしばらく混乱していたが、やがてぼんやりと、足の1メートルくらい下にトリッキーな距離感のタイルの床が現れ始め、次第に確固たる像を結んでいった。

やはり目地は硬質に、あるいはグロスに、神秘的なきらめきを放っている。そのきらめきの細部をつぶさに観察してみた。なにゆえあのザラザラした物質が、一瞬にしてツルツルした物質に変身してしまったのか……。

この時、僕の「ユリイカ！」が来た。こんな凡夫の僕でもそうなのだから、アルキメデス大先生もそうだったに違いないが、すべてのことを一瞬で完全に理解した。

タイルの目地は一つのきっかけに過ぎない。僕がその時気づいたことは、もっと広い話だ。冒頭に書いた子供用の雑学本に倣《なら》って書けば、「磨いた金属やガラスはなぜあんなに特別にキラキラしているの？」という設問になる。「あんなに特別に」というところがポイントだ。

単に「なぜキラキラしているの？」だけだったら、以前から簡単に答えられた。「鏡面状になった金属は光を完全に反射し、ガラスは光を屈折させながら通過させる。だから光源の光が直接目に届いて、キラキラ見えるんだよ」などと。

けれどそれだけではないことは、うすうす感じていた。金属やガラスのあの「特別」な見え方には、もっと別の秘密が隠されているはずだ、と。

こんなことを気にするのは、これでも僕が絵描きの端くれだからかもしれない。美術大学を受験するために通った美術予備校では、やたらと金属とガラスばかり描かされたものだ。メッキ加工された水差しや、凹凸のあるウィスキーの空ボトルや、途中まで水の入ったビーカーや、皺《しわ》だらけのアルミホイルや……。僕はそういう人工的なモチーフを描くのが得意な方だった。頭を熱くし必死になって、それら物質の表面の形状を描こうとすると、たいてい悪いドツボにハマる。それら物質が起こす光の現象をクールに描き写すことが、ひいてはそれら物質の質感表現に繋がる――そのことを僕はよく知っていた。けれど常に不足感があった。いくらうまく描き写しても、ほんもののモチーフが放つ「特別なキラキラ感・ヌルヌル感」には達せられない……。

秘密は両眼視にあったのだ。

両眼視というと普通、立体感や距離感の把握という面でしか語られないが、金属やガラスの質感の把握にも、なにげに使われていた――他の人は分からないが、僕はこのことに、この時初めて気づいた（というか、このような文をわざわざ書いている動機の一端に、『みんなはどうなのかな？　もしかしてみんなはこのことを、とっくの昔に気づいてた？』と質問したい気持ちがあるのだが）。

高価なクリスタル・ガラスでできた切子細工のグラスを想像すれば分かりやすい。それを手に取って、ほんの少し回転させてみる。カットされたすべての面に映る光と影が、それぞれ独立して、キラキラと目まぐるしく移り変わるのが分かるだろう。本当にほんの少し動かしただけでも、面によっては暗黒の闇から純白の輝きに、一気に激変する。だとすれば、十数センチ離れているために見る角度が違う、右目と左目に映っている像には（脳が立体感把握のガイドとする『形』の相違とはまた別に）、「明暗（色彩）」の著しい相違があるはずだ。そのような相違を脳がキャッチした時、人はその物質を、光を極端に捻《ね》じ曲げる物質——すなわち鏡面状の金属や、ガラス的なものや、液体で濡れたものと、触らずとも認知することができる。たぶん人間の脳は、後天的にそういう認識システムを獲得するのだろう。

今の説明で分からなければ、こんな簡単な実験をしてみればいい。少し皺を寄せたアルミホイルの切れ端をテーブルの上に置く。アルミホイルには天井で光っている蛍光灯が、ひどく歪《ゆが》んで映っている。頭を動かさず、片目ずつつぶってみる。左右の目が見ている、歪んだ蛍光灯の形が、極端に違うことが分かるだろう。あまりに違い過ぎて、脳の中でうまく合成できない。合成できないから、立体感・距離感が把握できない。その脳の「諦《あきら》め」が、金属やガラスの「キラキラ感・ヌルヌル感」の正体だったのだ。

そのタイルの目地が透明のように見えたのは、このような左右の視差の、明暗（色彩）の不一致が生んだ錯覚だった。

トイレの床は古びていたが、清掃が行き届いていた点が、この不思議な錯覚の発生にうまく作用したのだろう。白いタイルの部分だけはシミ一つなかったので、1マスか2マス分ずれた脳の中での合成にほとんど違和感がなく、目地の存在が際立った。その目地の小便や黒カビのシミも、掃除人の長年の奮闘のおかげか、はっきりした形はなく、ぼんやりとした靄《もや》のような状態だった。本来左右の離れた場所にあるはずの、その曖昧《あいまい》な形のシミ同士が、脳の中で無理やり合成されることによって、「ありそうでありえない、透明な宇宙的物質」という幻影を僕に見せたのだ。もちろん、二日酔いの混濁した意識も大いに関係しただろうが。

その「ユリイカ!」の刹那《せつな》に、僕はダイヤモンドのことも連想していた。ラウンド・ブリリアント・カットなどという、ダイヤモンドを最も美しく輝かせるカットの様式があったっけ。あれも両眼で、目をものすごく近づけて見てこそ、最大の効果が生まれるのだろう。

じっと見つめるその小粒の石は、キラッと輝く部分が、右目と左目では違って見える。そういう複雑な光の屈折を起こすようにカットしてあるから。その左右の目からの像があまりに違い、動かすたびに目まぐるしく変わるから、脳が混乱して立体感や距離感、ひいては実在感さえよく分からなくなってくる。眩暈《げんうん》というやつだ。この世のものとは思えない輝きを放つ物質――。それを推し進めると、永遠とか神とかいうキーワードにも容易に結びついてゆくだろう。

しかしそんなものは全部詐欺なのだ。科学的に考えれば、所詮安っぽい手品に過ぎない。ああそうだそうだ、妻に結婚指輪を贈らなかった俺はやっぱり正しい……。

二日酔いの頭痛の中、古びたトイレで肛門から緩いウンチの頭を少し覗《のぞ》かせながら、僕はそんなことを瞬時に考えていた。

靄の中のジャンボ旅客機……

年末、年始をはさんで1ヶ月半あまり、日本に一時帰国していたが、今（2010年当時）また北京にいる。今度の滞在は2ヶ月ちょっとになる予定。本当は去年のうちに公開制作形式の展覧会は終わるはずだったのだが、絵がぜんぜん仕上がらず、延長となった。情けない。昨晩もアート系のパーティにノコノコ顔を出すと、顔見知りの中国人たちに「あれ、まだいたの？　なんで？」みたいな顔をされた（会話はできないので表情だけのコミュニケーション）。ああまったく情けない。

海外に滞在しているということは、（そう感じない人はたくさんいるだろうが）僕にとっては異常事態だ。必ずしも不幸せとは限らず、楽しい刺激もあるのだが、どちらにせよ平静な心ではいられない。これは僕にとって、エッセイを書くにはかなり不向きな条件である。今いる環境のことは無視して、楽しい思い出話の一つでも書いてみたいところだが、心がこの異常事態に囚《とら》われていてそれができない。仕方がないのでこの異常事態に向き合うとして、さて何を書いたものか……。

今僕の目の前に一冊の写真集が置いてある。背表紙には『いまさら北京　会田誠』の文字――。そう、一応僕の写真集だ。発行元は大和プレスという小さな出版社。写真家でもない男の写真集がなぜ出版されているのか、話せば長くなるが、なるべく短く言うと、ある奇特な美術コレクターが、アーチストたちを海外に行かせて、その滞在の成果をそれぞれ一冊の本に纏《まと》める叢書を企画したのだ。たぶん赤字覚悟の企画だろう。僕はたまたま2年くらい前に、二つの展覧会のために北京に1ヶ月滞在した。その叢書のために当初はアフリカに行く予定だったのだが（本のタイトルは『なぜかアフリカ』と決めていた）、たまたま縁のあったここ北京のほうが大袈裟《おおげさ》じゃなくて僕に相応《ふさわ》しいかと、その場で考えを改めたのだった。

それは僕がその時滞在した草場地という地区が、画廊が集まった特殊な一角を出れば、庶民が暮らすいかにもよくある平凡な郊外に思えたからである（ちなみに現在滞在している場所も、2年前とは別の画廊だが、同じ草場地の中にある）。僕は日本でも――つまり生まれ育った新潟市の住宅地でも、東京に出てから首都圏の周縁をうろうろ引越し続けていても――こんな何の特徴もないような、人々の暮らし向きが特に良くも悪くもないようなエリア

いまさら北京
二〇〇九年七月
発行＝株式会社大和プレス

で暮らしてきた。だからここの風景に勝手な親近感を抱《いだ》いた。

ほとんど発表したことはないから、僕の趣味みたいなものだけれど、僕は二十《はたち》の頃に初めて中古の一眼レフカメラを買って以来、半ば偏執的に撮り続けてきたモチーフがある。自分が住んでいるところのごく近所を撮る、平凡な郊外の風景写真である。

これにはいくつかのヘンテコな「俺様ルール」が課せられている。まず「特別なもの」にけっしてレンズを向けない。構図を作ったりして格好いい写真にしない。「主題」があるかのように誤読されることは極力避ける。撮影現場の全体的空気感と、その一部を切り取った写真が質的になるべく同じになるように努める。ピントも露出も水平も正常で、すべてがしっかり写っているのに、何も写ってないような印象を目指す――等。

目指すのは、一見どうでもよく、しかし長く凝視すると――やっぱりどうでもいい、どこまでも退屈な風景写真。上手くいくと僕はその「退屈さの出来」にすごく満足するのだが、少し困ったことは、それらの写真は他人に見せたいという欲望を少しも刺激しないのである。他人に見せる価値がないことが、この手の写真が成功したといえる条件になるから。こういう（高級な？）屈折は絵筆を握る時にはほぼないのだが、なぜかカメラを持つ時にだけ現れる――「自分七不思議」の一つである。

こういう「わがまま写真術」は、一般には通用しないだろうが、この叢書になら許されるんじゃないかと思った。アーチストとはお気楽な仕事には違いないが、わがままがやれる局面でちゃんとわがままがやれないと、それはそれで減点になるという、変わったハードさがあると僕は考えている（大いなる勘違いかもしれないが）。

確かに僕は草場地の一時的な滞在者に過ぎないから、風景写真の「俺様ルール」に照らすと違反、あるいはせいぜい「番外編扱い」ということになってしまう。中国であるというだけで、ここは僕にとって「特別な場所」に違いないから。しかしまあ、たまにはこんな変わった実験も自分に許してあげよう。その代わり、全力を挙げて感情移入するんだ——草場地に生まれ育ち、死ぬまで一生ここで暮らす一中国人庶民に。何でも珍しがる外国人の無責任な好奇の眼差《まなざ》しを極力抑え込むこと。そしてすべてを、すっかり見飽きたお馴染みの、しかし他に避けられない、自分にとって切実な風景として見ること……。

こんな変な方向に力んだ撮影方針で臨んだ写真たちが、立派に製本されて、今目《あ》の前にある。不思議な気持ちだ。被写体になった平凡な道路や塀や電柱や空き地は、ほとんどがここから歩いて10分圏内に今もある。画面の隅に偶然写り込んだ通行人も、2歳年をとっただけで、多くは今日もそこら辺の道を歩いているだろう。

日本の読者が見れば僕の意図に反して、ある程度珍しい風景と思われるかもしれないが、ここの住民に見せたら何一つ珍しくないと思うだろう。それは僕のロジックでは「正しいこと」になる。例えば外国人が日本に来て、めったにいないから日本人の僕にだって珍しい、散歩中の芸者さんを撮ったら、僕のロジックでは「間違ったこと」になる。けれど僕のいう「正しいこと」は、いったい世界中の誰に必要とされ、喜ばれるのだろうか？

この目的を見失って宙ぶらりんになった感じ、確かにアートといえばアートかもしれないが、そう言って胸を張れるほど僕の心臓には毛が密生していない（ちなみに、アートや芸術というと『立派でありがたいもの』という認識がまだ一般の方々の間では根強いが、僕の同業者の中には『まだこの世に定位置を与えられていない表現の仮の総称』と考える人は多い。このあまりに違う二つの認識の齟齬《そご》は、カルチャーオバサンであれ2ちゃんねるであれ、そこら中で散見される。僕がそういう同業者たちと意気投合するとは限らないのだけれど）。ともあれ「木村伊兵衛賞」から何のお呼びもかからない現実を、僕は重く受け止めるべきだろうか……。

こういう不評や無反応が最初から想定できる〝アートすぎる〟写真集なので、序文もケンカ腰というか「その話関係あるの？」みたいな、どこか調子のおかしいものになってしまった。その一部を抜粋してみよう。

「（前略）いかにもよくある話だが、私は十二歳のころからしばらくの間、死後に訪れる永遠の無を思って恐怖に苛《さいな》まれる、いわゆる『眠れない夜』を体験するようになった。調子が悪い時は何週間も続き、このまま不眠で死ぬんじゃないかと、さらに恐れた。現世におけるこの最強の敵と闘うために、私はさまざまな方法を試みたが、最終的に落ち着いたのは一冊の本だった。それは当時の日本ではまだ一般的でなかった、海外貧乏旅行（バックパック旅行）についてのやさしい手引書だった。少年の私はベッドに横になってから、宇宙の大暗黒が近づいてくる不穏な空気を察知すると、慌てて枕元のこの本を手に取った。そして、お金はないけれど若い好奇心と行動力だけで世界中を駆け巡る、将来のワイルドな自分の勇姿に思いを馳せた。力尽きて倒れるまで、丸い地球をぐるぐると歩き続ける、ヒロイックなイメージ……。連戦連勝とはいかなかったが、このイメージはあの時空の絶対的虚無に対して、一定の戦果をあげたものだった。

それから三十年の月日が流れた。気がつけば私は、おそらく日本で一番海外に行くのが嫌いな現代美術家になっていた。国際的知名度など何もないのに、この業界の通例として、年に何度も海外に行く必要が生ずるようになった。しかし現在の私は『人間はできれば、異なった文化と言語を持つ人々が暮らす、もともと自分と縁のない遠い土地に、貴重な化石燃料を浪費してまでノコノコ行くべきではない』と考えている。十二歳の私がやっていたあの必死のおまじないなど、今ではとんだお笑い種《ぐさ》だ。

この三十年の私の変化、進歩か退化か。（後略）」

普段使わない「私」を一人称にしているため、妙に気取った文章になっているが、それに目をつぶれば、僕の人生のある一面を正直に簡潔に申し述べたものにはなっている。

この序文に出てきた「一冊の本」の書名は、『ＨＯＷ ＴＯ 大冒険』というものである。著者はエジプト考古学者として最近テレビですっかりお馴染みの、吉村作治氏。氏がまだ世間一般にほとんど知られていない頃（今ネットで調べたところ１９７４年）に書いた、まったくアカデミックではない、（漫画家でもあった故あさのりじ氏の味わい深い）イラストの多い軽装本である。

少年時代の僕にとって命の恩人的存在だったその本のことを、今ネットで調べてみたら、当然絶版だった。その代わり「まえがき」の一部を抜き書きした、ある人のホームページがみつかったので、ここに写してみる。

「ぼくの学生時代の友人のことを話そう。彼は羽田空港でバイトをしていたことがある。夜の十時から朝の六時まで外国から着いた飛行機の中を掃除するのが仕事であった。シートの移動、エコノミッククラスとファーストクラスを区別している壁を作ったりするのが仕事であった。外国のタバコの空箱、横文字の雑誌、新聞……彼にとってそこはまぎれもない外国であった。

仕事を終え、疲れた体を下宿の四畳半に横たえ、彼は考えた。

外国へゆきたい！と。」

そうそう、こんな海外への雄飛を誘うような、煽《あお》るような文章だったっけ。30年ぶりの再会なのでとても懐かしい。欧米からの国際便が羽田着とか、機内でタバコが吸えたらしいところに時代を感じる。

この本に誘われ煽られ、中学生になってからは、この手の「海外紀行文」を学校の図書館で借りることが多くなった。北杜夫の『どくとるマンボウ航海記』や小田実の『何でも見てやろう』といった、まだ戦後ムード漂う頃のものが多かったが、その20年近いタイム・ラグのことはあまり気にならなかった。自分がまさに海外に行った気になる、幼稚で楽しい感情移入型の読書だったから。

しかし――これが不安定な青年期ってもんだろうが――それからたった5年くらいしか過ぎてない、「バックパッカー適齢期」ともいうべき10代の終わり頃、なぜだか僕のそういう熱はすっかり冷めてしまっていた――というのは単純すぎる言い方だが、少なくとも「外国へ行きたい！」というストレートな物言いはできなくなっていた。（本来の意味は違うことは知っているが、若者性を憎んでいる若者という意味でつい使いたくなる）若年寄を気取っていたというか。たとえて言えば、小林秀雄が戦後になってようやく初めてヨーロッパを訪れ、「書物で知っていたことを確かめに行っただけだ」みたいに苦々しくうそぶく、そういう部分にばっかり痺《しび》れる青二才になってしまっていたというか……。

美大の知り合いが一人また一人と、当時急速に一般化しつつあった『地球の歩き方』とH.I.S.の格安航空券を片手に、海外（金がないので主にアジア方面）に旅立ってゆくのを、半ば指をくわえ、半ば苦々しい気持ちで見送る日々。この感じ、友人たちに置いてきぼりを食らった童貞の心境に似ている。時代は正にバブルのど真ん中。ちょっとバイトに精を出して金を貯めれば、あっちで1年くらい優雅に暮らせるよ――そんな土産話をよく聞いたものだ。それに対して僕は「けっ、そんなもん為替レートの国際的不平等を先進国の若造が苦労もなく利用してるだけで、そんな屈託なく喋るべき話か？」と内心反論するのが精一杯だった。

そんな僕だったが、さすがに痩《や》せ我慢にも限度があり、自ら望んで成田の関所を越える日がやってきた。20代半ば、美大を出てアルバイトだけの明け暮れで貯めたなけなしの金で、一路ニューヨークへ。ニューヨークという街にもアメリカという国にも特に思い入れがあったわけではない。強いて言えば「一番ケバかったから」――童貞が遅すぎる筆おろしのために売春婦を選ぶ時の、自暴自棄な心境に近かったかもしれない。

僕はずっと窓の外を見ていた。ニューヨークまでは飛行時間がかかるから、途中で機内を暗くして、乗客になるべく寝てもらう時間を設ける。その間もずっと、窓に取り付けられた遮光のためのプラスチック板を細く開けて、そこに二つの目を押し当てていた。眼下に延々と広がるのは、人間をまったく寄せ付けないような、荒涼とした北極圏の地勢。人間などお構いなしに神様が勝手に作った、巨大な恐るべき抽象画。ガガーリンの「地球は青かった」とか宇宙飛行士の神秘体験とかいう話があるが、僕にとってはこれだって十分に感動的、いや戦慄《せんりつ》的な〝宇宙からの眺め〟に見える。

僕にはなぜ他の人々が窓の外をあまり見ようとしないのか理解できなかった。アイマスクをして早々に眠っている旅慣れたビジネスマンを叩き起こして、「今ここの眼下に、もちろん僕のもですが、あなたの全人生を凌駕《りょうが》する、本質的な驚異がありますよ！」と教えてやりたかった――しかしもちろんやらなかった。ただずっと窓の外を見つめながら、心の中で叫び続けていた。「ちっぽけだ！　あまりに人間はちっぽけだ！　ははは！　はははは！」と。おかげでニューヨークの空港に着いた頃には、睡眠不足と、何よりも感受性を使い果たしたせいでクタクタに疲れ、記念すべき海外への第一歩の瞬間は朦朧《もうろう》とした記憶になってしまった。

ちなみにこの僕の性質は、その後ヨーロッパへ行く時に見るシベリアの凍てついた大地などにも大いに発揮されていたものだが、最近はちょっと下火である。エコノミー症候群が怖いから、気楽に立ち上がれる「通路側」の席をあらかじめ選ぶことさえある。けれど僕のファースト・インプレッションは正しかったと、世知辛くなった今でも思う。少数民族でも探検家でもない一般の人間が、「人外境」というものを一生の間に目にすることがあるとすれば、それは大都市間を結ぶジャンボ旅客機の窓外より他にないことに変わりはないから。

そのニューヨークを起点としたアメリカ東海岸への旅は、1ヶ月半の日程だった。うち半分は、フィラデルフィアに留学中だった予備校時代の友人Sのアパートに転がり込んで、宿代を浮かせた。1ヶ月半——僕は貧乏性なので、高い航空費をかけたなら、それぐらい滞在しないと元が取れないと考えたのだが——長かったのだろうか。当時一緒に暮らしていた、当時の主観をありのまま書けば「最愛の」女性が、日本に残している間に別の男のところに行ってしまった。バイト先の貸しビデオ屋の雇われ店長だったっけ。国際電話もケチってめったにかけなかったので、そういう話はすべて帰国してから分かったことだった。彼女とはそれから1年以上、よく分からない「すったもんだ」が続いた。

その頃からだったと思うが、ジャンボ旅客機がよく夢に現れるようになった。ほとんど必ず、墜落する夢だった。僕の視点は常に乗客としてではなく、墜落しつつある飛行機を外部から見る客観的な位置にあった。だからパニック的な悪夢ではなく、ひたすら悲しい、むしろ静謐《せいひつ》な夢だった。視点の距離感は様々で、墜落してゆく飛行機を、その音も届かないほど遠い土地から呆然と眺めているものから、機内の様子がありありと分かるくらい、飛行機の窓からほんの数メートル離れたところに視点があり、それがずっと伴走してスローモーションのようになっているものまであった。そして夢から覚めると、枕が濡れていることがよくあった。

そういう強烈にネガティブな叙情に染め上げられた夢たちは、当然自分の酷い失恋体験がベースになっているのだろうが、それだけでないことも感じていた。その数年前に日航機が御巣鷹山に墜落した事故のイメージも含まれていただろう。また子供の頃抱いていた「海外に雄飛すること」への、個人的な失望感もあったはずだ。そんな〝素人夢判断〟では分析しきれない別の動機もまだ隠れていただろう。

こんな時我々単純な美術系人間は何をするかというと、もちろん墜落するジャンボ旅客機の絵を紙にさらっと描いてみるのである。それを壁にピン留めして、眺めながらあれこれ考える。あわよくばこれが何か本番の作品に昇華できないか——美術系人間にとってそれが「ものを考える」ということのすべてである。しかしその思考はよくあるように流産に終わり、そのスケッチはどこかにお蔵入りとなった。

ただしジャンボ旅客機を作品の題材として使うことを、まだ諦めたわけではない。「墜落の夢」はずいぶん見ていないから、その暗い叙情のリアリティを失ってすでに久しいが、昼間冷静に考えてみても、ジャンボ旅客機というものの象徴性や普遍性の高さは群を抜いていると思う。たぶんそれが証拠に、ジャンボ旅客機を題材にした美術作品は、僕の周りを見回しただけでもけっこうある。前述の友人Sも、自分のアイデンティティを引き裂かれている日米の距離を、ジャンボ旅客機に象徴させたような絵をいくつも描いている。他にはANAのCM「夢見るヒコーキ。」にパクられたんじゃないかと噂の、さわひらき氏のトリッキーな映像作品。渡辺英弘くんというアーチストも、飛行場や飛行機からの風景をクールな現代美術にしていたっけ。そういえば福田美蘭さんの卒業制作にもでっかくジャンボ旅客機の尻《しっ》尾《ぽ》が描かれていたような……。

ただしどれも「僕のジャンボ旅客機」じゃない。僕のジャンボ旅客機は……こうもっと何だろ……「グローバル云々《うんぬん》」といった言葉のネガティブな面をクローズアップしたような、暗くて不吉なもの。貴重な化石燃料を暴君のごとく燃やし続け、人外境も少数民族が暮らす土地も、その超上空をあっという間に通り抜け、生活インフラの整いまくった大都市だけを点と線だけで結ぶ、倫理的な後ろ暗さを感じさせる、あの「ほとんど〝どこでもドア〟感」。他人の共感はぜんぜん得られない気がするが、海外に行けば行くほど惨めに縮まってゆく「世界」の喪失感……（関係ない話かもしれないが、あの素敵に能天気な映画『私をスキーに連れてって』の脚本家・一色伸幸氏が、鬱《うつ》病になった最初の兆候として、好きな外国旅行をしても無感動だった経験を挙げており、僕は自分のこととしてヒヤリと感じた）。ジャンボ旅客機からさらに連想の輪を広げれば、「成田闘争」と現在のアジアのハブ空港化をめぐる覇権争いや、幕末の志士たちが肯定否定に揺れた「攘夷」という言葉や、地に堕ちた日航スチュワーデス（あえて旧称）の輝かしいイメージ……なども浮かぶ。こういう風に素材イメージやキーワードだけは集まってきているのだが、それが具体的な作品イメージになかなか結びつかない。しかし焦っても良いことはないので、気長に機が熟すのを待つことにする。

いつの日か僕がジャンボ旅客機を題材にした作品を発表し、それが成功作だったら、「アイツとうとうやったな」くらいには思ってほしい。

今日も僕のジャンボ旅客機は、どこか靄の中を飛んでいる……。

北京で憂国

また負けました。ここんところ負け続きです。また約束の期日までに作品が仕上がらなかった……。

これまで書いてきた通り、公開制作形式の展覧会を北京で半年間続けてきて、それがついに終わりました（2010年当時）。帰国したのが昨日の晩。途中で期間を2ヶ月延長したにもかかわらず、絵が仕上がらなかった。すいません、「日本人は絵を描くのがノロい」という国辱的な印象を、中国のアートウォッチャーに残してしまったかもしれません。実際、中国人アーチストの「アチョー！」って感じの量産っぷりはすごいからなー。

見苦しい言い訳ですけど、最後の2週間の追い込みが妙な感覚だったんです。たぶん僕の人生で最多級の描写量になるだろう絵なんだけど、あと2週間という時点で「今どれぐらいの仕上がり具合なの？」と人に聞かれて、「90％です」と答えていました。その1週間後に同じ質問をされて、まじまじと絵を眺めてみると、やっぱり「90％」としか答えられない状態。そしてさらに1週間黙々と描き込んで、本来なら今ごろ船便で日本に送る税関手続きなどをしている、木箱に収まったその絵の完成度は、やっぱり90％としか言えない。2週間、怠けてたわけじゃないんです。必死になって描いてました。でも、完成に向けて前に進めば進むほど、新しく描くべきものが増えてきて、ゴールまでの距離がぜんぜん縮まらない。まるで絵に騙《だま》されているようなこの感覚、まさに「逃げ水」でした。完成は永遠に到達しない幻じゃないといいんだけど……。

それにしても中国語、ぜんぜん憶《おぼ》えなかったなぁ。ギャラリーのスタッフが全部手取り足取りやってくれる大名旅行だったから。行く前から知っていた「ニーハオ（こんにちは）」と「シェーシェー（ありがとう）」と「ツァイチェン（さようなら）」を、まるで三種の神器みたいに使い回してただけでした。あと使った言葉（というか単語）なんて、ここに全部列挙できる程度の量です。「フーユェン！（食べ物屋で従業員を呼ぶ時）」「ピージュウ（ビール）」「バイチュウ（きつい焼酎みたいなもん）」「マイダン（お会計よろしく）」「ヨーガイ&ゾーガイ（タクシー乗った時の、右曲がれ&左曲がれ。停車させたい時は『ストップ！』と叫んでた）」「リーベンレン（日本人。中国語でべらべら話しかけてこられた時、それを制するために結構必要。最初のリーの発音がかなり難しい。ウの口の形でリー?)」……あとあったっけ? たぶん全部でこんなもん。どんだけナメた海外滞在だったか、これで想像がつくってもんでしょう。

「すいません」にあたる言葉は、結局憶えず仕舞いだったけど、特に不自由しなかったのが不思議です。普通欧米に行くと「エクスキューズ・ミー」と「アイム・ソーリー」を日々乱発するのに、えらい違い。別に欧米にいる時こちらが萎縮《いしゅく》していて、中国ではふんぞり返ってたというつもりもないんですけど。聞けば中国人は、そうそうめったに謝らないそうな。ま、文化の違いってことですね。

中国語といえば、帰国間際のある日、良いものを見ちゃった。というか聞いちゃった。

僕の滞在したミヅマアートギャラリーの北京支店には、中国語がほぼ完璧に喋れる日本人と、日本語がほぼ完璧に喋れる中国人の、二人の女性スタッフがツートップみたいな感じにいます。スタッフルームでのコミュニケーションは話の内容によって、お互い日本語でのみ喋ったり、中国語でのみ喋ったり、臨機応変に使い分けているようでした。

あくまでも「スタッフが仕事に情熱を注ぐ素晴らしい職場」ということなんですけど——普段は仲の良い二人が、その日の営業時間が過ぎた頃から、激しい言葉のバトルを始めました。僕が絵を描いている展示スペースとスタッフルームは離れていて、二人の姿は見えないのですが、声はコンクリートの壁に木霊《こだま》するほどよく聞こえました。内容は詳しく書きませんが、仕事の方針を巡る意見の相違みたいなものでした。日本人にとってただでさえ中国人の声は大きく、感情表現は豊かなので、こちらが実際以上に激しく感じたのかもしれませんが。

面白いのは、議論がヒートアップするに従い、日本人スタッフは日本語で喋り、中国人スタッフは中国語で喋り始めたことです。それでもお互いに相手の喋っていることは分かるので、ディスコミュニケーションになるわけではなく、傍目《はため》には一種異様な別言語の激しい応酬のまま、2時間近く続きました。やっぱりお互い外国語では「まくし立てる」ことができず、議論において自動的に不利な立場に立たされるということなんでしょう。平等を期してホームとアウェイ戦をやるサッカーみたいな感じもしました。国際交流というものの「裸の姿」を見た気がして、それはいつもの僕の持論とも合致していたので、とても良いものが聞けたと思った次第です。

てな具合に漫然とエピソードを連ねていても仕方ないですね。本当は今回はもうちょっとヘビーな話がしたかったんです。

例えば滞在途中に妻から送られてきた、こんな日常的なメール。

「日本はオリンピック三昧《ざんまい》。なんか、最近『金！　金！』とか、選手の態度がいいとかわるいとか、やたらマスコミが変な煽りを……。たしかにメダルとれたらうれしいけどさ〜、とれなかった人を非難したりとか、あからさまに司会者が残念そうに語ったりとか、オエッってかんじ。国母《こくぼ》も、いじめられて、あんまりかわいそうでファンになってしまいそうだ（……それが狙いか？）。とにかく日本人はヒマでせせこましい性格の人が増えてるんじゃないかと思う。それか報道にそういう側面が強すぎるのか……。

人身事故も多すぎ……。田園都市線が人身が増えていてちょっと怖い……。先日も止まってしまったせいで○○君の展覧会に間に合わなかった。沿線の中流家庭が崩壊してるのかなあ」

僕のような国際人じゃない人間が中国にいて考えることは、あんまり中国のことでも世界のことでもありません。日々考えちゃうのは、やっぱり日本のこと。妻のこんなメールを読んでみても、日本のネットニュースを毎晩軽くチェックしてみても、思うことは「日本はこのままで大丈夫か？」ということです。

こんな憂国めいた話、基本的にジジ臭い野暮な話だし、「よりによってオマエに言われたくねーよ」と言われるのは目に見えてるけど、どうしても言いたくなるのです。

北京に来た日本人が差し入れてくれた雑誌の中に『SPA!』があって、その中に「中華人民毒報」というカラーの1ページがありました。もう連載は95回目のようで、そこには「年内には日本のGDPを抜くといわれる中国。しかし経済成長を支える〝現場〟では、労働者の命が虫ケラのように奪われる労務災害が相次いでいる」といった内容の記事が載っていました。

日本でよく目にし耳にする、このテの中国のネガティブなニュース群は、僕が半年間滞在した実感とは大きな隔たりがあります。例えば庶民的で汚い市場で買う野菜の多くは、こぎれいな日本のスーパーで買う野菜なんかより、（ちゃんと洗えば）ずっと新鮮で美味《おい》しかったので、「中国の食の危険性」という風評はあまりピンときませんでした。けれどそれらをすべて単なるデマと言うほど、中国贔屓《びいき》になったつもりもありません。そもそも中国語のニュースが分からないから、現地でどんな報道がされているのか分からないですし。僕がいたのは外国人の目を常に意識している首都・北京だし、僕が出会った中国人は、倍率6000倍（！）の関門をかいくぐった北京中央美術学院出身のエリート美術家とか、そんな恵まれた人ばっかりだったし。当然中国共産党に不信感がまったくないわけはありません。

それでも、メジャーな週刊誌に中国のネガティブなニュースを専門に紹介するページがずっと連載されている状況は（編集部の方針プラス、読者にも好評なんでしょうね）、中国の問題以上に、現代の日本人のメンタルな問題としてより深刻なものを、僕個人は感じてしまいます。疲れ果てて追い抜かれつつある者が、意気揚々追い抜きつつある者に、聞こえよがしに言う無力なイヤミ、みすぼらしい負け惜しみ——違いますか？

バンクーバーオリンピックの結果一つをもって、日本の東アジアにおける劣勢化を語るのは雑すぎるけど、あのボロ負けっぷりと、国民全体を覆う覇気の衰滅っぷりを分けて語るのも不自然な話だと思います（高校時代に競技スキーをちょっと齧《かじ》ったくらいで語るのはナンですが、少なくともあの競技で世界の頂点を極める者が、どれほど超人的な覇気の持ち主かは、その頃熱心にテレビで見た世界選手権の中継などで知っています。あと蛇足ながら、最近の日本国民がオリンピックで注目するカーリングとかモーグルとかスノボとか、いや、ジャンプやフィギュアでさえ、お飾りみたいな競技であり、その年の真の「冬の王者」を決めるのは男子スキーのダウンヒルやジャイアント・スラロームなのに、日本のマスコミは意図的にそれを隠蔽《いんぺい》している——というのが僕の私見です）。

日本は金を含まずメダル5個、中国は金5個を含むメダル11個。そして日本に較《くら》べて人口も面積もずっと少ない韓国は、金6個を含むメダル14個。これはさすがに大敗北というしかないでしょう。このことと、サムスンや現代《ヒュンダイ》自動車が日本のメーカーに質量共に肉薄しつつある現実とは、密接な関係があると見る方が自然でしょう。

中国製品だってきっと近い将来、日本製品の質に追いつき追い抜くでしょう——というのは、経済や産業に関するレポートを一行たりとも読んだことはなく、ただ半年間、庶民が暮らす北京郊外に滞在し、日本とは違う人々の目の輝きを観察しただけの男の直感に過ぎないので、信じる信じないは自由ですが。日本製品だって戦後間もない頃世界の市場では、「黄色い猿が白人の技術をコピーして作った粗悪な廉価品——せいぜいが子供に買い与えるオモチャ」というイメージからスタートしたことは、くれぐれも忘れない方がいいでしょうね。

そんな中国で日本のネットニュースを覗くと、心底暗い気分になることがしばしばでした。まずは国会や政治のニュースが、どんよりとした曇り空のように国民の上を広く覆っています。特に激しい雷鳴もなければ、青空が覗くところもない、不安で退屈な灰色一色の空——政治は詳しくないのでこんな印象批評に留《とど》めますが。

そんな憂鬱な曇天のもと、例えば連日のように若い夫婦が幼児を虐待死させるニュースが流れてきます。あるいはもっと若い男が、交際に反対する相手の姉やその友人を刺し殺した、石巻のニュース。人間として基本的なところの質が低すぎます。心の一番大切な基底部がすっかり腐って、ただれ落ちちゃってる感じ。この印象がごく限られた犯罪者にだけ固有のものならばまだマシなのですが、僕には国民に広く蔓延《まんえん》しつつあるメンタリティに思えてなりません。

もっと明るいニュースに目を向けようとしても、そこでしばしば目につくのは、後ろ向きなレトロ趣味ばかり。ガンダムの次は、鉄人28号の実物大ですか。どんだけ過去の栄光に酔えば気が済むんでしょうか。日本の最近の音楽を聴いてみても、(誰とは言いませんが)曲調はかえって昔に逆戻りしたようなイージーなもので、歌詞は小学生が書く単純比喩みたいな志の低いものばっかり。

ああ、日本がどんどん劣化してゆく――。この強い実感はもはや打ち消しようがありません。

確かに中国はヤバいかもしれないけれど、日本も別の意味でヤバい。中国は勇み足のヤバさで、日本は精神力が衰滅してゆくヤバさ。で、長い目で見てどっちのヤバさがヤバいかっていったら、僕は日本の方だと思うんですけど。というか、比較になんか意味はありません。相手のヤバさより常に百万倍心を砕いていなきゃいけないのは、自分のヤバさに決まってますから。

最後に、一般の読者には興味がないかもしれないけれど、やっぱり僕の専門なので、現代美術の話をさせてください。

確か僕が美大生の頃だから、80年代後半のことだと思いますが、写真週刊誌『FOCU

S』に、中国の美術大学で初めてヌードデッサンの授業が行われ、賛否両論の大騒ぎになった記事が載っていました。その時点で中国の美術は日本より100年以上遅れていたと、とりあえず言えると思います。

それから二十数年しか経っていない今現在、中国の現代美術はほぼあらゆる面で、日本の現代美術を遥《はる》かに凌駕しています（美術作品の優劣を決めるのは個人的好みが関わってくるので難しいですが、世界美術史における先取性、技術力、国際的な美術展への出品頻度、作品の価格、美術市場の規模などを考慮してみました）。

僕にとって一番分かりやすい日中の比較は、現代美術専門誌の数でした。北京のミヅマアートギャラリーには毎月十数種類の大判サイズの現代美術誌が、進呈されてきましたが、もちろんそれがすべてではないでしょう。中国語圏には香港や台北というアートの拠点がいくつもあるので、いったい何種類の現代美術誌が毎月発行されているのか、皆目見当がつかないほどです。一方の日本は、現在一誌のみです。それも小型サイズで、発行部数はかなり少ないと思われます。

確かに中国の現代美術の驚くべき隆盛には（よく分かりませんが）マネー・ロンダリングなどといった、怪しい、危ない側面も多々あるでしょう。

一度中国人の大物コレクターの別荘に招待されたことがあります。ニューヨークのグッゲンハイム美術館を模したような螺旋《らせん》状の吹き抜けがある巨大な空間に、大きなインスタレーション作品がごろんごろんと展示されていて、僕はしばらく開いた口が塞《ふさ》がりませんでした。家の主《あるじ》はホテルやレストランをいくつも経営している、僕より大して年上でもなさそうな男性でした。ディナーの間じゅう、彼はアートがもたらす意識の変革が、いかに自分の人生や人類の歴史にとって大切なものかを、熱く語り続けていました。

その後、彼が逮捕されたニュースが大々的に報じられました。やはりマネー・ロンダリングみたいな、アートを使った巨額な資産の操作で、ついに中国政府のお咎めを受けることになったようです。最初から最後まで、日本の現代美術界では逆立ちしてもありえないようなスケールの大きな話です。

一方日本では最近、80年代初頭から日本の現代美術を牽引《けんいん》してきたある画廊のオーナーが、経営破綻《はたん》の自責から自殺してしまいました。僕も数回一緒にお酒を飲んだことのある人なので、相応のショックを受けました。中国の現代美術が、急に身長が2メートル近くまで伸びた15歳の少年だとすると、日本の現代美術は腰が曲がって身長が実質1メートル以下になっちゃった90歳のお婆ちゃん――そんな対比的イメージがつい浮かんでしまいます。

思うに現代美術への熱量は、その社会（国家、都市、地方、企業、ｅｔｃ.）の精神的若々しさを測る一つのバロメーターです。韓国政府は今国家予算の多くを、自国の現代美術の発展の為《ため》に投入しているそうです。一方、日本政府が文化に予算を落とす先といえば、相変わらず歌舞伎や能や伝統工芸。国民の意識もそれを支持するような悲しい統計結果を、最近どこかで見ました。将来の国家戦略の勝者はどちらか、僕には火を見るより明らかなんですが。

石原都知事も東京都現代美術館の暴言スピーチでやったことがありますが、現代美術はしばしばゴミ屑《くず》にたとえられます。それは将来結果的に半分以上当たりますが、半分以下ですが外れが出ます。その外れ——つまり歴史に残る作品を選べた人はどうなるか分かりますか？　それをオークションで売って大儲《もう》けができる？　まあそれもそうかもしれないけれど、それはちっちゃな話。答えは、それを選んだ人だけが、それを選んだ精神自体によって、「次」の時代に行けるんです。たぶん現代美術の本当に正しい機能は、そこにこそあるのです。

日本経済や日本製品が韓国や中国に押され気味な最近の現状と、日本社会が現代美術に興味を示さないこととは、根っこにある同じ理由でがっちり繋がっています。そこに決定的に欠けているのは、リスクを恐れず「次」に賭けることができる、強くて若々しい精神力です。

日本はどこにも「次」が見えません。というか「次」を求める心が見えません。見えるのはみすぼらしいノスタルジーと、老人特有のひがみ根性ばかりです。その二つだけを後生大事に抱いて、かつて大英帝国は何度か肥溜めに落っこちたんじゃありませんでしたっけ？

そんなロンドンが、最近ある研究機関による調査によって「企業にとって魅力的な都市」世界ナンバー1に選ばれました（これもネットです。北京における唯一の情報源だったもんで）。古いノスタルジーとプライドを捨てて、肥溜めから這《は》い上がってきた結果でしょう。ついでに言えば、ベスト5の中に上海と香港と北京という中国系3都市が入っているのに、東京は話題にさえ上がっていませんでした。ロンドン――イギリスといえば、毎年開かれる現代美術の王座決定戦「ターナー賞」の授賞式がＴＶ中継され、国民的話題になるような国。

これでもまだ僕の説を信じませんか？

――そんなことをよく北京で考えました。

美しすぎる少女の乳房はなぜ大理石でできていないのか

前回は国家とか経済とか、そんな低俗な話を書いてしまったので、今回はもっと高尚な話がしたい。すなわち僕の専門分野であるところの、美について——。

美といえば、とりもなおさず女性の胸である。もっと限定して言えば、大きからぬ胸、すなわちペチャパイである。

最近は「微乳」という言葉の方が一般的のようで、あまり馴染むことができないが、絶対使いたくないというほど嫌っているわけでもない。ただネットでエッチなサイトを覗いて、「微乳」というカテゴリーを喜び勇んでクリックしてみると、「これ、〝微〟かぁ？」と言いたくなる女性がしばしば登場するので、なんだか信用ならない言葉ではある。乳暈とでもいうべきもののアベレージにそもそも差があるみたいな、世間とのズレを感じてしまう。

テレビのないギャラリーに半ば幽閉されていた北京では、田中美佐子さんなどの胸に大変お世話になった。エッチ系に厳しい検閲が入っている中国で、なぜかその網に引っかからずに自由に覗けた、懐かしい女優さんのヌード画像を集めた日本の某ホームページ。普段日本ではそういう懐古趣味には走らないのだが、エロに欠乏した異国の地で改めて見たところ、清冽《せいれつ》な岩清水のごとく心に滲《し》みた。若い頃の田中美佐子さんの乳房と乳首の美しさは——もちろん顔や髪や全身や想像される性格とのコンビネーションが肝心なのだが——まさに完璧の一語に尽きる。

そのホームページ全体を見て思ったが、昔の女優さんの多くは、ペチャパイにもかかわらず堂々と脱いでくれたものだ。今ならば蒼井優や宮崎あおいが脱ぐようなものか。今脱ぐといえば「小学校の頃から胸が大きくて、よく男子からからかわれていました〜」とかインタビューで答えそうな、脳味噌もマシュマロでできてるみたいな、巨乳グラビア専属嬢ばかり。ああ、ここにも日本の劣化が……（前回の話の余波）。

田中美佐子さんはBカップくらいだろうが、あきらかにAカップ以下の紺野美沙子さんなんか、慶應出でNHKの朝の顔で、なんであんな可憐な蕾《つぼみ》みたいな乳首を披露してくれたのか、今にして思うと不思議だが、とにかく後光が射すほどありがたい。あとは田中裕子さん

の乳房も小振りで良かった。科学的根拠はないが、乳腺の凹みがはっきりしているところが

「これぞ農耕民族日本人の鑑《かがみ》」と言いたくなるような、存在感のある乳首だったっけ。もちろん樋口可南子さんのヌルンとした白蛇みたいな裸体も……いや、きりがないのでこの辺にしてておこう。

ペチャ好きは変態なのか。病気なのか。そうは思わないが、たとえそうだとしても胸を張れる根拠を、こちらはいくつか持っているつもりだ。

例えばニューヨークに滞在していた頃、超ハイソなアートのパーティに潜りこんだことが何度かある。そういうところに来るいかにも億万長者の紳士は、若い妻だか秘書だか愛人だか知らないが、これ見よがしに若くて美人で金がかかりそうな女性をエスコートしている。彼女らは大抵、ノーブラであることを説明するがごとく背中がばっくり開き、ヌルヌルした光沢のあるシルクの、しかもピチピチなドレスを身に纏って、ツルペタの胸とツンと尖《とが》った乳首を誇示しているものだ。そういう女性を連れることでハイソな紳士たちは、自分は爆乳プレイメイトをピンナップしているような長距離トラックの運ちゃんとは、財力も階級も知性も美意識も違うのだとアピールしているのだ。だから何って言われればそれまでだが……。

じゃあこれならどうだ。ブラジルやベネズエラあたりの南米の国は、女性の美しさにある種残酷なほど高い価値を置く社会で、そのため美容整形が盛んらしい。そこで行われる手術のとてもポピュラーなものとして、豊満になってしまった乳房の脂肪を吸引し、ボリュームを減らすことで、全体としてよりチャーミングな女性に生まれ変わろうとするそうじゃないか。

そんな暑くて能天気な国の奇習なんて関係ない？　じゃあ日本の伝統的着物はどうなんだ。あれは若い女性ほど、帯を高い位置に巻く決まりがあるそうな。あんな幅広で硬い生地を胸のあたりにきつくグルグル巻きにする理由は、僕に言わせればただ一つ。人によっては不幸にも乳房が早く大きく発達してしまい、未婚のうちから美から遠ざかってしまった若い女性を救うため、強引に胸を圧《お》し潰《つぶ》そうとしているに決まっているのだ。

これらが物語っているものは何か。冷静な判断力と女性美へのあくなき探求心を持った健全な社会では、女性の胸は大きいより小さい方が美しいとされる傾向にある、ということではないだろうか。

もちろん僕のペチャパイ愛好には、僕個人の特殊事情が多く含まれていることは認めよう。以前詳しく書いたからあまり繰り返さないが、戦後民主主義によって母性と父性が壊れた典型的家庭に育った僕のような者が、強く母性をアピールする豊満な乳房を忌避するのは当然の成り行きだ。それが現在のロリコン国家・日本を生んだと、外国の美術ジャーナリストに簡単に説明することが僕は多いが、あながち間違っていないと思っている。

また僕のこの愛好に「秘められた少年愛」というモチベーションが深く埋蔵されていることも、うすうす気がついている。その抑圧やすり替えや葛藤《かっとう》が、「ありそうで、なさそうで、やっぱりちょっとある乳」というモジモジした嗜好を生んでいることも。若い頃に読んだ稲垣足穂の『A感覚とV感覚』には目から鱗《うろこ》が落ちる思いがしたものだ。しかしこの話題をこれ以上続けると深いぬかるみにハマる予感がするので、またの機会に譲りたい。

次にいわゆる「胸ポチ」について、少々クドくなるかもしれないが、ぜひとも言っておきたいことがある。

日本では写真週刊誌などで、やれ白人美人テニスプレイヤーの胸ポチが見えただの、お宝ショットだのと、とかく助平な話題になりがちだが、そういうことは基本的にすべて間違っている。胸ポチは助平根性などという下部構造に属した話ではなく、明らかに美という上部構造に属した話である。そのことをよく理解している欧米やラテンの女性たちは、しばしば街をノーブラで歩くが、日本では嘆かわしいことにほぼ皆無である。

例えば、PTAからのクレームを意識して描いたと思《おぼ》しき、手塚治虫の少年漫画に出てくる裸の女性を思い出してほしい。乳首をあえて省略された乳房――あれって気持ち悪くないだろうか？　あるべきものがあるべきところにない、あのムズムズした隔靴掻痒《そうよう》な感じ。実際に乳首のない乳房があったとしたら、それはまず反射的に忌《い》まわしい反自然として感じられ、ややあって同情に移行する、哀しき奇形であろう。

乳房はただの風船やボールのような単純な球体ではない。奥にある胸筋や肋骨の形に影響を受け、そして前面にある乳首から母乳を出す機能・目的に導かれて自然と形成され、また重力にも抗《あらが》い続けている、複雑にして精妙なフォルムなのである。そのフォルムの要《かなめ》になるのが、乳首の位置なのだ。フォルム全体の意志がそこに集約されている、と言ってもいい。その位置が分からなければ、そもそもそのボリューム全体が何のために存在するのか、まったく茫漠として分からなくなる。それはまるで意志を持つリーダーを欠いた、烏合《うごう》の衆の虚《むな》しさである。女性の胸部とは、前方に斬り込んでゆく先鋭的なフォルムを持った、人体の凜々《りり》しきパーツであって、座った時のクッション代わりにもなる臀部のような、愚鈍なパーツとして神はけっして設計していない。臀部と胸部を同一視するような、美術家でいえばルノワールやマイヨール的感性を、たとえ他人が「柔和な」「大らかな」などと形容して賞賛したとしても、僕は断固として認めない。

ただし、これも重要なことだが、乳首の色は透けなくていい。というか断じて透かしてはならない。透けた時点で、問題は美からエロにスライドダウンしてしまうから。乳首の色を始め、その先端に刻まれた細かい皺や、乳輪の周りにポツポツある毛穴などのリアルなディテールを、数センチ以内の至近距離から鑑賞する権利は、もっぱら恋人ただ一人に属する。それは深夜の密室でスタンドを近づけて勝手にやればよい。

これはそんなこととはまったく関係のない、真昼のパブリックな場での話だ。もっと大きな人体全体の均衡美の問題――要は彫刻的問題なのだ。僕は絵描きで彫刻のことはよく知らないが、それでも人体の美は絵画より、彫刻の方が得意ジャンルであることは理解している。実を言えば今僕の脳裏には、あまりに通俗的なイメージなので書くのが躊躇《ためら》われるが、『ミロのヴィーナス像』が浮かんでいる。あの乳首は細かく造形されていないが、位置だけははっきりと明示されている。それによって、ふくよかにして僅《わず》かに先鋭的な、乳房全体の魅力的なフォルムが的確に表現されている。そしてあの彫刻全体が発する雰囲気は、けっしてエロではなく、やはり通例のごとく美と言っていいものだろう。

あれでいいのだ。なんなら乳首の位置は「それとなく暗示する」「〃心の目〃を凝らせば見えてくる気がする」程度でもいいのだ。

逆に言えば「手がかりゼロ」だけがどうしても許されないだけなのだ。それはフラストレーションという毒素を周りに撒《ま》き散らす。だからパッド入りのブラジャーで漫然と丸くなった胸部を見せて街を歩くこと自体、僕に言わせれば公害なのである。そこのところをワコールを始めとする各下着メーカーは、目先の利益追求だけでなく企業の社会的責務として、真剣に再考してもらいたい（具体案を示せば、多くの女性が望む〝寄せて上げる〟機能はそのまま残し、乳房を包む布地を、色が透けない薄手で伸縮性の高いものに変える。加えてそういうブラの方が自然でイケてるという、洗脳的というより洗脳解除的キャンペーンを長期にわたって根気よく張ることだ。商機は必ずある。あくなき女性美の探求者である僕が言うのだから間違いない）。

さて、些末《さまつ》な話題はこれくらいにして、そろそろ本題に入りたい。

僕のペチャパイ愛好は当初から一つのパラドックスを抱えていた。それは、ペチャパイは総じて柔らかい、ということだ。

女性の乳房への憧憬と畏怖を募らせていた思春期の頃、僕はその感触をカマボコか、あるいはもっと極端に（ＭＯＮＯの）プラスチック消しゴムのようなものと思っていた。すなわちゴムのようにプリプリした弾力性のある、人体の他の部分に較べてかなり硬いものとしてイメージしていたのだ。

その幻想が打ち砕かれたのは、奥手な僕にしては幸運にも早いと言える、17歳の夏だった。相手は出会ったばかりの同い年の、幸運にも美形な、しかも全身スレンダーなペチャパイさんだった（ただしご想像の通りに性格は尻軽だったが）。

初めて触った瞬間の、あの驚きを伴った違和感と、その後に続いた失望感は今でも忘れられない。見た目と触った感じのギャップがあまりに大きいのだ。『どうしてこんなに凜《りん》とした形態のものが、こんなにフニャフニャした感触をしているのか。触られるがままに従順に変形して、形態としての意地やプライドってものがない。これじゃまるで、ドロドロした脂の詰まった皮の袋じゃないか……』『いやいや触らずに、このツンと尖った美しい三次曲面をただ眺めていればいいのだ。視覚だけを信じろ。触って形に介入するのは、乳房の正しい鑑賞法ではない……』。どっちの認識が間違っているのか――大脳では視覚野と触覚野の間で激しいバトルが勃発し、いつ果てるとも知らず続いた……（本題とは直接関係ないが参考までに書けば、その時の僕は案の定不能だった）。

そんな失態を何度も繰り返しながら、僕は少しずつ太々《ふてぶて》しい大人になっていった。そしてその間に、けっして人に自慢するほど多くはないが、複数の乳房の視覚／触覚両面におけるデータを自分なりに蓄積してきた。

偶然の出会いに頼むところが多かったので、当然「ペチャパイ専科」を貫き通したわけではない。乳量のアベレージが世間とズレているかもしれないが、こちらとしては巨乳や爆乳と呼びたい方との出会いもあった。本稿では文意の簡明化のため、ペチャパイ絶対主義者のような書き方をしてきたが、本音を言えば僕は今現在、乳房に関して相当の価値相対主義に行き着いて（陥って？）いる。

青い妄想におけるカマボコや消しゴムほどはいかないとしても、大きな乳房にはそれなりの張りや弾力性があるものだ。しかしフォルムはやはり、スッキリとしたペチャパイの方が美しいと思う。巨乳のあの張りと弾力性を持ったペチャパイが存在すればいいのだが、なかなかそう上手くはいかない。僕の中では未だに視覚と触覚の葛藤が続いており、神様はなんて意地悪なんだろうと思う。

しかし、さらにその上をゆく神様の意地悪っぷりにやられたのは、今から9年ほど前のことだった。それが契機となり僕は乳房に関して、こういう結論に至ったのだった。

乳房とは「無常」である——。

小林秀雄の言う通り、現代人の僕には無常ということがまるで分かっていないのかもしれない。しかし自分が分かったような気がする瞬間が強いてあるとしたら、それは女性の乳房を観ずる時をおいて他にないのだ。

その決定的な契機とは、妻の妊娠と出産と授乳である。

妊娠前、彼女の乳房は「僕にとってちょっと大きいかな」程度のものだった。カップでいえばBとCの間くらいか。まあ悪くない。本来相反する視覚（フォルム）と触覚（張り）の、ここら辺が良い妥協点かもしれない——そう思っていた。

ところが妊娠とともに乳房はずんずん大きくなっていった。それとともにどんどん乳房は硬くなってゆく。一時、無知な少年の誤算だったはずのカマボコ並みの硬度が実現し、さらにMONOプラスチック消しゴム並みの硬度も実現したが、それもつかの間、さらにガチガチに硬くなっていった。

最も硬くなったのは出産直後だった。息子がまだ母乳をたくさん飲まないのか、生産が需要を遥かに上回っていた。そんな時の乳房の硬さは、大袈裟な比喩ではなく「漬け物石」そのものだった。妻は胸に凶器を二つぶら下げていた格好だ。押すと母乳は水鉄砲のようによく飛んだが、その圧力はなかなかなものだった。

当然乳房の大きさは半端じゃないところまで膨れ上がっていた。皮膚がマックスまで張りつめられ、そこら中に青い静脈が浮き出てきて、中には鬱血して赤黒くなったものもあった。そのビジュアル・インパクトはほとんどSFかホラーか、もしくはギャグで、ともかくも漫画だった。

息子が貪欲に母乳を飲むようになると、乳房の病的な張りは少し治まった。さらに月日が流れると、そろそろ離乳食も一緒にということになり、さらに月日が流れると、母乳はそろそろ卒業ということになる。そこから今度は、乳房の驚愕《きょうがく》すべき萎縮が始まる。

それが最終的にどんな恐ろしいマチエールになったか、ここはなるべく正確に伝えてみたい。——大掃除の折ソファーの裏から発見された、1年前にパンパンに膨らませたはずの風船を想像してほしい。1年かけてゆっくりと自然に空気が抜けたようで、今では膨らます前とほとんど同じところまで縮んでいる。ただしいったん破裂寸前まで無理に引っ張られたゴムなので、劣化が甚《はなは》だしい。二度と膨らますことが叶《かな》わないほど深く細かい皺が無数に刻まれていて、持ち上げてみると極端にヘナヘナと萎《しお》れた、無力感漂う物質に成り下がっている——。

そんな感じの乳房ってどうだろう。僕のように乳房に厳密な理想を追う者でなくとも、諸行無常を観じずにはおれないはずなのである。

こんな極端なものを見る前から、乳房の無常性はそれとなく分かってはいた。たぶん生理の周期や性欲の高低で、乳房の形やボリュームや柔らかさは、多かれ少なかれ日々変動している。乳房とは、同じく生殖に関わる器官である男性の陰茎を特徴づける海綿体に似た、ホルモンの影響を直接受けるため常に不安定な、人体の「スポンジ的パーツ」なのだろう。人体の中で一番、その形や大きさや柔らかさに拘《こだわ》っても仕様がない、可変性の高い部分なのだ。

よりによってどうしてそんなところを愛してしまったのか。しかもその愛し方というのが、「完璧なフォルム」への妄執に囚われ、ミリのコンマ以下という厚みを残すか削《そ》ぐかに全神経を集中させる彫刻家のそれと同じようなものなのだから始末に負えない。乳房に常なるものを求める者の失望は、あらかじめ運命づけられているのに。

「私が信じているただ一つのものが、どうしてこれ程脆弱《ぜいじゃく》で、かりそめで、はかなく、又まったく未知なものでなければならないのか」――これまた小林秀雄からのふざけた引用（哲学的エッセイ『秋』の絶唱部）だが、文脈をまったく無視してこの言葉を、僕の乳房への思いにそっくり当てはめたい誘惑に駆られる。

いつぞや読んだ説によると、人間の雄が雌の胸部に執着するのは、二足歩行が原因らしい。四足歩行のままなら雌のアピール・ポイントは尻にあったのだが、立ち上がったため上半身の前面部が常に露《あらわ》になり、相手と対面するそこにアピール・ポイントが移動したらしい。一応、なるほどと思う。確かにホルスタインの雄が、雌の腹のあたりに膨れて垂れ下がっている乳房を見て発情するとは、想像し難いから。

ただし私見によれば、人間の女性の乳房にはもっと高次の存在意義がある。なかんずく少女の膨らみかけた乳房には、ただ単に性欲を喚起するような獣性を超えた、神々《こうごう》しいばかりの美を、動物ならぬ人間ならばそこに認めるはずなのである。それをロリコンの一言で括《くく》って排除する者は、人間の中の獣性と共に、聖性をも掃き捨てようとしているのだ。

他の哺乳類に戻ったつもりで冷静に考えれば、乳房なんてただの一器官に過ぎない。それはそもそも交配する雄のためのものではなく、その結果生まれた子にしばらく栄養補給させるための、あくまでも機能的な器官なのだ。なのに僕にはなぜ、それがあんなに美しく感じられるのか。いや、そんな言い方では足りない。なぜ乳房は僕にとって頑迷にも、美という概念そのものの極点であり続けるのか。

文化などという腹の足しにもならないものを持ち、視神経と指先に最も繊細な感覚が集中してしまった変わった生物である人類の、その雄であるところの僕としては、以上のことをすべて引っくるめ、こう叫ばずにはおれない。

美しすぎる少女の乳房はなぜ大理石でできていないのか！

公開制作もうイヤだ！

僕はあまり真っ当な絵描きじゃないもんで、これまでも色々とヘンテコな活動をやって／やらされてきました。それで少々のことでは狼狽《うろた》えない程度に、厚顔無恥な性格を築き上げてきたつもりでした。しかし……今回ばかりはさすがに参った！

大阪にある国立国際美術館という、その名の通り立派な美術館で、公開制作というものを2週間やらされていました。もとい、やらせていただいていました。——まずはこの微妙な言い換えについて、順を追って説明しなければなりません。

その美術館では今年（２０１０年当時）の初めに、『絵画の庭—ゼロ年代日本の地平から』という若手中心の大規模な絵画展があり、僕も（嗚呼《ああ》すでに！）長老組として参加しました。そこに出品した作品に『滝の絵』という、高さ4メートルを超える大作がありました。下絵を描き始めたのが2006年ですから、かれこれ4年もウジウジといじり続けていて、搬入直前北京で猛ダッシュで仕上げようとしたにもかかわらず、未完成に終わってしまった作品です。

展覧会は2ヶ月間あまりで終わり、他のすべての作品は作家自身やコレクターの元に返されたのですが、この『滝の絵』だけは同じ壁にかかったまま、ポツンと残されました。理由は、その絵があまりに素晴らしかったから——ではなく、要は「劣等生の放課後居残り補習」みたいなもんです。「きちんと仕上げるまでは帰さん！」というわけです（もうちょっと具体的に言うと、『滝の絵』は美術館が収蔵する作品の候補になったのですが、未完成ではそれを検討する会議にもかけられないので、とりあえず完成させろ、ということでした。またあまりに大作なため、いったん東京に戻して加筆し、それをまた大阪に運ぶとなると、莫大な運送費がかかるという問題もありました）。

これは担当学芸員さんの温情というもので、まったくもってありがたい話なわけです。

僕は天井高が4メートル以上のアトリエなんて持っていないので、その絵は今まで、木枠から外したキャンバスを絨毯《じゅうたん》のように床に敷き、その上に乗っかるスタイルで描いていました（日本画風と言っていいでしょう）。そうすると作業的には楽なのですが、近視眼的になって絵の全体感が狂うので、特に仕上げの段階ではなるべく避けたいと思っていました。一方ちゃんと木枠に張って垂直に立てて描く場合（洋画風）、高いところを描く時の作業性が極端に落ちる欠点があります。しばしば引いたところから見て全体感を確かめたいため、梯子《はしご》であれイントレ（組み立て式足場）であれ、何度も昇り降りの繰り返し。すぐに足腰がヘトヘトになります。

その点このような大型美術館には、頼もしい秘密兵器があるのです。僕らが通称「タワー」と呼んでいる、主に照明調整などの高所作業をするためにある、充電式自走型昇降機というやつです。二つのレバーを操作することで、巨大な画面の上下左右好きなところにたちどころに移動できて、最適な体勢で描ける。僕は今までいくつかの美術館で、これを使って大作の最後の加筆を試みたことがあるので知っているのですが、これがあーた、便利ったらありゃーしない！（これを個人所有することが、僕の人生の最終目標だったりします。これ自体は数百万円で買えるんでしょうが、これに相応しい巨大アトリエとなると数千万円はするでしょうからね）

この「タワー」を2週間独り占めして使える——ほぼそれだけの理由で、僕は公開制作を快諾したようなものでした。

もちろん公開制作なんてイヤでした。僕は自分が作ったものに対しては、病的なほど自己顕示欲が旺盛なのかもしれませんが、生身の自分をお客さんの前に晒《さら》すことは、可能な限り

89　公開制作もうイヤだ！

滝の絵
2007–2009
キャンバス、アクリル絵具
439×272cm
撮影＝福永一夫
国立国際美術館蔵
©AIDA Makoto
Courtesy Mizuma Art Gallery

避けたいタイプです。聞けば僕の公開制作の期間中、同時に荒川修作氏の初期作品展『死なないための葬送』も開催されているとのこと。荒川氏目当ての「うるさ型」のお客さんの目に晒されると思うと気は重いけど、まあ言ってしまえば、理知的な作風の荒川氏にはそれほど集客力はない。がらんとした美術館の静かな環境で描けるだろう——それぐらいに踏んでいました。

ところがその荒川氏の突然の訃報が、僕の公開制作の直前に飛び込んできました。ここで荒川氏のことを知らない読者もいるでしょうから、簡単に紹介しておく必要があるでしょう。

荒川修作——1950年代末に前衛芸術家として登場。その初期代表作である、棺桶型の奇怪なオブジェ『棺桶』シリーズが、今回この美術館で半世紀ぶりに一堂に会していました。61年に渡米、以来ニューヨークに定住。パートナーである詩人のマドリン・ギンズとともに、製図のようにクールな平面作品『意味のメカニズム』シリーズを制作開始、一流の哲学者や物理学者から賞賛されたそうな。人間の認識の根幹を問う求道的姿勢はそのまま、怪我人続出の『養老天命反転地』など、その後次第に建築的な仕事に移行。NHK『課外授業ようこそ先輩』では、自分の出身小学校を間違えても平然としている天才っぷりを発揮。「死という天命を反転する」等の難解な言葉使いに心酔する者と、衒学《げんがく》的なハッタリと断ず

提供＝国立国際美術館

絵画の庭
ゼロ年代日本の地平から
2010年1月16日(土)〜4月4日(日)
GARDEN OF PAINTING
Japanese Art
国立国際美術館

ルノ。
ルノワール
— 伝統と革新
4.17sat. → 6.27sun.
国立国際美術館［大阪・中之島］

る者の落差は激しい気がします。ニューヨークの病院で亡くなりましたが、死因が発表されていないのは、やはりその独特な思想を最後まで貫くためだったのでしょうか。

僕は学生時代に西武美術館で催された大規模な『意味のメカニズム』展を、相当熱心に観たクチです。同時期にあった、ヘレン・ケラーの知覚について熱く語り通した氏の講演会も聴きにいきました。「ARAKAWAを理解するためにはDOGENを読まなければならない」と外国人の学者が書いていれば、『正法眼蔵』を買いに本屋に走ったような素直な若者でした（もちろんその読書は挫折）。大学3年の時には『河口湖曼荼羅《まんだら》』などという、自称・哲学的作品を作りましたが、そこに荒川氏の少なくとも間接的な影響があることは明らかです。

浮世離れした氏のイメージゆえか、その死のニュースには妙にリアリティが感じられませんでしたが、それでも当然、それなりの追悼の気持ちは湧きました。というか、氏の表現者としての出発作――その名も『棺桶』シリーズと、こういう皮肉なタイミングで、フロアーを同じくして自分が公開制作する、運命の不思議を勝手に感じていました。偶然そうなってしまった氏の〝追悼展〟に対して、僕の『滝の絵』なんて、とんだ面汚《つら》しだなとも思いました。また、氏の追悼でお客さんが増えるのは、静かな公開制作を望む者としては、正直言ってあまり嬉しくない話でもありました。

ところが——さっきも「ところが」という接続語を使ったので、こういう繰り返しは作文上よろしくないのは知っていながら、これが実感なのであえて二度使いますが——そんなもんじゃやなかったっす。

ハンパないっす、印象派。ていうかルノワール。っていうか、「ルノ。」！

公開制作のための描画道具一式を詰めた重い〝ガラガラ〟を引きずりながら、美術館の正面入口に到着した瞬間から、イヤな予感はしていたんです。栗色の巻き毛を豊かに垂らしたフレンチ美少女の横顔、〝油絵によるソフトフォーカス〟とでも呼びたいホワホワした夢見がちな筆触。そう、この甘ったるい雰囲気といえばルノワールをおいて他にない——そんな大判ポスターが、いきなり僕を出迎えてくれていました。

あとで知ったことですが、その絵は『イレーヌ・カーン・ダンヴェール嬢』、通称『可愛いイレーヌ』。チラシでは生涯の最高傑作と謳《うた》われている（僕はちょっと疑問符ですが）、今回の〝ルノワール展〟の目玉作品でした。そしてその絵の上にあろうことかデカデカと、白ヌキの明朝体で「ルノ。」と一行コピーが入っていたのです！

「。」ですよ「。」、「モーニング娘。」と同じ「。」止め！　そういう一般受けを狙ったデザインのポスターでした。あとで学芸員に訊《き》いたところ、フランスでルノワールのことを「ルノ」という愛称で呼ぶ習慣はまったくないとのこと。「このコピーのセンスは大阪ならでは で、東京では許されないだろう」と、大阪出身ではなく、そのポスター制作にも関わっていない僕の担当学芸員Sさんは、他人事《ひとごと》のように苦笑していましたが。

つまりこういうことです。ここは国内最大級の美術館なので、纏まったボリュームの展覧会を二つ同時に開催できる。一つは地下2階で行われている、荒川修作の初期作品を中心とした、60〜70年代に一世を風靡《ふうび》したコンセプチュアルな傾向の現代美術展。もう一つは、地下3階で行われているルノワール展、愛称「ルノ。」。僕の〝居残り公開制作〟は地下2階でしたから、一応前者のオマケ、あるいは番外編みたいな形になっていました。僕が事前にSさんから聞いていたのは「荒川展」の方だけで、「ルノ。」の方は聞いてなかったのですが、そこにはSさんの何らかの配慮（ルノワールのことを事前に話したら会田が尻込みするんじゃないか、等）が働いていたものと想像します。

だって日本の美術館でルノワールをやったらどんなことが起こるか、そういう方向の美術に関心の薄い僕にだって、だいたい想像はつきますから。先進国の中で最も現代美術が疎んじられ、なのに美術展への年間入場者数が世界一のこの国で印象派モノをやったら、そりゃオバサマ（あるいはオバチャン）が大挙して押し寄せて来なければ、計算が合わないってもんです。聞けば「ルノ。」の入場者数はすでに20万人を突破したとのこと。確かにロビーは、平均年齢55歳、男女比1対4といったところのお客様で溢れ返っていました（中には心なしかフランス貴婦人風コーディネイトを目指したと思しき方もチラホラ）。そして僕にとっては不幸にも、「ルノ。」のチケットで「荒川展」――つまり僕の公開制作も見られるシステムになっていたのです。「ルノ。」帰りの客が全員こちらに寄るわけじゃないとしても、これでは「荒川氏の追悼客の追加で静かな環境で描けなくなった」どころの騒ぎじゃありません。

しかし2週間と時間は限られているのだから、ボヤボヤしてはいられません。とりあえず気持ちを落ち着かせ、念願のタワーに乗り込みます。パレットにアクリル絵具を並べ、輪郭線を描くための耐水性顔料インクの筆ペンを揃え、あともろもろ準備して……いざ出発です。

画面から程よい距離を保ちつつ、タイヤを動かして自分が描きたい場所の下までタワーを移動させます。それから僕を乗せた〝箱〟の部分を上昇させ、描きたいところで止めます（この一連のレバー操作はお手のもので、のちにある客から、絵ではなくタワーの操縦を褒められました）。まずは手始めに、画面の高いところに集中してある、ぜんぜん輪郭線が描かれていない部分に、せっせと筆ペンを走らせます。北京では原始的なイントレしかなかったので、高いところの作業効率が極端に低かったのです。

そうやってしばらく集中して描きます。なるべく後は振り向くまいと努めるのですが、やっぱり気になって、時々ちらっと見てしまいます。僕の作業を見ている（ゴルフなんかの意味における）ギャラリーさんは、チラホラだったり、ザワザワいたり、あるいは時間帯によっては無人になったりします。たまに熱心に何時間も見てくれる、最初から僕目当ての若いギャラリーさんもいますが、大多数は「ルノ。」帰りの、壁の説明文を読んで「へぇー、公開制作やて」などと言い合い、さほど長くは見ていかない、比較的高齢のギャラリーさんたちでした。

僕らアーチストは基本的に個人主義者（ないし職業病としての独善的ジコチュー）ですから、周りにどんな他人の作品があろうと、自分は自分、人は人という感じで、あまり気にしないものです。いや、そう心がけようと日々努めています。そうしないとグループ展なんてやってられない――毎回血を見ることになりますから。

しかし今回ばかりは僕の調子は狂いっぱなしでした。たった今ルノワールを、あるいは荒川修作氏やかつての前衛美術を見てきた人の前で、自分の作品に手を加え続けることが、こんなに精神的な重荷になるとはちょっと想像していませんでした。絶えず心の中で雑念の嵐が吹き荒れて、いっこうに止《や》みそうにありません。すぐに集中が途切れ、頻繁に〝タバコ休憩〟を入れちゃうし、本当はとても軽いはずの絵筆が妙に重く感じられるし……。

何と言ってもこの『滝の絵』という作品の、特殊な性質が僕にとってはすべてのネックでした。なので僕の心の嵐を説明するためには、しばらくこの絵のことを説明しなければなりません。

『滝の絵』を一言で言えば「僕にしては珍しいソフト路線なエッチ画」ということになります（実はこの連載エッセイを以前纏めた『カリコリせんとや生まれけむ』という本の表紙として、装丁家・鈴木成一氏が選んでくれた絵なので、知ってくださっている方もいるかもしれませんが）。田舎の女子中学生40名ばかりがスクール水着（略称・スク水）を着て、さほど大きくない滝がある渓流で、水遊びに興じている図です。ぶっちゃけそれは「南アルプスの天然水」のテレビCMです。そのパクリとは言わないものの、ある世代の日本人男性なら同じように抱いている、「共同幻想」みたいなものだと僕は思っています。事実僕はこの絵の仮題を長らく『南アルプスの天然水』として、頭の中でのみ使っていました。

最初に完成させたのは、40人分のスク水の陰影でした。そこが一番描くのが簡単で、でも作品全体の〝核〟であり、なおかつ描いていて〝美味しい〟ところでしたから。次に完成させたのが、女の子の顔や髪や肌の部分。ここは簡単ではないけれど、〝核〟であり〝美味しい〟点はスク水以上でしたから。最後に残ってしまったのが人物以外の部分、つまり渓流の風景でした。しかしそれは単なる人物画の背景ではありません。理由はあとで説明しますが、そこも絵の中の主役として、同じ比重で愛情込めて描かなければいけないのです。

だから僕がこの公開制作で加筆したのは、ほぼ岩と水と植物の部分だけでした。岩は桃山絵画の単純な色面構成を意識して、金一色にしたので簡単なのですが、流れ落ちる水の描写は難航を極めました。光を屈折させるだけの本来透明な水というものは、写真資料がほとんど役に立たないものですし、流れ落ちるという物理法則に矛盾しないためには、普段やらない理系的思考も強いられましたから。

しかしそれにも増して悩ましかったのは、膨大な数を描かねばならない葉っぱでした（一枚一枚描くので〝量〟ではなく〝数〟と表現しました）。それは湿潤な日本の風土を表現するために、ある程度以上の数が絶対に必要だったのです。とにかく来る日も来る日もチマチマチマチマと、葉っぱばかり描いていました。使っている絵筆は0号や1号といった、画材屋で売ってる一番細いタイプのもの。それで葉っぱのシルエットを明るい緑色で描き、絵具が乾いたのち極細の筆ペンで輪郭線を入れ、暗い緑色で陰影を加える——ひたすらその繰り返しでした。

だからこの『滝の絵』はぜんぜん公開制作に向いていません。内職のシール貼りみたいな

提供＝国立国際美術館

もんで、一日の作業にほとんど大きな変化がなく、見ていて楽しいわけがないからです。しかも描いているものが細かいから、タワーで高いところを描いている時なんかは、お客さんに手元はぜんぜん見えてないはずでした。もしこの公開制作期間の最初と最後を見た人がいたとしても、どこがどう変わったのか正確に言い当てることはできなかったでしょう。

例えば隣の展示室には、公開制作によって作られた前衛芸術家・篠原有司男《うしお》氏（愛称・ギュウちゃん）の『ボクシング・ペインティング』が展示されています。ボクシングのグローブを墨汁に浸し、巨大なキャンバスにバンバンバーンと打ち込んで作られます。若い頃から「速く美しくリズミカルであれ！」がモットーのギュウちゃんは、60歳の頃やったと思しきこの公開制作においても、せいぜい1時間以内ですべての事を成し遂げ、その間お客さんを飽きさせることはなかったでしょう。本来公開制作とはこうあるべきものです。少なくとも『滝の絵』に限って言えば、僕は敬愛するギュウちゃんと、あらゆる面で悲しいほど正反対だと言わざるをえません。

こんな単調な作業の日々が続くと、僕にはもはやお馴染みなんですが、僕専属の悪魔がやってきて、耳元でずっと囁《ささや》き続けます。

『オマエの今描いてる絵、根本的に間違ってんじゃない？』

101　公開制作もうイヤだ！

提供＝国立国際美術館

『こんな絵完成させたところで何になる？　恥を晒すだけだろ？』

『全部無駄無駄。もう筆折っちゃえば？』

……等々。

当然僕は悪魔の侮辱や誘惑に抗います。

『いやいや、そんなはずはない。描く意義はあるはずだ。確かあったはずだ。そうだ、今こそ初心に立ち返れ。初期衝動を思い出すんだ……』

『滝の絵』の初期衝動――。

この絵を描こうと思い立ったのは、数年前にロンドンでやった個展の初日のことでした。海外で個展なんて言うと聞こえが良いかもしれないけれど、少なくとも僕の場合はいつも「手弁当のドサ回り展」みたいなもんで、実際は国内でやるものよりずっとショボいことがほとんどです。

日が傾き、オープニング・パーティが始まりました――といっても大物コレクターがいるような華やかなものではありません。僕をロンドンに呼んだのは、まだ若く野心的な独立系の企画者（インディペンデントキュレーター）で、お客さんの中心は彼の友人知人らしい、いかにも美術系といった尖り方をした若者たちでした。英会話の輪に入ることができず居場所を失った僕は、一応「本日の主役」にもかかわらず、しばらくしてこっそり会場を抜け出してしまいました。

そこは新しくて面白いギャラリーが集まりはじめた、郊外の寂しいエリアでした。僕はビール片手に夕暮れの街を（迷子にならない程度に）彷徨《さまよ》いました。やがて歩くのにも飽き、適当な石段を見つけて腰掛けました。ロンドン滞在は1週間目くらいだったでしょうか。そんなに長くはないにもかかわらず、僕は鈍いストレスをお腹《なか》のあたりに感じていました。ふと、

「あーあ、早く日本に帰りてーなー」

という言葉が口をつきました。その瞬間です、『滝の絵』のイメージが頭にぱっと浮かんだのは。そして「ああ、そうか。日本に帰ったらこういう絵を描けばいいんだ……」と、その場で制作を即決しました。ものの5秒程度の出来事だったでしょうか。

それは極端に理想化された――といってもあくまでも個人的なものなので等身大のリアルさは確保された――「美しい日本の風土 with 少女」というイメージでした。だからもともと、どちらかと言えば風景こそが主役で、少女の方は添え物だったのです。平たく言えば「マジで今すぐに帰りたい場所」ということでした。僕が育った中途半端な田舎と、僕にチン毛が生え始めた昭和50年代前半――あそこに戻りたいという、都会生活（というか基本的に大都市型文化である現代アート）に少々疲れた中年アーチストの感慨に過ぎないと言われ

ても、特に否定はしません。

なんであの時僕があんな強いストレスを感じていたのかというと、他にもいろいろあるんでしょうが（英会話とか）、主な原因として、ロンドンの最新アート・シーンを見ちゃったことが挙げられます。自分の個展の設営は簡単に済んだので、二日ほど時間が空き、僕はその郊外エリアにある気鋭のギャラリーや、中心部にあるメジャーなギャラリーなどを、あらかた見て回っていました。

行く前からある程度知っていましたが、ロンドンの若手アーチストたちの作風は「屈折」「変化球」「ニヒル」「分かっててわざとやってんだよ」——そういう要素に満ちていました。それを僕というアジアの純朴なアーチストが見てショックを受け、それでストレスを感じたかというと——たぶんそういう分かりやすい話ではありません。時代はもはや明治ではないのです。日本の一典型的なアーチストである僕の方は僕の方で、彼らとはちょっと別種でしょうが、すでに十分過ぎるほど屈折していたからです。

例えば僕はこの個展のために、僕自身がビン・ラディンに扮してコタツでグダグダ言いながら酒を飲む、お笑いじみたビデオ作品を作りました。東洋人である僕が中東の国際的テロリストをバレバレに演ずる、イヤらしくも計算高いこの作品は、案の定海外のアートピープルにウケました。僕の作品では異例なことに、その後10回近く国際的な美術展にこの作品が呼ばれたところを見ると、それはそうなんでしょう。

ある意味アートの主流的現場では、そのような屈折が常態化しています。この、自らの先進性を誇示し合うような〝屈折合戦〟に、僕はウンザリしたのかもしれません。鏡で自分の姿を見ているようで、ほとほと嫌気が差してしまったというか。

このレースから一刻も早く降りたい。そして『滝の絵』を、もはや「バイバイ現代美術」と宣言してもいいくらい、究極的に〝素直〟な絵として描き上げてみたい。コンセプトもアイロニーも政治性も毒も、この際どうだっていい。そういう〝アート印〟を付加してくれる尖った要素がまるでなく、日展・院展と同じようにヌルい絵になったって構わない。たとえ「クリスチャン・ラッセンのハワイが日本の田舎に、イルカがスク水の少女になっただけで、こんなもん作者の嗜好を描いただけの、ただサイズがデカい糞イラストに過ぎない」と、絵画理論を愛してやまないインテリたちに言われたって構わない。そんなこと全部分かっていて丸無視し、少なくとも一度だけ徹底して、ド正直に自分が描きたいものだけ描いてみる。それこそ今僕が採りうる、真にラディカルな方法論じゃないのか？

ただし――こういう指摘も当然あるでしょう。オマエの言う〝素直〟というのも、これまた屈折のなせるわざではないのか。ロンドンの生意気そうな若手アーチストが、たとえて言えば〝一回転半ひねり〟を気取っていたから、オマエはさらに二回転をやり、元に戻ってみせたくなったんじゃないのか。結局オマエは〝屈折合戦〟に勝ちたいだけなんじゃないか、と——。

自作自演の一人芝居で恐縮ですが、たぶんその指摘は当たっています。

地上4メートルの高さにあるタワーの狭い箱の中にあって、僕は目をつぶり、以上のようなロンドンでの「初期衝動」を思い出そうと努めました。遠い日に異国の地で抱いた確信を再現するのは、なかなか容易なことではありません。しかしいつまでも禅僧のような瞑目《めいもく》を気取っているわけにもいかず、その完全な再現は諦め、再び目を開けます。するとそこにあるのは、あまりにリアルな現実——僕の技量の限界を残酷なまでに示している絵と、背中で痛いほど感じる大阪のギャラリーさんたちの視線でした。

ギャラリーさんの中でも特に僕の心を激しく掻《か》き乱したのは、2日にいっぺんくらいの割合でどわっと訪れる、制服姿の中学生の団体でした。変態と呼ばれることの多い僕ですが、公立の美術館が法的にどういう性質のものであるか、分かるくらいのキャリアは積んでいるつもりです。高さ4メートルの絵を展示できる唯一の場所である美術館が、往々にして青少年の健全なる情操教育の現場になることは承知していましたし、『滝の絵』はそこでのギリギリセーフを狙った作品でもありました。けれど作者自身がその場に居合わすことまでは想定外だったのです（僕は時限爆弾犯の姑息《こそく》さこそ美術家の魂と考えるタイプです）。

ニキビ面の男子に交じって、たまに子鹿ちゃんのようにつぶらな瞳をした美少女がいたりして、おそらく提出が義務づけられてるノートに一心に何やら書き込んでいたりします。そんな娘《こ》に絵を見つめられちゃった日にゃあ、調子が狂うこと甚だしい。僕は思わず叫びたくなります。「違う！　キミはこの絵なんかを見るべき娘じゃない！　この絵の中にいるべき娘だろ！」と。主体と客体の混乱……たとえて言えば、トンカツ屋の看板がニッコリ笑った豚のコックさんであるような捻じれた感覚に、軽いめまいさえ覚えました（タワーで高いところに昇っていると、暖気が溜まっていて、ただでさえクラクラするのですが）。

もちろん一番多い見物客は「ルノ。」帰りのオバチャンたちです。もちろん関西にだって芦屋夫人のようなお上品マダムがいることは理解していますが、テレビの影響か、どうしても全員がドぎつい夫婦漫才の片割れのように見えてしまいます。タワーから降りてちょっと休憩なんかしようものなら、彼女らの得意なフリートークでイジられそうで、怖くてなかなか降りられませんでした。

タワーで高いところに昇っていても、そんな彼女らの会話の一部は聞こえてきました。例えばこんな一言。

「ええ目の保養やな」

たぶん、褒めてくれたのでしょう。けっして「これは視覚的快楽だけを狙っており、ゆえに芸術作品としては二流以下に留まる」などという批評的言説を、皮肉を交えて述べたつもりではないのでしょう。それは分かっているのに、だから素直に喜べばいいのに、こちらとしてはどうしても、ガクッと腰砕けになってしまうのです。そしてそんな時僕は、高いタワーから観衆に向かって熱弁をふるいたい誘惑に何度も駆られました（それは実際、箱みたいなところから身を乗り出して演説する、レーニンの名高い写真を連想させるようなシチュエーションでしたし）。

『違う！　ルノワールの残像が残っている、そんな善良そうな目でオレの作品を見ないでくれ！　オレはルノワールの仲間なんかじゃない、強いて言えば荒川さんたちの仲間なんだ！　屈折し過ぎて二回転回っちゃったコンセプチュアル・アーチストなんだ！　あっちは近代的自我がスクスクと伸びてる最中の幸せな19世紀の西洋人、こっちはその後の歴史的なスッタモンダがあった末に空虚に陥った不幸な21世紀の東洋人、たとえ表面的に似たところがあったとしても、そこに至る道筋がぜんぜん違うんだ！　これは思うところあってやっている、ただ一時の、虚しくも必死な演技なんだ！』

けれどそれは言えません。それを言っちゃったら元の木阿弥。「素直」という演技をバラしたら、その時点でラディカルさは泡と消えてしまう。一回転半ひねりで満足しているロンドンの若手と一緒になってしまう。——これってまるで香港映画によくありそうな、麻薬組織に潜入した捜査官の「言うに言えない自分の正体」というジレンマじゃないか……。僕の他の作品もあるならいざ知らず、『滝の絵』一点しかない場合、一般の観衆にルノワールと同一視、あるいは比較される運命からは逃れ難いと思われました（例えば僕はタバコ休憩中にとあるオバサマから『あなたの絵にはどうしてルノワールと違って、痩せっぽちの女の子しかいないのかしら？』と質問されました。ちなみにその時は『あれは岩場でピョンピョン飛び跳ねる子鹿ちゃんのイメージなんです。ルノワールのような豊満な女性では岩場は危険でしょ？』と答えて、辛くも難を逃れましたが）。確かに〝穏健ロリータ路線〟という点で、『滝の絵』と『可愛いイレーヌ』は完全に同一カテゴリーでした。またルノワールの中にあるイラストレーター的体質や、晩年に色濃くなった南仏の自然回帰願望など、共鳴してしまいそうな要素もありました。

こんな書き方からも分かる通り、僕はルノワールをほとんどリスペクトしていません。特にその人格や思想には興味を抱いたことは一度もありません。まあ言ってしまえば、印象派（後期も含む）で第10位くらいの人、としか思っていません。それでも歴史に残った巨匠であれば、それ相応の〝高み〟があることは理解しています。技術、センス、個性、イメージ力、執念……、結局絵描きの最終的な勝負どころが、そういう思考中枢とはあまり関係ない部分にあることは、いくらコンセプチュアルとかヌカしても一応絵描きの端くれとして、長年にわたって痛感してきたことですから。予想される『滝の絵』の〝絵自体としての敗北〟に向き合うのが怖くて、タダ券があったのに、結局「ルノ。」の会場には最後まで足を踏み入れませんでした。

ともあれルノワールには〝圧倒的なオバチャン人気〟等の極端な属性があるわけです。ではもう一方の『荒川&60〜70年代前衛芸術』の方はどうだったかというと——それはそれで凄《すさ》まじい展示でありました。そして僕にとって頭が痛いのは、僕にとってルノワールは敵だけど、こちらは戦後美術（≒現代美術）同士として僕の味方であり、こちらに自分が帰属していると思えば心の安定が保てるかというと——ことはそう単純ではない点でした。

何と言うか……「禁欲一筋！」「サービス精神ゼロ！」「美術史を解さぬ愚民は置いてきぼり！」みたいな展示なわけです。美術は究極的にどこまで行けるのか探求した挙げ句、行くとこまで行って行き止まり、確かに潔いしカッコイイけどさぁ……そんな感じ。尊敬すべき諸先輩方が、我々可愛い後輩たちのために作っておいてくれた、ステキなまでに完璧な袋小路——なんてイヤミの一つも言いたくなろうってもんです。

だから〝ルノワール〟と〝前衛〟、どちらも僕にとって味方の要素はあるけど、基本的には敵であり、僕は両者のきつい板挟みになっていたわけです――少なくとも主観的には。多くの「ルノ。」帰りのお客さんにとって、〝前衛展〟は「目が点」状態だったと想像されます。そんな〝難しい芸術〟というイヤな長いトンネルを抜けたら、とりあえず分かりやすい日本の風景画があった。あー、ホッとした――くだんの「目の保養」発言をしたオバチャンの真意は、大方そんなところだったんでしょう。

公開制作期間である2週間というもの、特に大きな変化もなく、ずっとこんな調子でした。すなわち、僕の頭の中では絶えずルノワールや前衛にまつわる想念が嵐のように吹き荒れているけれど、肉体的にはただ右手のスナップを小刻みに動かしながら、黙々と葉っぱを描き続けているだけでした。そうしていよいよ、終わりの日がやってきました。

最後の2日間は土曜と日曜で、「ルノ。」の入場者数はとんでもないものでした。美術館の外では長蛇の列ができ、その最後尾には「只今30分待ち」などという看板を持った係員まで登場していました（ちなみに最終的な入場者数は32万人を超えたそうです）。その一部だとしても少なからぬ人々が、僕の絵の前まで流れてきて滞留するのです。これでギュウちゃんのようなパフォーマティブなペインターなら「嬉しい悲鳴」だろうけど、こちらは「ただの悲鳴」です。だって僕は元来自意識過剰で秘密主義な――要するに「鶴の恩返し」みたいな作り手ですから。

　立ち入り禁止のロープの前で僕の作業を眺めている人々は、さながら、悲惨な交通事故現場に群がる物見高い野次馬のようでした。こんな言い方は、僕の公開制作目当てにわざわざ来てくれた一部のお客さんには悪いけど、大多数はルノワール帰りの〝たまたま居合わせた通行人〟だったでしょうから（金払ったもんはキッチリ元取ったる、という大阪のオバチャン根性も関係していたかもしれません）。

　そう、これは確かに、極東の片隅で起きた美術史上のごく小さな交通事故には違いありませんでした。僕はさしずめ、自損事故で勝手に血を流してフラついている哀れな男といったところでしょうか。多くのお客さんが「ルノワール↓60～70年代前衛↓僕」という順序で見てきたはずで、確かにそれで人類の時間軸に沿っているはずなんだけど、にもかかわらず「それってどーゆー順序だよ！」「ここで歴史が複雑骨折してる！」と心の中で大騒ぎしちゃうのは、僕の自意識過剰ゆえでしょうか？

　こういうことで悩みだすと果てしなく深みにハマっていきそうですが、今はそんなヒマはありません。タイムリミットは刻一刻と近づいているからです。この期間を過ぎたらこの絵はきっと僕の所有を離れ、公のものになるので、作者といえども加筆の権利は永遠に認められなくなります。この絵をちょっとはマシにする、これが最後のチャンスなのです。

僕は持っていた無地のTシャツの背中に、絵具でデカデカと「るの。」と書き付けました。大衆に媚《こ》びを売って女々しいイラストまがいの絵を描く、矮小化した和製ルノワール――それならそれで良いという開き直りです。そしてそれを着てタワーに乗り込み、加筆のラストスパートをかけました。お笑いの本場・大阪でウケたかスベったかは定かでありませんが、そんなことに斟酌《しんしゃく》する余裕はなく、もうどうにでもなれという心境でした。

最後にちょっと変な体験をしました。

ラスト1時間はそれこそ、力道山の試合を流す街頭テレビに群がる人々を写した古い写真を連想してしまうほどの、黒山の人だかりができていました。そんな中、

「ご来場の皆様、当館は5時をもって閉館となりました。云々……」

という館内アナウンスが流れました。僕は空欄だらけのテスト用紙を嫌々ながら提出する劣等生とか、包囲されてついに観念する逃亡犯とかなり似た心境をもって、うなだれつつ静かに絵筆をおきました。すると黒山のギャラリーさんたちのどこからともなく（いや、それは上手いこと締めくくろうとした学芸員Sさんあたりの陰謀だったのかな?）、拍手が起こり始めました。それはやがて、拍手をされ慣れない僕の耳には「万雷の拍手」と聞こえるほど、大きなものになってゆきました。

こういう妙に感動的なフィナーレは、音楽や演劇関係の人なら毎度お馴染みなんでしょう

が、僕のような鶴の恩返し系絵描きにはほぼ無縁のことなので、面食らい、くすぐったい気持ちになると同時に、「みんな間違ってるよ！」と思いました。僕にとって作品が完成する瞬間とは、誰かに祝福されるべき栄光のゴールではなく、いつでも「苦々しい諦め」と相場は決まっていますから。

公開制作、とにかく疲れました。体じゃなく、心がくたくたに。ホントにもう二度とゴメンです。これからは絶対にアトリエで仕上げよう。いや、なるべく仕上げたいものです……。

俺様ファッション全史

以前料理や住処《すみか》の話を書いたので、どうせなら衣食住で揃えたくなり、服装の話を書いてみます。僕の日頃の身だしなみを知る人々は「オマエからファッションの話なんて金輪際聞きたくねー」と言うでしょうし、こちらとしても「ファッションの話題ほどファッキンなものはない」と思っているクチですから、とにかくこれ一度きりとします。その代わり僕のファッション史をすべて語り尽くします——といっても単純な歴史なので、大して長くなりませんからご安心を。

僕の青春期のファッションを一言で言うなら「ジャージ」となるだろう。例えば美大の校内でくだけたグループ展をやった時、勝手に「ジャージー会田」というアーチストネームにされたくらい、ジャージは当時の僕の代名詞だった。美大やその前の美術予備校で僕の名前を知らなくても「ほら、あのジャージのヤツがさあ」「ああ、アイツね」などと会話が成立したこともしばしばだっただろう。基本的に24時間、365日、同じジャージを穿《は》き続けていた。

えんじ色や青など何色か穿きつぶしたが、基本的に脇に白いストライプが1、2本入った、あまりにも一般的なジャージが僕の好みだった。それは重度の精神障害者や痴呆老人が穿く、というより穿かされるタイプのものがモデルだった。つまり、人に見られて恥ずかしいとか誇らしいといった自意識がなく、ゆえにファッションに関する美的判断が皆無な人々が、親族や施設職員といった他者によって、機能性だけを理由に、本人の個性と関係なく一律に選ばれた服――としてのジャージが僕の理想だったわけだ。一応、個性や自意識というものについての考えを巡らせた挙げ句の、コンセプチュアル・アート的アプローチだった(と今にして思うが、当時その自覚があったかは正直微妙)。

そのように脳の正常な機能を人に疑わせるようなジャージを選んだ上で、僕はそれを絵具でベトベトに汚していた。わざと汚すわけではないが、「服に絵具が付かないように注意しよう」という意識を放棄したら、油絵科の学生の服なんて数ヶ月で自然と絵具まみれになるものだ。加えて地べたによく腰を下ろすし、寝る時もそのままだし、洗濯もめったにしないから、かなり離れたところにいる人に対しても、視覚と嗅覚に強いインパクトを与えることができた。また当時は好景気で、今と違い若年のホームレスがほとんどいなかったから、相手にしばしば、こちらの身分の判断不能に伴う深い不安感を与えたことだろう。僕が電車に乗るとそそくさと車両を移る女性客がよくいたが、彼女らの目は明らかに『ホームレス？ ペンキ職人？ それともアブナイ人？ 何？ ぜんぜん分かんない！』という内面の声を発していた。

とりあえず服装で先制攻撃して、相手を引かせる——そういう意味では、当時日本で遅ればせに増え始めたパンクスと共通点はあっただろう。彼らが見かけの攻撃性に反して案外ナーバスな青年であるということは、当時からよく語られていたけれど、そのことも含め。ただ僕は、漠然と何らかの表現者になることを決めているだけのクソ生意気な若造で、世のパンクスさんたちよりもオリジナリティへの渇望が異様に強かった。すでに確立されたジャンルの一員になる気は毛頭なかった。

自意識過剰に苦しむ上京者の一症例である。自分がどう見られているのか、いや、そもそも見られているのか見られていないのか、そこのところから分からない不安に、僕の小さすぎる心臓は耐えられなかった。それで「確実に不気味な人間として見られている」という状況を作って、とりあえずの安心を手に入れたかった。たとえ一般的な青春が第一の目的として挙げる、異性とのステキな出会いを完全に諦めたとしても、僕にはその安心の方が必要だった——。なんだか一時の「ヤマンバギャル」みたいなメンタリティだが、今にして思えばそう自己分析できる。

だらしない着こなしをむしろ好む今の若い人には想像しにくい話かもしれないが、これはカジュアルなものが最も軽蔑されていた時代——バブル全盛期の主流派に対する、僕なりの反逆心でもあった。ＤＣブランドとかボディコンとか、未だにその定義はよく分からないが、とにかく男は黒くて女はピチピチの、いかにも高そうなヨーロッパ製の服を着込んだ若造どもが街に溢れかえっている、まったくもって異様な時代だった（そういえば今思い出したが、予備校に不動産屋の息子で全身ＤＣブランドで固めた、18歳にして〝全身百万円の男〟と呼ばれたTくんってのがいたっけ。40代後半の彼は今頃どこで何をして、どんな服を着ているんだろう。やっぱり休日はユニクロだったりするのだろうか）。

逆説的な現象だが、当時僕は「東京出身なの？」とよく訊かれたものだ。サンダルにジャージ姿で寝グセのまま学校に来る僕は、むしろ東京の中心部に実家があって、そこから徒歩かチャリンコで通っていると思われたのだ。そんな恥ずかしい格好で電車に乗ることが信じられない、という変に気取った連中が当時はたくさんいた。もちろんそんな誤解を狙ってやったわけではない——そこまで計算高くはない。その後オシャレに無頓着でダサい、本物の東京中心部出身者と何人か出会うことがあり、そういう種類の「ドーナツ化現象」も実際に

（上）
月刊デザインプレックス九月号
一九九八年九月一八日
発行＝株式会社エクシードプレス

（下）
©AIDA Makoto
Courtesy Mizuma Art Gallery

あることを知ったが。

「最近はニューヨークの先端的なDJなんかがジャージを着てるらしいぞ」と時々友人から進言を受けるようになったのは、大学3年、1987年くらいのことだったろうか。すでに確立したジャンルに属するのがイヤな僕としては、それは当然悪いニュースだった。『あー あ、ジャージまでオシャレに取り込まれちゃう時代がくるのか』と苦々しく思った。さらに、ジャージの滑り落ちやすいポケットのせいで財布を二度紛失したこともあり、僕とジャージの蜜月期はしだいに終わりを告げていった（ついでに言えば、最近の若手お笑い芸人が舞台コスチュームとして着るジャージというものもある。オシャレとは別の目的とはいえ、これもジャージのお茶の間レベルの大メジャー化であり、往年のアングラ・ジャージ・ユーザーとしては複雑な心境である）。

大学院に進んだ頃からは、安いナイロン製の真っ青なパンタロン（具体的に言えば西日暮里の問屋の見切り品300円）や、寅壱の真っ黄色な鳶《とび》ズボンなども穿くようになったが、いずれにしても僕にとって大切なのは〝彩度〟だった。全身、彩度100パーセントじゃないと気が済まない。フォトショップの色調補正で彩度のバーを右に振り切った、あの状態。自分に似合っているかどうかは問題じゃない、そもそも鏡なんて見ない。とにかく振り切れていなきゃあイヤ。中間色なんて気の弱い色彩が自分の肉体にまとわりついていると考えるだけで憂鬱になる——。
服の色に限って言えば、当時の僕は完全に目立ってナンボのチンピラだった。あるいは、緑や紫やオレンジ色といった混色さえ気持ち的に許されなくなり、赤青黄の三原色にだけ愛着を感じるようになったあたり、もはやモンドリアンが後期に至った、あの還元主義的境地に近づいていたのかもしれない。

＊　＊　＊

そもそも僕のファッション史がこんな屈折に満ちた歩みを始めたのは、小学校高学年の頃、原因は僕の哀れむべき特異体質だった。汗が臭《くさ》い、もっと正確にいえば、臭くなるのだ。

若い頃はガリ痩せだったので、ある種のおデブさんのような多量の汗っかきだったわけではない。量ではなく質の問題だった。といっても汗腺から出たばかりの僕の汗の臭いは、人よりちょっとワイルドかな？　程度で、それほど変わったものではなかったと思う。その汗が〝編みのきつい綿布〟に染み込んで数日が経過した時点で初めて、異常事態はじわじわと始まった。

まずは『あれ？　この変わった臭いはどこから来るんだろう？』と思う。点検すると、自分のGパンから来ることが分かった。そこで、どこかでしゃがんだ時に変わった臭いの汁を出す草でもお尻で踏み潰したかな？　と考えた。耐えがたい悪臭ではないが、とにかく自分（人間）由来の臭いとは到底思わない。

そのことはいったん忘れ、またしばらくそのGパンを穿き続けると、その異臭がどんどん強くなってくる。さすがにこれはおかしいと思い、母に洗濯を頼む。洗濯が済んだGパンはいったん洗剤の清潔そうな匂いになるので、気にせず足を通す。また数日間穿いていると、あの異臭が、今度はどこかねじ曲がったものに変質して臭ってくる。その異臭というよりは、もはや悪臭に驚き、慌てて洗濯に出す。……これを何サイクルか繰り返すうちに、その悪臭はどんどん耐えがたいほど強くなってゆく。ついにはいくら洗濯しても悪臭は落ちなくなり、そのGパンはやむなく廃棄処分となる。また新しいGパンを買うのだが、それも半年も経たずに同じ運命を辿《たど》り、また同じ繰り返し……。

Gパンの生地は編みがきつくて厚手だから、水分が溜まりやすく、体温が常に温めることも手伝って、そこに細菌が大繁殖したことは明白である。しかしそれだけでは、人生の他の機会ではけっして嗅《か》いだことのない、あれほどの悪臭の説明としてはまだ足りない。だから僕は今では次のような仮説を立てている。

おそらく僕の汗に含まれる特殊な成分が、ある珍しくて生命力の強い細菌（納豆菌に近い仲間？）の大好物なのである。有機物である綿布や、ジーンズの染料との悪い相乗効果もあるのかもしれない。洗濯ではちゃんと酸素系漂白剤も入れて殺菌しようとするのだが、それでは完全に死なない。それどころか漂白剤でダメージを食らった細菌は、映画『グレムリン』のギズモみたいに、よりしぶとく凶悪な生き物に自らのステージを上げてしまう。人間側の殺意を感じ取った彼らは、断末魔の苦しみとともに復讐心のこもった毒素を撒き散らし、それが人間にとって耐えがたい悪臭に感じられる——。

科学的論証はまったくない話だが、ともあれ、この事態が僕の人生にとって何を意味したかが問題だ。それは、よりにもよって爽やかなヤングの象徴である、あのブルージーンズが一生穿けない、ということだ。

時代はまだ70年代半ば——EDWINやBOBSONといった国内ジーンズメーカーのCMが頻繁にテレビで流れ、中村雅俊演ずる熱血教師や松田優作演ずる熱血刑事がGパンを穿いて疾走していた時代——であることを考慮してもらえば、このことの残酷性をよりリアルに理解してもらえると思う。これから若者になろうとする者が、特異体質によってあらかじめ、キラキラ輝く一般的ユース・カルチャーから弾かれていると思い込んだとしたら？　素直に敗北を認めて謙虚で小さな男に納まるか、さもなくば主流に宣戦布告して変人の道を爆走する以外、選択肢はないではないか（ちなみにちょっと話ははずれるが、現在（２０１０年当時）でも海外に滞在している日本の若い男は、なぜか決まって白地に無難なプリントがしてあるＴシャツにブルージーンズという、過剰に爽やかな服を着る傾向があると思う。なんとなくイメージ〝片岡義男〟みたいな。欧米における絵に描いたような典型的若者像からはみ出さないよう細心の注意を払っているみたいな、気弱に〝名誉白人〟を狙っているみたいな……。韓国人や中国人はもうちょっと癖のある自己主張をするから、服装だけでだいたい日本人は当てられる）。

そんなわけで、後に高校2年の頃、ジャージを〝発見〟した折も、コンセプチュアル・アート云々という理念ももちろんあるが、合成繊維を通気性を保って織った生地の魅力が実際には大きかったのである。〝天然素材の素朴な風合い〟などというが、実際アイツらは〝腐りうる有機物質〟であり、新しい人工素材の方が腐らないし何かと高機能なんだと思ってしまう。僕は現在、テンペラ絵具とか手漉《てす》き和紙などという古い画材に興味を持たず、20世紀後半に発明されたアクリル絵具を中心に仕事をしているが、それはもしかしたら小学校高学年で体験したＧパンのトラウマをまだ引きずっているせいかもしれない。

僕の中学3年間と高校の前半は、様々な理由で暗くて不安定な時代だったが、それは休日に自分が何を着るべきかまったく分からない、ファッション観における過渡期だったところにも遠因があったのだろう。ジャージを選択するまで続いた、そんな魂の彷徨《ほうこう》から抜け出し始めた頃、それの直接的なきっかけになったわけではないが、それと無関係ではなさそうなキーワードを僕は抱いていた。

爺さんの股引《ももひき》――。

あれは何だったんだろう。具体的に「爺さんの股引が穿きたい」という意味ではない。股引はあくまでも何かの比喩であり、象徴だった。まずは「〝爺さんの股引〟っていいよなあ」という直感があり、次に「僕も自分の人生全体を〝爺さんの股引〟のような存在にせしめねばならぬ」という決意があった。「爺さんの股引主義」といってもいい。若い頃はそんな社会主義国家みたいに大袈裟な自家製スローガンが、よく脳内に響き渡っていたものだ。

今思えばこの脳内スローガンは、僕が人生の最も重要な分岐点に立っていた時に鳴り響いていたといえる。なぜならその直後に僕は芸術家になることを決め、以来その気持ちは微動だにせず今に至っているから。つまり「爺さんの股引」とは、その中に「芸術家という生き方」も含む、もっと大きな何かのメタファーだったのだろう（と推量で書くのは、不安定な青春期の実感を正確に思い出すことは不可能だからだ。また僕は現在〝日本を露悪的に表現する作者〟と紹介されることが多いが、このキーワードはそれともどこかで繋がっているかもしれない)。

このおそらく大事だったキーワードが、僕が今も昔もファッキンな話題と思っている、ファッションにまつわることだったことは、どこか示唆的である。昔『パンツをはいたサル』(栗本慎一郎)という本があったが、確かにファッションについて考えることは基本的に軽薄なことだが、社会を作った人間という種族の、どうしようもない「わざとらしさ＝本質から の離れっぷり」のルーツに遡行するという意味において、相応の深みはある。そしてたぶんその特有の深みは、例えば銀行マンでも宇宙物理学者でもない、芸術家こそ専門とする領分に思えるのだが……。

「ジャージ期」もとうの昔に過ぎた現在の僕のファッションについて、最後に簡単に触れておきたい。

今の僕の服は一時期あれほど忌み嫌っていた中間色、それも中間色の王様＝灰色を中心にコーディネイトされている。専門的な比喩をすれば、筆洗の底に溜まった絵具の泥、あんな名付けようもない、名付ける価値もない色こそ身に纏いたいと思う。我ながら極端な性格だと思うが、服は目立たなければ目立たないほど良いという方針に１８０度転換している。

理由は、肉体の中年化に伴う自然な心境の変化もあるが、作品で自分をアピールできるから、服で主張しなくてもよくなった点が大きい。意識してやったつもりはないが、20代終わりから作品を発表する機会が増えるに従い、服装が地味になってゆき、30代を経てゆっくりと現在の〝陰気な鼠男〟に至ったところを見ると、それは事実なんだろう。作品が主役であって僕自身は黒子、このコンクリート・ジャングルの中で透明人間になれる灰色が一番だと今は思う。

しかし若い時から変わっていない点も多い。着替えたり洗濯したりするのがとにかく嫌いだ。若い頃は銭湯代をケチって1ヶ月も風呂に入らず、悪臭を撒き散らしたものだが、今は家の風呂に入ることが数少ない気分転換（仕事からの逃避行動）だから、意味もなく日に何度も入ったりする。皮膚と細菌の共存こそ健康の源と信じているので体は洗わないが、下着だけはその時替える。再び同じズボンと上着に体を通し、昼間と同じその服のまま眠る。寝間着なんて持ったことはない。そうやって同じズボンと上着を1ヶ月は着る。スペアは基本的にないので、それらお気に入りのズボンと上着が臭くなって洗濯しなければならない時は、なるべく1日で済ませ、またすぐに着る。そうやって1シーズン同じ服を着続ける。だから僕の印象が日によって変わるのは、Tシャツが表側に出る夏だけである。

それらお気に入りのズボンと上着は、アウトドア専門メーカーの、速乾性などの高機能が備わった、新素材の合成繊維モノと決めている。理由は言うまでもないだろう――変な汗を出す僕の特異体質は変わっていないのだから。自慢にもならないが、ザ・ノース・フェイスなどのアウトドア・ウェアを街で着る、「丘サーファー」ならぬ「街クライマー」の、僕は日本におけるハシリの一人だったと思う。

靴下は「軍足のみ」と決めている。僕はなぜ万人が「軍足のみ」と決めないのか、理解に苦しむ。あれがいいのは、日本全国どこでも同じようなものが常に売っているから、補充がしやすい点にある。洗濯物の中から同じ柄の靴下を探そうと必死になっている妻の姿を見るたびに、脳味噌の容積が少ない動物の行動を観察する科学者の心境になるのは僕だけだろうか？

今僕がファッションに関して気に留めているメーカーは、ＹＫＫ一社のみだ。その服の、その鞄のジッパーはＹＫＫ製なのか否か、それだけを売り場で確認する。メイド・イン・チャイナでもコリアでもタイランドでも構わない。そのジッパーがＹＫＫでありさえすれば、その製品が長持ちする確率は高いと思う。逆にメイド・イン・おフランスでも、知らないメーカーのジッパーだと今ひとつ信用しかねる――というのが僕の経験則である（不自然なほど褒めたがもちろんＹＫＫからは一銭も貰《もら》ってない）。

……とまあこうやって、最近の僕のファッションについて書いてみると、我ながらつまらないこと甚だしい。きっと僕のファッション史は、今ではすっかり「歴史の終焉《しゅうえん》」を迎えているのだろう。

二十歳《はたち》の頃の糞作品

僕は今年（2011年当時）4月、平塚市美術館で開催される『画家たちの二十歳の原点』という展覧会に参加します。明治から現代までの画家たちが、展覧会名通り〝二十歳前後に描いた絵〟を集めて並べる趣旨のようです。そのカタログには参加作家のうちの数名が書いたエッセイが載るらしく、僕のところにも2000字の原稿依頼が来ました。ひと月に2本エッセイを書く能力がない僕としては、誠に申し訳ないのですが、この連載も兼ねて書くことにしました。単に原稿料の二重取りという悪事に留まらず、先月に引き続き〝青春の追憶モノ〟になることで、僕自身の精神衛生上にも良くないと思いつつ……。

＊　＊　＊

あー、イヤんなっちゃうなー。平塚市美術館、たぶん行かないだろーなー。だってあの25年前の糞絵が飾ってあんでしょ？　どー考えても会場に居れないでしょ。顔から火が噴き出しちゃうよ。

本当は別の作品をプッシュしたんだよね。タイトルは特に付けてなかったけど、とりあえず今は『無題（文庫本）』って呼んでる作品。大学1年——だから19歳の時の学園祭（美大ではそれを〝芸祭〟って言うけど）に展示した、僕史上最もクールな、言い換えれば最もサービス精神ゼロで取っ付きにくい、バリバリなコンセプチュアル・アート。カバーを外した5冊の新潮文庫を、各30センチくらい間隔を空けて横一列に並べ、目線の高さの壁に直接貼り付けただけのシロモノ。

芸祭は9月で、その前の夏休みは狂ってたなー。とりあえず新潟市の実家に帰省したものの、両親を中心に醸されるローカル的良識と、当時は刺《とげ》だらけだった僕の脳内世界とのギャップにすぐに耐えられなくなり、かといってインドに瞑想に行くタイプでもないので、しょうがなく日本海にポツンと浮かぶ粟島《あわしま》という小島にテント担いで行ったっけ。

あえて集落から離れた無人の海岸にテントを張って、それから2週間あまり、ほぼ人には会わず、ひたすら水平線を睨《にら》みながら、悶々《もんもん》と考え続けました。何をって、具体的にはまあ「今度の芸祭には何を出そう」ってことですが、その先のこととか、そもそもその前提みたいなことも一緒に考えていたわけです。そもそも「作る」とは何か？　それをわざわざ人に「見せる」とは何か？　それに作者名として自分の名を冠するとは何か？

何らかの〝作り手〟になることだけは16歳の時点で完全に決めていたけれど、なんとなく美大に進んだものの、本当にそれが「美術」というフィールドでいいのかどうか。確かにデユシャンやボイスやウォーホルは魅力的な人物だけど、現実の日本の美術界に、憧れ後を追いたいと思う先輩はいるのか？　オマエはもっと全国津々浦々の人々に愛される、〝時代の作者〟になりたかったんじゃないか？　こんな狭い〝美術村〟で満足しちゃうのか？　云々……。

たかが学内のお祭り気分の展示だっていうのに、やたら気合いが入りまくっていました。一応外部からもお客さんが来るということで、主観的にはこれを〝デビュー作〟と位置づけていましたから。

それで、考えに考えに考えた末の結果が、あの文庫本だったのです。当時は明かさなかったことですが、それら5冊の本たちは、ここでそれぞれの書名を示す必要もないくらい、僕にとって無縁なタイプの本たちでした。人から貰ったりゴミ捨て場から拾ったりして、アパートの汚い床に転がっていたけれど、何となく読む気が起きず忘れられていた本の中から、新潮文庫だけを選んだに過ぎません。「僕って何？」を逆説的に示した、いかにも

〝青春の屈折作〟なわけです。

芸祭にはもう一つ、インスタントラーメン一袋を墨汁で煮てハンガーに引っ掛けて干しただけの『菊』という小品も出したのですが、2作とも特に評判を取ることもなかったです。今から考えてもそのレディメイド的、あるいは謎掛け的手法は、美術史的に特に斬新なわけではなかったですから、当然の結果でしょう。

しかしまあ、同級生レベルでは「会田っていうのは何かストレンジなことをやろうとしている男だ」くらいの定評作りには貢献したようです。油絵科学生の許容範囲を遥かに超えた服の汚さと、挙動不審によって、友達がまったくいない状況はあまり変わらなかったけれど。当時助手をやっていたIさん（この数年後に問題を起こして大学をクビになった極め付きの変人！）が、僕ら1年生の中からめぼしい者を集めて、学内の展示室でグループ展を企画した時、僕にも声をかけたのは、この時の2作の印象が残っていたからでしょう。

そのグループ展の話が来たのは、たしか1年の冬で、開催されたのは2年の春だったと記憶しています。その冬の数ヶ月は、僕の人生で唯一の〝プチ引き籠り〟〝プチ鬱〟の期間でした。当時は江戸川区小岩に住んでいたのですが、客の大半がヤクザと水商売女である深夜の喫茶店のバイトをほぼ毎日入れたこともあって、昼夜が逆転し、電車に乗って上野の大学まで行くのが億劫で仕方なくなりました。もちろん教授や同級生や、ひいては日本や世界の美術界全体への失望も手伝っていましたが（本人はあんな糞作品しか作れてないのに……若造って今も昔も笑っちゃう存在ですよね）。

バイト以外の時間はどうしてたかっていうと、日の当たらない四畳半のアパート（風呂なし・共同汲《く》み取り式トイレ、家賃1万円）に籠って、ひたすらマンガを読み漁《あさ》っていました。近所に寂れた古本屋があって（事実その1年後には店じまい）、やけっぱちなマンガの叩き売り——正確に言えば1kg200円だったかの〝量り売り〟をやっていました。そこか

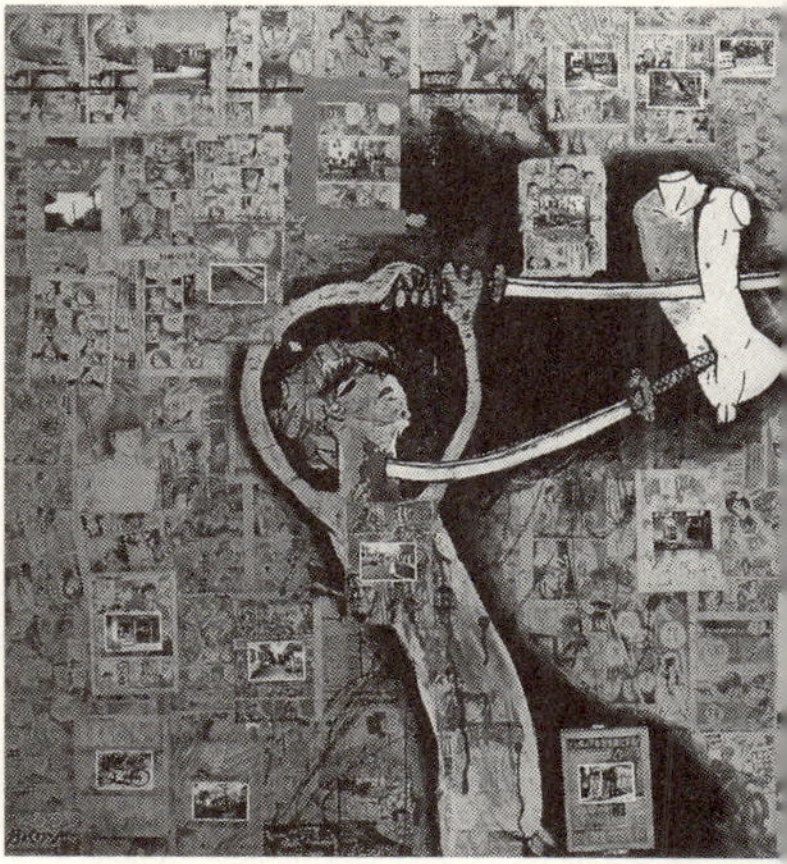

無題（通称＝まんが屏風）
1986
パネル、漫画雑誌の切り抜き、
油絵具、写真、その他（四曲一隻屏風）
180×360cm
撮影＝宮島径
©AIDA Makoto
Courtesy Mizuma Art Gallery

ら両手で抱えきれないほどのマンガを買い込んで来ては、アパートの床にぶちまけ、そこに埋没する形で日がな一日読み耽《ふけ》っていたのです。

新旧ごちゃまぜ、児童マンガから少女マンガ、ガロ系芸術マンガから三流エロ劇画まで、あたり構わず読み散らしました。お堅い家庭環境や、高校時代〝文学青年〟を気取ろうとしたこともあって、僕は同世代の人間よりマンガやアニメに親しんで来ませんでした。それが日本で〝時代の作者〟たらんとしている者にとって決定的な弱点であり、根本的な体質改善こそ自分の急務と信じていたからです。

「宮崎勤事件」の3年以上前ですから「オタク」という言葉も世に流通しておらず、何事もノロい日本の美術界では当然のごとく、マンガと美術の接点が語られる素地さえできていませんでした。しかし石子順造や呉智英《くれともふさ》や橋本治など世の真っ当な論客たちは、とうの昔にマンガの文化的成果を称揚していた——そんな時代でした。

こういう熊の冬眠みたいな時期を過ぎ、新学期になって「そろそろ目覚めるか」と眠い目を擦りながら、そのグループ展のために作ったのが、今回出品するハメになった糞作品『無題（通称＝まんが屏風《びょうぶ》）』です。毎回作風を変えたい僕の癖はこの頃から始まっていたようで、前回がクールでコンセプチュアルなレディメイドものだったので、こちらは対極的にエモーショナルな筆触ものになっています。

厚い合板を蝶番《ちょうつがい》で連結させただけのいい加減な造りの屏風仕立てになっていて（でもこういうダメ屏風、ヨーロッパの美術館でジャポニズム時代の作例として時々見かけます）、左右の図像が対比的になってるあたりとか、金箔《きんぱく》地の代わりにアトリエに転がっていた『週刊ジャンプ』地になってるあたりとか、「日本で美術をやる限り、できれば日本古来の美術のフォーマットを使いたい」という、今の僕の基本方針がここら辺から顔を出していることが分かります。

巨大フジ隊員vsキングギドラ
1993
アセテート・フィルム、アクリル絵具、鳩目金具
310×410cm
撮影＝長塚秀人
高橋コレクション蔵

そしてなんといっても、当時浸りきっていたマンガからの影響。モロというかベタというかマンマというか……これじゃあ何も〝自分の表現〟になってないですね。とにかく「マンガは気になる、無視できない、大事だ」、そういう意志だけはヒシヒシと伝わるけど、それだけに留まります。ここから、マンガやアニメやオタクや浮世絵を自分なりに咀嚼《そしやく》した『巨大フジ隊員VSキングギドラ』まで、6年近くかかることを思うと、我ながら「やれやれ僕はなんてノロマな亀なんだろう」と思っちゃいます。

でもね、講評会になると10人に1人くらいの割合でマンガ的なものを提出するような、今の美大生にこんなこと言っても分かんないだろうけど、当時の風当たりは本ッ当～に強かったんですよ。この頃ヌードの課題で、顔を少女マンガにして、手足の関節も三つばかし増やしたものを提出したら、講評会で老教授から「キミは入る学校を間違えたようだね」って、要するに退学を勧告されましたよ。内心『オマエの100倍は真剣に毎日〝日本にとって美術とは何か〟ってことを考えてんだよ！』と思いましたけどね。

ともあれこれは、本人にとっては本当にイヤ～な意味で「処女作にすべてがある」という見本のような作品なんでしょうね。本当はこちらが処女作と主張したい、クールなコンセプチュアルものが平塚市美術館の学芸員には選ばれず、実際そっち系の芽がほぼ出なかったことを考え合わすと……。

リトアニアでの展示——僕の本職の一例

先月（2011年当時）この連載を休んでしまったのは、締め切りがリトアニアで行われた個展の直前で忙しかったこともあるが、本当のところは、東日本大震災や福島原発事故のことを書こうとして、うまく書き出せなかったことが大きい。先月はその話題を避けてエッセイを書くのがあまりに空々しいような、世間全体の空気感に僕自身も包まれていた。リトアニアでも日本でも、ここのところアーチストとしてインタビューやアンケートを受けると、必ず大震災後の心境やポリシーの変化を問われる質問が混ざってくるが、毎回うまく答えられない。「一生活者としては当然いろいろなことを感じたり考えるが、アーチストとして語るべき言葉はまだ持っていない。いずれ作品の中に無意識レベルで現れてくるだろう」みたいに、当たり前すぎて何も言ってないような返答しかできない。あるいは僕の思考は、現実の個別的事象を飛び越え、いつか人類を襲うだろうさらに巨大なカタストロフィに向かってしまいがちだ。テレビのコメンテイターを尊敬するわけでは必ずしもないが、自分に絶対務まらないことだけは痛感する。

なので今月は、これを書いている現在も開催中である、リトアニアでの自分の展示を淡々と紹介させてもらいたい。いかに国家レベルの非常事態にあったとしても、それとは別に粛々《しゅくしゅく》と進めるしかない仕事というものはある。それに案外この連載エッセイで自分の本職について正攻法で語ったことが少ない気がするので。

震災の18日後に妻子と共にリトアニアに旅立った。もちろん放射能を避けるために急遽そうしたわけではなく、当初からの予定だったが、ネット検索に深く暗くハマりがちで、「何マイクロシーベルト」等の数値で頭がいっぱいになっていた妻は、飛行機が成田を飛び立ち水平飛行に移った頃、今の安堵《あんど》感を正直に僕に告白したものだ（僕もまったく感じなかったといえば嘘になるが）。ちなみに、海外脱出組もいるかと思った予想は外れ、あんなに閑散とした成田空港は初めてだった。

リトアニアに着くといきなり「ヒマ」が待っていた。震災によるガソリン不足や支援物資の輸送などがあって、日本のトラック業界が麻痺《まひ》状態に陥ったことが主な原因で、僕の作品がリトアニアに到着するのが大幅に遅れることとなった。展覧会の中止が避けられただけでも感謝すべきなので、不満などないが、さしあたってやれることが極端に少ない状況には参った。『本当にオープニングに間に合うんだろうか……』という漠とした不安を胸に、中世の街並が残り世界遺産にも登録されているリトアニアの首都・ビルニュスの旧市街地を、家族三人でタラタラとプチ観光するしかない日々がしばらく続いた。

さらに、我々のあまりものヒマを見かねた学芸員・イバルダスさんは、地方の保養地にあるスパ（温泉）まで勧めてきた。それはさすがに余裕こきすぎだろうと思ったが、かといって他にやることも見当たらず、ほとんど思考停止状態で保養地行きの長距離バスに乗り込んだ。着いた先には王宮みたいにステキなホテルと広いベッドが――寒い避難所で寄り添って寝ているお年寄りたちの映像が頭に浮かび、さすがに罪悪感が疼《うず》いた。ただし温泉は期待はずれ。地震大国にして温泉大国でもある日本から来た者としては、ただ地下水を温めた、ぬるい温水プールにしか感じられなかった（旧市街地によくある、数百年前の石造りの危なっかしいバルコニーを見るたびに、『ああ、ここは震度3さえ歴史上一度もなかったんだなあ』と羨《うらや》ましく思わずにはおれなかった）。

そんな仕事モードにも観光モードにもなり切れない、曖昧な気分の10日あまりを過ごしたのち、妻子は予定通り帰国して行った。それとちょうど入れ替わるタイミングで――展覧会オープンの5日前――に、ようやく僕の作品や作品の素材を満載した巨大な木箱が美術館に到着した。また日本からギャラリーのスタッフ（特に通訳として僕には必需）も到着し、一気に慌ただしい仕事モードに切り替わった。

真っ先に『MONUMENT FOR NOTHING Ⅲ』という、幅17メートル／高さ6メートルの大作の設置に取りかかった。僕史上最大サイズであり、本展のメイン・ビジュアルには違いないが、絵画というより看板みたいな存在感の作品だ。

ソビエト時代（リトアニアはソビエト崩壊直前の1990年に独立した）の銀行を改装した、このCAC（コンテンポラリー・アート・センター）という会場は、とにかく体育館のようにデカいのである。中世のロマン漂う旧市街地の中心に、他民族によって建てられてしまった無粋なモダン建築で、その存在を憎んでいる市民もいるように見受けられた。「ミュージアム」ではなく「アート・センター」と名乗っていることからも分かる通り、美術館というより国立の巨大なオルタナティブ（多目的）スペースと言った方が近いのかもしれない。設備がチープで組織が緩い代わりに、自由度が高い（お堅い雰囲気で狭い美術館ばかり乱立している日本で、本当に不足しているのがこのタイプの施設だと思う）。

あまり運営予算がないのにスペースばかりデカいこのCACは、ここを安上がりに作品で埋めることができるアーチストの選出に毎回苦労しているらしい。「それでマコトに決めたんだ」とイバルダスさんは正直に告白したが、こちらとしても願ったり叶ったりのステージである。巨大な空間をとにかく埋めることだけが目的の、空虚なナンセンス作――これが『MONUMENT FOR NOTHING』シリーズのメイン・コンセプトであるからだ。天井まで届く巨大な仮設壁の表側――照明を当てて明るい――にこれを設置し、その裏側にできた広い空間は全体に暗くして、ビデオの投影ものを中心に展示する――これが僕が考えた、大きすぎる空間を低予算に埋める作戦だった。

『MONUMENT FOR NOTHING III』は2年前にサンフランシスコの、やはりミュージアムではなく巨大なアート・センターみたいなところで行われた、『Wall Works』という一風変わった展覧会のために作ったものだった。世界各国から集められたアーチストに与えられた条件は、2週間あまりの現地制作と、公開制作だった。さらに「文化的色彩」および「分断された風景」というお題まで与えられていた（勝ち負けのジャッジこそなかったが、『料理の鉄人』や『TVチャンピオン』みたいな企画だと思った）。

そのアート・センターが持っている大型のインクジェット・プリンターが無料で使えたので、僕はそれを使い倒し、秋葉原かパチンコ屋の広告デザインを連想させるような、派手で悪趣味なビジュアルを提出しようと考えた。僕は日本から様々な図像データを入れたCD－ROMを数枚持って行くだけだった。個々の図像をどれくらいの大きさでどこに使うかという、全体の構図に関わることは、現地で作業を進めながら決めていった。

他のアーチストは壁に直接描いたり貼ったりしていて、展覧会が終わったら廃棄するつもりのようだったが、僕は根が貧乏性なので、何度か使い回せる形態にしたいと考えた。プリントしたものを薄い合板に接着し、その図像の輪郭線にそってジグソー（曲線が切れる電動ノコギリ）で切る。そうやってできた１００以上のパーツを、木ねじで壁に直接貼ってゆく。要するにジグソー・パズルが大きくなったようなものと考えてもらえばいい（もともとジグソー・パズルは木でできていたという、その語源について、この時ようやく気がついた）。

MONUMENT
FOR NOTHING Ⅲ
2009
削片板、インクジェットプリント、
アクリル絵具、木ネジ
750×1500cm
展示風景＝「TWIST and
SHOUT Contemporary
Art from Japan」Bangkok
Art and Culture Centre,
Thailand, 2009
CG制作協力＝横山新
制作協力＝松田修
©AIDA Makoto
Courtesy Mizuma
Art Gallery

インクの耐光性にはタイムリミットがあるから、美術作品としてコレクターに売る気はない。色褪《いろあ》せるまで美術館などで展示して、あとは廃棄処分にすればいい、まさにステカン(捨て看板)みたいな作品だ。サンフランシスコのあとはタイのバンコクで見せ、今回リトアニアで見せ、そのあとドイツのデュッセルドルフで見せることも決まっている。初めから短命と運命づけられているとはいえ、わずか2年間でこの数の海外遠征とは、十分に果報者の作品といえるだろう。

僕のオリジナリティが極力抑えられているのも、この作品の特徴だ。ほとんどすべての図像が、ネットの画像検索に由来している。すなわち、そこからヒントを得たり、かなり近い形で模写したり、解像度が高いものならそのまま使ったりと。ネットという野原に咲く花々を適当に摘んで、一つの大きな花束を拵《こしら》える、その編集作業みたいなところだけが僕のオリジナルな仕事と、この作品に限っていえば捉えている。その態度が伝わるように、全体の形や構造は花束に少し近いもの——日本の縁起物「熊手」がモチーフになっている。

自己申告するが、「外国人にとって期待通りの現代日本」を可視化させただけの、薄っぺらな作品である。このまま日本で一度も見せず、海外を放浪し続け、どこかで客死しても(廃棄処分させられても)いっこうに構わない。そう思える作品を作ったのはこれが初めてだが、それは出生地がサンフランシスコという異国の地であったことと無関係ではないだろう。「他国での誉《ほま》れは自国での恥、逆もまた真」と、文化の普遍的価値をあまり信じられない僕は、つい大袈裟に考えてしまう癖があるのだが。

この作品の設置は普通なら慎重を期して2日間はとるのだが、今回はクオリティを度外視し、半日の強行軍でやってのけた。他にやらなければならないことが山積みだったから。そのうちの一つが『おにぎり仮面、リトアニアの旅』というビデオ作品の撮影だった。

日本から届く荷物の中でも特に一日千秋の思いで待ちわびていたのが、「おにぎり仮面」という自家製キャラクターの、発泡スチロールを削り出して作った被《かぶ》り物だった。もともとこれを使った現地ロケ撮影と、そのあとのパソコンによる編集作業のために、2週間という長い滞在期間を設けたのだし、妻子まで連れて来たのだった（親バカ発言になるが、9歳になるウチの息子はパソコンだけは得意で、技術要員として大いに期待していたのだが、残念ながら活躍の機会はあまりなかった）。

このキャラクターの設定を簡単に言ってしまえば、「ミスター無為」ということになる。辞書によれば「無為」とは「何もしないこと」の他に、「自然のまま」とか「仏の涅槃《ねはん》」みたいな意味もあるらしいが、そこら辺も含めて。基本的にリトアニアの寂しい田舎をタラタラ歩くだけで、そのための「絵になる背景」はすでにロケハンで見つけていた。ビルニュスから1時間ほど車を走らせたところにある、小さな村を見下ろす丘だった。

作品の肝はBGMにあった。それは「おにぎり仮面」に扮する僕が廃墟と化した古い教会の前で奏でるバイオリンの響きだった――といっても、同じ音（レ）をひたすら途切れさせずに鳴らし続けるだけなのだが。さらにそれに編集上の工夫を加え、映像も音声も無限ループを繰り返すようにする。時間が水飴のようにムニョ〜ンとしつこいほど伸び続け、いつまでもカットされることがない――ある種の渋い（というか心地よい眠気を誘う）ヨーロッパ映画への、僕なりのオマージュのつもりだった。別の言い方をすれば、僕と北ヨーロッパのお客さんとの「退屈我慢競《くら》べ」である（近いうちに胡弓《こきゅう》を使って中国バージョンも撮りたいと思っている）。

バイオリンは触ることさえ初めてだったので、イバルダスさんに「先生」を紹介してもらった。アマチュアの方が気が楽だと伝えると、確かにバイオリンは専門ではないのだろうが、有名な音楽一家出身の、僕にはもったいないほど〝クラシック音楽オーラ〟を放つ女性ピアノ教師を連れてきた。バイオリンを特訓中の中学生の息子がいるそうで、確かにそういう年齢だったが、こちらの心の奥底に少しある〝家畜人ヤプー・マインド〟をくすぐるに十分な雰囲気を醸すレディだった。というのは僕よりずっと背が高かったから。リトアニア人の背は世界最高レベルに高く、女性の平均身長が172センチ――つまり僕より1センチ高いのだ（付け加えれば、いわゆる絵に描いたような美人が多い。だからいちいち「モデルかよ！」とツッコミたくなる女が街にわんさか歩いてる。DNA的劣等感を感じたくない日本女性はリトアニアに行かない方がいい）。

ところで映像の中の「おにぎり仮面」は、途中で何度かしゃがんで休む。そのうちの一回はウンコ――つまり野糞をするためにしゃがんでいる。体は緑色をしたピチピチの〝全身タイツ〟を着ているのだが、股間の部分に切れ込みが入っていて、「ウンコ座り」をやると穴が大きく開く仕組みになっている。グロとかショック表現のつもりではなく、あくまでも「無為＝自然のまま」をより分かりやすく表現したかったまでだ。しかし撮影の際は、運転手をやってくれたイバルダスさんをうまく言いくるめて車に残らせ、日本のギャラリー・スタッフ一人だけと撮った。編集して作品が仕上がる前にNGが出るのは、どうしても避けたかったのだ。

しかし前日からバナナを食べ、朝の便意にも耐えたので、量に不足ない快便だったはずなのに、この行為は徒労に終わってしまった。折しも北極圏から直接と思われる身を切るような冷たい強風が吹き付け（薄いタイツ生地だけの身には死ぬほど辛かった！）、枯れ草がいっせいに激しく靡《なび》いて、肝心の地面近くの部分がまったく映っていなかったのだ。

もっともそれは逆に幸いだったかもしれない。オープン直前になって『I・DE・A』とい

おにぎり仮面、リトアニアの旅
2011
ビデオ
©AIDA Makoto
Courtesy Mizuma Art Gallery

う作品が出品拒否の憂き目に遭《あ》ったからだ。壁に掲げられた「美少女」という文字だけを見ながら、全裸の僕（ただし後ろ向きなのでケツしか映っていない）がオナニーを試みる、1時間以上のビデオ作品。アメリカ滞在中だからもう10年以上前――独身最後の作品だった。これを縦5メートルくらいに引き延ばして壁に投影しようと思っていたのだが、イバルダスさんから「待った」がかかった。曰《いわ》く、リトアニアには敬虔なカトリック信者が多く、また特に期間中に、彼らにとって大切な行事であるイースターがある。彼らの中にはこれを冒瀆《ぼうとく》と感じる人も多いはずで、下手《へた》すると自分と館長の首が飛ぶだろう、云々――。

こういうことは毎回あって慣れっこだし、公的施設の限界は分かっているので、怒りも失望もまったくない。ただ「選《よ》りに選ってこんな、日本ではただのユーモア作『I・DE・A』が引っかかったかぁ。〝マスかき＝健康〟というコンセンサスはこの国にはいっさいなく、ひたすら〝＝手淫〟〝＝自瀆〟だけなのかぁ。世界の習俗や倫理観はまだまだ分からないことだらけだなぁ。勉強になるなぁ」と思ったまでである。

「おにぎり仮面」のビデオにウンコがはっきり映っていたら、リトアニアの倫理上どうなったか分からないが、唯一の現地制作モノまで抜けたら、会場構成上かなり困ったことになっていたので、これはこれで良しとしようと自分を納得させた。そして未だにウンコの件は、イバルダスさんに打ち明けていない。

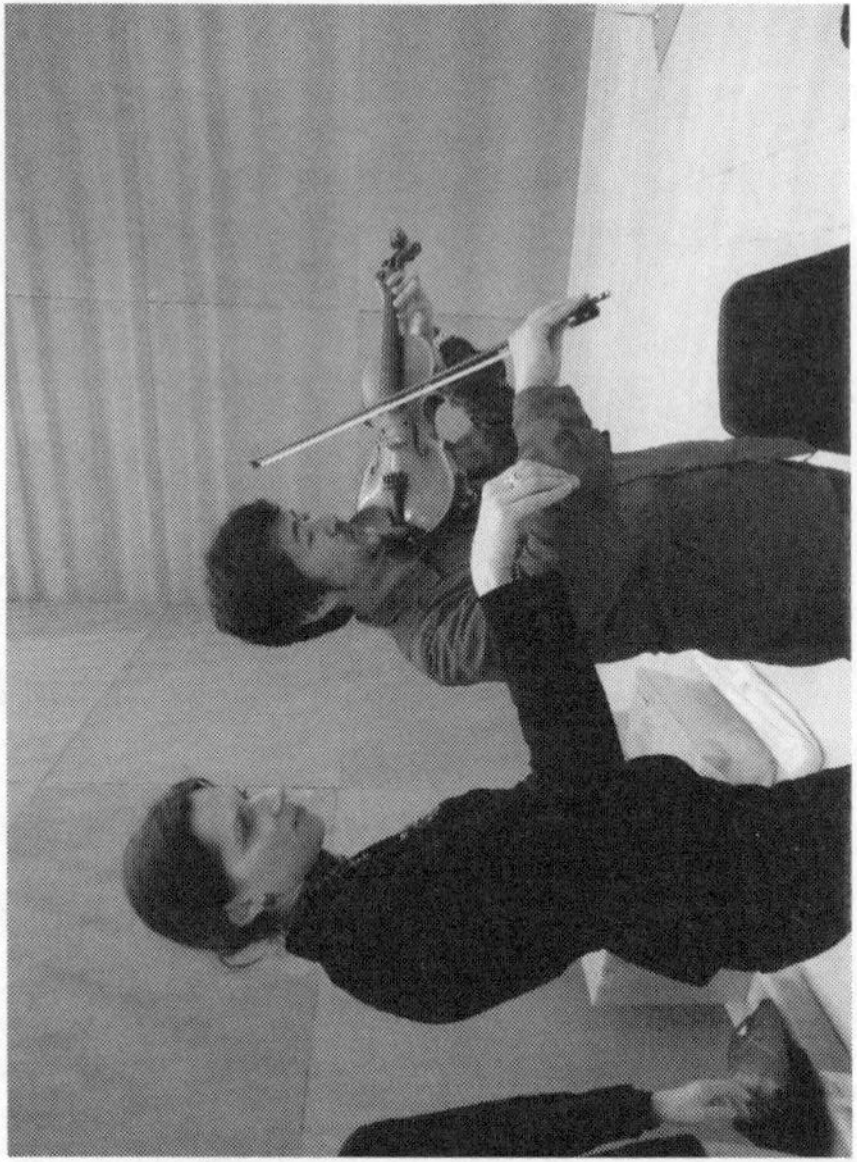

『劇団☆死期』というものも出品した。妻とひょんなきっかけで去年の夏から始めた、オルタナティブ——と格好つけて名乗っているが、実態はただのヘナチョコ——人形劇団である。劇団員は我々夫婦の周りにいる人々の中から有志を募った。まだ一回、しかも短いコントを客前で公演しただけなのに、「主宰」たる妻と「顧問」たる僕に求心力がなく、早くも空中分解の危機にある。会場では専用の舞台と手作り人形（どれも不細工）数体、そして二つのビデオ映像を展示した。

一つのビデオはそんな我々が、山谷と並ぶ関東の代表的ドヤ街——横浜の寿町に呼ばれた、とある日曜日の記録映像だった。昼から路上で酒を飲み寝る失業者がワラワラといる街を、アートで活性化させようとしている健気な団体が呼んだのだが、何をやったらこの街にとって本当に「善」なのか、結局答えが見つからないまま当日になり、行き当たりばったりの見切り発車となった。その結果は「ダメ人間・ミーツ・ダメ人形劇団の図」として、無惨にも映像に刻印されている。

黒子の格好をして、手にはお約束程度に人形をはめ、あとはとにかく彼らと同等、あるいはそれ以上にグデングデンになるまで飲み、一緒にテキトーな即興の歌でも歌うしかなかった。団員の一人は前夜飲み明かしたまま集合場所に現れ、現れた途端に路上にゲロを吐き、また何事もなかったかのように飲み始め、別の一人は途中で突然昏倒した。ただただ「アートにありがちな上から目線、ではなかった」ことだけが誇れるっちゃ誇れるけど、あとは何もない——そんなイベントだった。

もう一つのビデオは大塚聰という団員（というか普段はいっぱしのアーチスト。あまり売れてはいないが。そして『劇団☆死期』の主な構成員は皆このタイプ）のワンマン・ショーである。以前からリトアニアを始めとする周縁的な国のクラシック音楽や言語を、素人ながらに調べては、そのレポートをホチキス留めのコピー本にして細々と発表するような、アングラ魂に燃えた男だった。首がやたら長いなかなか魅力的な人形も、『劇団☆死期』のために作ってくれていた。そこで僕は、「リトアニア語によるオリジナルの歌詞を作り、自分が考えるリトアニアらしいオリジナルの旋律に乗せ、その人形に歌わせてみて」という、かなりハードルの高い発注を彼にかけてみた。

さすがに無茶な注文だったかとも思ったが、彼の「リトアニア愛」は本物だった——1ヶ月後には見事、カタカナで書かれた歌詞カードと、初歩的な作曲ソフトで作られたカラオケ音源を持って我が家に現れた。さっそく散らかった和室でのビデオ撮影会となった。凡庸なメロディだが耳に残りやすく、その凡庸さがリトアニアらしいと言われれば、そんな気もしてくる。大塚の歌う「自称リトアニア語」の語感は、本物のリトアニア人の語感とは似ても似つかなかったが、どうやらところどころリトアニア語に聞こえる部分があるらしく、ニヤニヤしながら映像を観ているお客をけっこう会場で見かけた。

30代後半にして未だ海外に行ったことがない、良い感じに「井の中の蛙《かわず》」な男なのである。予算が許せばリトアニアに連れて行ってやりたかった。いずこも同じアメリカナイズが進行しつつある、この現実のリトアニアを見たら、大塚はどう思うだろうかと、滞在の折々に思ったものである。

今展覧会のメインディッシュにして一番退屈な作品が、『芸術と哲学＃2　フランス語、ドイツ語、英語』というビデオの新作だ。

巨大な3面スクリーンのそれぞれに、僕扮するフランス人（ジタン喫《す》う無頼風）、ドイツ人（タートルネックの地味なセーター）、イギリス／アメリカ人（フォーマルなスーツに蝶ネクタイ）が現れる。そしてそれぞれの言語で、それぞれのお国柄に合わせた哲学的な言葉をつぶやきながら、空中（正しくはカメラと僕の間にある、画面より大きな透明アクリル板）に、それぞれのお国柄に合わせた抽象絵画を描き始める、というもの。あくまでも真面目な作品だが、フランス語やドイツ語が分かる人なら、僕の発音のあまりもの悪さを笑う人もいるだろう——そんな作品。

和製モダニズム絵画とニューアカ・ブームに明け暮れた80年代に、たまたま日本の美術界の片隅で青春を送る羽目になった僕の、落とし前の付け方（もしくは、付けたいのになかなか付けられず、ウジウジした現在の心境）なのである。だからアクリル板に描いた絵は、国際的にはほとんど知られていないが、80年代には国内で権勢を誇った、日本の特定の抽象画家たちの幾人かを連想させるものになっている。それを21世紀の今、国際的な場で相対化したらどうなるんだろう——というところが知りたかったのだ。半ばイジワル、半ばリスペクトという玉虫色の心理がこちらにはある。

また別の観点から説明すれば、日本の得意ジャンル「萌え絵」「蛍光色」「猥雑」満載の『MONUMENT FOR NOTHING III』と対《つい》になるべく、こちらは日本の不得意ジャンル「根本哲学」「インド・ヨーロッパ語族」「油彩抽象画」満載になっている。この対極的な二つが揃ってこそ、「我がイビツなる日本人」という自画像は正確に描かれる、というのが僕の考えである。

いずれにせよ百聞は一見にしかず、これは近いうちに日本で見せたいと思っている。

これらの作品が取り囲む会場の中心には、僕が新宿・歌舞伎町に開いたバー「芸術公民館」のコーナーがある。これは作品というより、展覧会のシンボル的な存在として用意したものだった。

今年の1月に下見に来た時（極寒だった！）、この巨大な展示室に圧倒されながらも、その頃軌道に乗り始めたばかりの自分のバーを思い出し、いっそここでその狭さこそを自慢したい気分になったのだ。新宿のあの界隈に多い、元「ちょんの間」を改装したバーは、世界最小サイズとほぼ断言できるだろう。それでここに「芸術公民館」の完全コピー版を作ることにした。

すなわち変則的な床の形から、それに合わせたため変わった曲線のアウトラインになったカウンター・テーブル、さらには色とりどりのLED照明まで、すべて原寸大・同一素材で再現されている。ただし銀色に塗られた壁だけは、透明なビニールに変換した。暗い会場にビニールに覆われた虹色に光るブースがポツンとあるわけで、割と美しい佇《たたず》まいになった。

新宿の本家とビルニュスのコピー版は、常時インターネットで繫がっている。「スカイプ」で〝テレビ電話〟的に会話ができ、「フロック・ドロー」で同時にコンピューター上でラクガキが描ける。相手がビルニュスという（失礼ながら）マイナーな街だからやりたくなった企画で、これがニューヨークやロンドンみたいにメジャーな街だったら、ちょっと面白みに欠けたと思う。我が「芸術公民館」では今夜も、「ラバディエナ（こんにちは）！」とか「アチュー（ありがとう）！」とか、あるいは「オ・ナ・マ・エ・ハ、ナ・ン・デ・ス・

カ？」といった言葉が飛び交うことだろう。双方に相手の言葉の初歩的な虎の巻が用意されている。

日本が6時間早いという時差も、この企画のポイントだった。あちらの美術館が開く昼12時が、こちらの夕方6時。あちらが閉まる夜8時が、こちらの深夜2時。偶然にもちょうどいい時間帯だった。美術館のシラフの客とバーの泥酔した客は、しばしば激しい温度差を露にする。それも含め、今回展示したすべての作品は、双方の間に厳存する距離を確認する要素を含んでいる。そのため展覧会全体のタイトルは『Diena ir naktis』――リトアニア語で

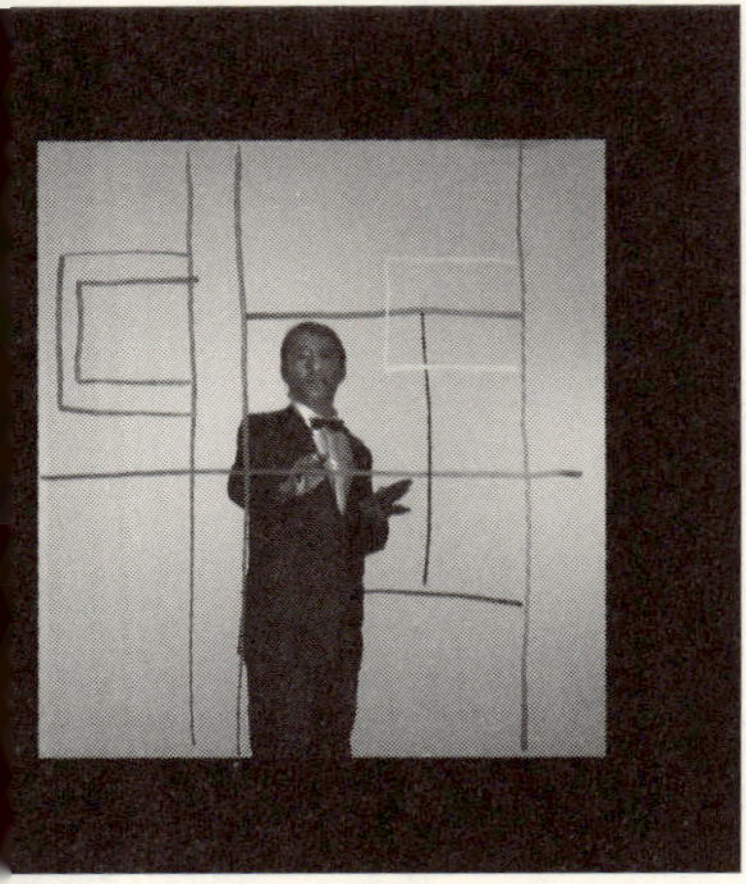

美術と哲学#2　フランス語、ドイツ語、英語
2011
ビデオ（フランス語＝15分26秒、
ドイツ語＝15分23秒、英語＝13分50秒）
©AIDA Makoto
Courtesy Mizuma Art Gallery

『昼と夜』としてみた。

もっともこの「芸術公民館コピー版」に、お客さんは必ずしも入ってきてくれない。ビニール越しに覗き込んで観察するだけで、立ち去る人も多い。思うにリトアニア人は白人の中で一番シャイで、もっと言えば根暗だ。自殺率が世界で1位になる年が多いことは有名な話である。同じ企画をラテンの国でやっていたら、これとはまったく違うノリ(日本側が疲れて辟易《へきえき》とする?)になっていただろう。そういえばイバルダスさんがいつだったか、「我が国に津波は来ないが、ナチス・ドイツやソビエトは津波のようなものだった」と、いかにも暗い表情で語ったのが印象的だった。

ついに水槽の話まで……

我が家には小さい水槽がある。その中にはドジョウが1匹と小エビが3匹とメダカが2匹棲《す》んでいる。

ドジョウは僕の一番のお気に入りだ。「ドジ男」という名前まで付けている。そう名付けたいような、鈍臭いところがこの種族にはある。

基本的に泳ぎはあまり上手くない。他の魚のように「浮袋」という器官を持たないのか、水中のある一点に浮いて留まっていることができない。頑張って全身を捩《よじ》りながら泳いでいない限り、体はすぐに自動的に水底へ沈んでゆく。多くの観賞魚が地球の重力に対してフリーであるかのような優美な動きを見せて、陸上生物たる我々人間の憧れをささやかに体現し、一時の慰安を与えてくれるのに較べ、ドジョウはあまりに自画像的である——少なくとも僕には。

重力にすっかり支配され、ほとんどの時間を砂利の上で腹這いになって過ごす姿は、ヘタレ以外の何ものでもない。辛うじてエラをパクパク動かすことで、まだ生きていることを地味にアピールしている。食い意地だけは張っていて、時折思い出したように底に残った餌（か、餌になる水草の腐ったようなもの）を、下向きの口で掃除機のように吸いながら食べるのだが、その時も腹は砂利に接したまま、億劫そうにモゾモゾと移動する。

時々姿をくらます。顔だけ残して体を砂利の下に潜らせ、ひたすらじっとしているのだが、顔の色が砂利と同じく地味だから、なかなか見つけられなくなる。天敵がいない環境なのは、いくら脳が小さくともこれだけ長く棲めば分かりそうなものを、チキンな本能には抗えないらしい。

そんなドジ男だが、日に何度か突然「竜」になる。いや、ホントに。

明け方など微妙な時間帯が多いのだが、気がつくとドジ男が水槽の中を所狭しと縦横無尽に泳いでいる。そんな時は普段の怠惰なキャラクターは影も形もない。『ホントはオレだって泳げるんだ！　やるときはやるんだ！　見てくれこの華麗な腰のひねりを！　きゃっほー！』というドジ男の雄叫《おたけ》びが聞こえてきそうな気がする。

スーパーの鮮魚コーナーでたまに見かける柳川鍋用のドジョウも、たいていモジャモジャと絡まり合いながら激しく蠢《うごめ》いているが、あれはたぶん自らに降りかかる過酷な運命を察知

して、パニックに陥っているだけなのである。満ち足りた環境であるウチの水槽のドジ男の動きは、もっとゆったりとたおやかである。雄大な風景を想起させる一流の舞踏家のような動き、とでも言おうか。それは昔の東洋の絵師たちが描いてきた、雷雲の中を思うままに飛翔する竜にとてもよく似ている。特に身を捩りながら水面の方に急上昇する時の姿は、〝昇り竜〟そのものである。これがあの架空の生き物のモデルなんじゃないか——だとしたら、昔はドジョウの動きを横から観察できるガラスの水槽なんてなかったのになあ——と、半ば本気で不思議に思う。

ドジ男は現在の奴が3代目である。後述するが1代目は池に放ち、2代目は水槽ごと人に譲った。生命力は強いらしく、ズボラな飼い方なのに途中で死んだ奴はまだいない。いつも1匹ずつである。ドジ男は孤独が似合い、孤独を愛しているように見えるからなのだが、それは竜のモデル説を唱える僕の勝手な買いかぶりというもので、本当は恋の相手が欲しいのかもしれない。そもそも雌かもしれないのに勝手に男の名前を付けたりして、我ながら身勝手な飼い主ではある。

小エビは正式にはヤマトヌマエビという。こいつらはまあ、単純に可愛い奴らである。特に、目を凝らさないと見えないくらい小さい二つのハサミで餌をせっせと口に運ぶ、食事の光景が。無数の足をウェーブ状に靡かせることで推進力を得る、独特の泳ぎ方もなかなか面白い。

殻の色はほとんど透明。だから精密な機械の内部構造が見えるスケルトン仕様みたいなものである。ささやかな存在の生き物だが、それでも人間のテクノロジーではまだ作れそうにない。でもあと100年もしたらかなり近いものが作れそうな気もする。そんなちょっと手が届きそうなメカ感がまた良い。やはり僕も男の子を潜在させているオヤジなので、爬虫類・両生類の恐竜・怪獣っぽさと並んで、節足動物・甲殻類のメカ・ロボっぽさに惹《ひ》かれてしまう（前者に惹かれてアカハライモリでも仲間に入れたいところなのだが、やはり水槽での彼らとの共棲は難しいらしい。小さいままの亀もいないしなあ……）。

僕が家族とのコミュニケーションもそこそこ、あまりに長時間水槽の中の世界に没入しているので、妻はしばしば嫉妬して「そんなことだとアナタの可愛いエビちゃんを料理にこっそり混ぜちゃうよ！」などと言う。確かにこちらだって『茹《ゆ》でたらやっぱり赤くなるんだろうか』と想像したことは何度かある。しかしそれはあまりに虚しい。あきらかにウチの3匹は〈カップヌードル〉にも――いや〈どん兵衛〉の天ぷらに申し訳程度にくっついている桜エビにさえも、如《し》かないだろうから。

メダカは最近買った。1匹58円――もちろん高い。アマゾン産の大型魚などの餌として大量に買えば、1匹あたりの単価はもっと安くなるだろう。そんな泡のように軽い命である。

なのにイッチョマエにもジャイアントパンダ様やオオサンショウウオ様と同じく「絶滅危《き》惧《ぐ》種」なのである——野生型の黒メダカに限った話だろうが。環境の変化にとても弱いらしく、実際僕も水換えの時にカルキを十分に抜かなかったりして、今までに何匹も殺してしまった。今回買った雄雌のツガイは5代目くらいになるだろうか。

普段引っ込み思案のドジ男と、あまりに小さく透明なエビだけの水槽は、遠目には生き物の気配がほとんどしなかった。まるで水草を育てているだけの水槽のように。それで4代目が死んで以来しばらく不在だったメダカを、やっぱり必要かと思い補充してみた。確かに水槽は少し華やいだ。しかし正直言ってメダカはそんなに好きではない。

なんというか奴らの行動は、中学生同士の初デートを見ているようでイラッとするのだ。ちょこまかと落ち着きなく動いて、基本的にいつもはしゃいでいる。雄は雌のケツ（尾ひれ）を追いかけ回し、雌は逃げると見せかけてさりげなく近づき、雄がその気になるとまた逃げる。一日中その繰り返し。人間も同じようなことをやる、あの〝見え見えな男女の駆け引き〟というやつ——あのゲーム性が好きな男もいるだろうが、僕は昔も今も大嫌いだ。やるなら早くやれ、と言いたい。

それにそんな風にメイク・ラブした後の結果が最悪だったことがある。4代目の雌は水草に産卵した。雄はそれを受精させたのだろう、そのうちめでたくもメダカの赤ちゃんが水中を泳ぎ始めた。目を凝らさないと分からないほど極小で、ボウフラみたいにツン、ツン、ツン、と動く。そのせいか、こともあろうに親のメダカが反射的にパクッとやってしまうのだ。

正しい飼い方としては稚魚と成魚を別々の水槽に分離するらしいが、ブリーダーじゃあるまいし、あまり不自然なことはしたくなかった。そんな淘汰《とうた》をかいくぐって、数匹くらいは成魚にならないかと期待したが、鬼親どもはついに我が子を一匹残らず食い尽くしてしまった。

愚かにもほどがある。赤子を公衆便所に放置する中学生よりも酷い。僕よりも妻の方が、このあまりもの母性の不在にショックを受けたようで、しばらく水槽に近づかなかった。

また、この5代目のメダカ限定で不満なのは、体が少し赤いことだ。近所のホームセンターのペットコーナーには、野生型の黒メダカと観賞用に品種改良された緋メダカの雑種しか売っておらず、形はほとんど変わらないため、つい妥協して買ってしまったのだ。4代目まではすべて黒メダカだった。

確かに今までのメダカに較べて、水槽の中で目立っている。それが観賞用ということなのだろうが、僕には「悪目立ち」に感じられてしまう。——こう書けば、僕が「金魚嫌い」であることは言外に伝わるだろう。

僕だって「金魚の良さ」というものが分からないわけではないのだ。例えば僕もエキストラとしてチラッと登場させてもらった、蜷川実花《にながわみか》監督による映画『さくらん』には、花魁《おいらん》の人工的な華美とそれゆえの悲哀の象徴として、鮮やかな尾ひれをヒラヒラと翻す、品種改良を極めた金魚が随所に登場する。そういう美意識や価値観がこの世にあることはよく理解できる。ドジ男を芸術にたとえるなら土臭い「自然主義」や「プロレタリア芸術」になりそうだが、金魚は世俗的なるものをきっぱりと拒絶する「芸術至上主義」や「唯美主義」になりそうである。後者の方が高級という考えを、僕は若い頃に強く抱いていたし（三島由紀夫や澁澤龍彥のモロ影響）、今でも心のどこかに残っている。

にもかかわらず、どうしても金魚だけは飼いたくない。きっと僕が水槽に託している「何か」と金魚は、まったく相容《あいい》れない関係にあるのだろう。

その「何か」を語るのは難しい。たとえて言うならば……そう……国土地理院の〈2万5千分の1地図〉にも載らないほど小さい、名もない池や沼——そういうものが一つの理想として、僕の心の中にいつもある。ウチの水槽はその理想を100万分の1にまで落としたものと言えるだろう。

理想のモデルは実際にいろいろとあった。例えば毎年お盆になると墓参りに行っていた、苔《こけ》むした「先祖代々之墓」は小さな山の中腹にあって、その近くにちょうどそんな池——と言うより、涸《か》れはしない大きめの水溜まり——があった。灌木に囲まれ、地元の住民さえその存在を知らないような。その水辺で長い間呆然と佇んでいた子供の日の記憶は、今でも鮮明に覚えている。どうせつまらない生き物しか棲んでいないだろうに、夢見がちなガキとしては何か途方もない「主」を想像し、その出現を飽きることなく待ち続けていたわけである。ただのノスタルジーと言われればそれまでだが。

透明度世界最高レベルとか、そんな摩周湖みたいに驚くべき大自然じゃなくていいのだ。それはそれで僕のような中途半端な都市生活者にはリアリティがなくなり、きれいなだけの絵葉書のように感じられてしまう。今自分が住んでいる場所——東京郊外のよくある住宅地——が、もし宅地開発されず人間が住んでいなければ、普通に棲んでいただろう生き物の小さなサンプルが、部屋の中の閉じられた箱の中にあるだけで、精神的に少しバランスが取れる気がするのだ。山間部でロハスな生活をする気はないが、現代人の不自然な生活にはいつでも自覚的でありたい。その罪を片時も忘れないために、こういう水槽を置いている……。うーん、うまく語れたとは思えないが……。

もっと実際的な話をしてみよう。僕が、たとえ見た目が地味でも品種改良されていない日本固有種に拘るのは、地方や海外への長期出張が多い自分の仕事と関連している。もし水槽の維持・管理が困難になった場合、いつでも近所の小川に放せる——つまりそこで生き延びうるし、そこの生態系を壊さない——それが我が水槽の住民たる絶対条件だった（だから今回の品種改良された遺伝子の混ざったメダカは、厳密に言えば失格なのだ）。

実際にやったことがある。だいぶ昔の話になるが、青森に家族で一夏滞在して制作することになり、水槽を持ってゆくわけにもいかないので、僕にとって〈1代目〉だったドジ男を1匹、某私鉄駅前ロータリーの古びた池に放ったことがある。そこには先客としてフナが数匹いた。秋になって東京に戻り、早速見に行ったところ、（地味な色だからなかなか見つけられなかったが）ちゃんと生きていることが確認できた。あの時は素直に嬉しかったものだ。ペットの遺棄には違いないから迷惑行為に当たるだろうが、僕の倫理観に照らしてぎりぎりセーフだったと今でも思っている。

ペットを飼うという人間の行為自体、不自然極まりないことだろうが、それでもより不自然さが少ない方が、より悪から遠く善に近いと僕は考える。だから福島原発事故の避難地区に残された犬たちの哀れな姿をテレビで見るにつけ、飼うならまだノラの方が存在が人間にぎりぎり認められ、またその能力もある猫だなと、思いを新たにした。「猫が好きか犬が好きか、そんな情緒的な理由でペットを選ぶべきではない」と強く主張したら、多くの友人を失いそうだが。

あるいは、群馬や富士山麓のサファリパークで冬を越すライオンの気持ちを慮《おもんぱか》ると、何かにつけ「遠地」の「珍しさ」を求める人間の悪癖について考えてしまうのだ。なぜ「ここ」の「普通」で満足できないのか。まあ、その考えを本当に徹底したら、飼うべきはドブネズミかゴキブリになってしまいそうだが……。

ともあれ、ついにウチのクソつまらない水槽の話まで書いてしまった。この連載が末期である自覚はいよいよ強くなった。

僕の死に方

最近（2011年当時）軽いめまいに襲われることがよくある。昼間特に何の前触れもなく、頭が右か左にギュンッと1メートルくらい振られる錯覚が起きるのだ。実際頭は少しも動いていないだろう。そういうトリッキーなところが面白いと感じないこともない。あまりに連続すると船酔いみたいに気持ち悪くなるが、それでも『ははは、世界が揺れてる揺れてる』と面白がる心の余裕はある。子供の頃から貧血の気《け》はないので、めまい自体が新鮮な体験なのだ。

　しかしそれとは別に、言い知れない恐怖を感じるのも事実である。僕の「死因」が僕の体の内部で着々とそのフォーメイションを固めつつあるんじゃないか、という疑いによって。このめまいが脳のあたりの血流の変則的で急激な変化によってもたらされていることは、体感的に明らかだからだ。

僕が関わりを持っていた美術の諸先輩たち（例えば美大の教授）の中に、脳のあたりの血管が破裂して、突然亡くなった方が幾人かいる。その中にはやはり僕と同じく、酒を嗜《たしな》み過ぎる傾向の方が多く含まれる。「潔い」とも「志半ばで」とも言われる彼らのあっけない死に方が、どうしたって頭をよぎる。『彼らもおそらくこんなフツーの日常的な時間の中で、本人もアレって感じで逝ったんだろうなあ……』と。

以前書いた、僕が最近新宿で始めたバーもどきの「芸術公民館」、あそこで出してる酒がヤバいのかもしれない。（ガラスのボトルではなく）3リットルの大型ペットボトルに入った焼酎とウィスキーに含まれる〝真っ当な製法によらないアルコール成分〟が、血管に何か悪い圧力をかけるのか。いや、それとも単に量を飲み過ぎなのか。長年にわたる酷使によって僕の肝機能が低下しきっていることは、検査によってちゃんと数値として出ている。さらに「ドクターストップまでは時間の問題」とさえドクターからアドバイスを頂いている。

月並みな感慨だが僕も45歳になって、死が年々リアルに感じられるようになった。若い頃の死にまつわる考えは、本人は真剣なつもりでも、今から思えばどこかフィクション臭かったものだ。中年になって特に人生観が深まったわけではないが、肉体からしょっちゅう〝滅びのシグナル〟がノンフィクションで届けられるようになった――単にそういうことなのだろう。

しかしこの最近のめまいは、冗談や強がりで言うのではなく、本心から〝福音〞と感じられるところもある。なぜなら僕の家系は完全な癌体質だからだ。4人の祖父・祖母、そして親戚のほとんどが癌でやられている。それほど悲劇的な早死にはいないが、長寿もいない。みんな老年に差しかかってほどなく発病している。そして〝誰それは長くて辛い闘病生活の末に……〞といった暗い話を、子供の頃からよく聞かされてきた。

僕の将来の死因は「家系」が来るのか、「僕という個」が来るのか、それが問題なのだ。つまり遺伝的宿命としての癌が順当に先に来るのか、それとも美術家としての自堕落な生活が招く自業自得な〝血管系の突然死〞がそれを追い越すか——今は微妙なレース展開のように思える。いずれにせよ我が家系から「老衰による大往生」の話はとんと聞いたことがないので、そんな高望み——人生における究極の勝利——は初めから抱かないことにしている。どうせ途中で、それ以外の〝なんかイヤな死に方〞をするに決まっているのだ。

とはいえ僕の酒量や生活習慣は「無頼派」と名乗れるほどのものではない。せいぜい「プチ無頼派」だろう。最近の人で比較するなら、中島らも（敬称略、以下同じ。転落による脳挫傷により52歳で歿）や鴨志田穣《ゆたか》（西原理恵子の元夫、アルコール依存症治療の末腎臓癌により42歳で歿）みたいな、その晩年の生活自体が神話化するような迫力はまったくない。また赤塚不二夫（植物状態の末、肺炎により72歳で歿）や野坂昭如（もちろんご存命中）といった〝戦後焼け跡派〟のしぶとい生命力――自業自得のドクターストップ後に見せた／見せているあの粘り腰――も期待できそうにない。

ちょうど良い機会なので、酒&タバコで寿命を縮めたと思われる表現者の諸先輩を、ネットで思いつくままに調べてみた。

まずは無頼派の代表格・坂口安吾――脳出血により48歳で歿。なるほど、これは僕が〝福音〟と呼ぶ「血管系の突然死」のようだ。中上健次――腎臓癌により46歳で歿。僕だったら来年……これはさすがに〝非業の死〟と呼ぶべきか。河島英五――肝臓疾患により48歳で歿。飲んで～飲んで～飲まれて～飲んで～、だもんなぁ……。これらの人々は（単なる想像だが）、常時僕の3倍は酒を飲んでいた気がするので、僕とはランクが違い過ぎるだろう。

大好きな谷岡ヤスジ――咽頭癌により56歳で歿。マンガに登場する本人はしょっちゅうタバコばっかり吸ってたけど、1日80本だったのか。そりゃ無理ないわ。画家のタイガー立石――肺癌により56歳で歿。デビューが遅かったからちょっと変わり種だが、『ナニワ金融道』の青木雄二――肺癌により58歳で歿。もう一つオマケに、忌野清志郎――喉頭癌から癌性リンパ管症になり58歳で歿。

これらの方々の〝無頼派度合い〟はネットから正確には窺《うかが》い知れなかったが、歿年を見る限り、僕はこの辺のグループに属するのではないかと当たりを付けている（もちろん才能の質／量は度外視した上での話だが）。つまり若死にとは思われないが、天寿を全うしたとも思われない、こういう中途半端なタイミングの死が僕には用意されている気がするのだ。

それにしても予想外でちょっとショックだったのは、この圧倒的な癌の多さだ。タバコだって血管に負担をかけるはずだが、結果はこの通り〝気管系の癌〟ばかりではないか。坂口安吾ぐらいやらないと〝血管系〟では死ねないということか。まあ「血管系でなまじ助かるとその後大変」とはよく聞く話だが。

僕も一応その末席を汚しているつもりだが、表現者というのはお気楽な面も確かにあるが、ものすごく大変な面もある。会社勤めの人のような人間関係上のストレスや、ルーティンワークによる人生のはかなさは少ないかもしれないが、特有のプレッシャーが常にかかっている。流動的な人気や、いつ涸れるか分からないアイデアや、才能豊かなライバルの存在や……。そして自分がボスにして唯一の従業員だから、生活習慣や生活サイクルは全部自分で決められる。そうなるとついつい、酒とタバコの量が増えてゆく。特に乗り越えがたい壁に直面すると、嗜好品の持てるパワーを全て投入してでも、無理矢理乗り越えようとする。そしてそれが常態化し、体をゆっくり蝕《むしば》んでゆく。

我ながら表現者なんて、相当無理をしてやっているのだと思う。本来「てめえが作ったものを人様に見せる」なんて図々しいことができるような、毛が生えた心臓は持ち合わせていないのだ。そう、蚤《のみ》の心臓。だいたいほんの4代前の先祖までは、もの言わず従順に米を作っていただけなんだから、遺伝子レベルの無理がそこにはある。

僕だってこれから禁酒・禁煙ができないこともないだろう。ただしその時は同時に、分不相応だった表現者の看板を下ろす時なのだ。それ以降に生き甲斐《がい》があるかどうかは、はなはだ疑問である。

話はちょっと変わるが、45歳といえば三島由紀夫が腹を切って死んだ歳《とし》である。僕は今年の10月に46歳になるわけで、「年齢だけは三島超え」なのである。こういう気にしなくてもいいようなことを気にする、〝三島シンドローム〟とでもいうべき症状の45歳男性は、有名無名にかかわらず昔からちょいちょいいた気がするが、僕もその軽症患者の一人である。そもそもこのタイミングでこういうエッセイを書いていること自体、分かりやすい一症例だろう。

三島の「癌嫌い」というか「癌恐怖」みたいなものは、たしか有名だったはずだ。晩年のインタビューやエッセイにもそういう言葉が散見されたと記憶するが、何よりも最後の小説『豊饒の海』四部作の重要な狂言回しである本田繁邦——戦後を生き続けた三島自身のある意味分身——が、最後の最後で癌になったことを薄々自覚するという、何とも後味の悪い結末部にそれははっきり表れていたと思う。

癌を怖がっていた人が、癌の手術よりよっぽど痛い死に方をわざわざ選ぶなんて（ただし時間は短く済むだろうけど）、まったく気が知れない。あの人どこまで屈折すれば気が済むんだか、と思う。ま、そこが好きなのだが。

切腹の恍惚は共感しかねるが、癌やその闘病生活に激しい拒絶反応を示したところだけなら共感できる。「それは誰だってそうだ」と言われそうだが、ちょっと待ってほしい。

例えば僕の妻などは、子供の頃から喘息《ぜんそく》などの軽い持病をいくつか抱えていたせいで、病院には昔から馴染みがあり、ほとんどホームグラウンドの安心感さえあるらしい。我が家の棚には妻が処方されて飲みきれなかった薬がたくさん溜まっていて、僕はそれを見るだけでゾッとなり、また暗い気分にもなるのだが、彼女にはその気持ちが理解できないらしい。僕はなまじ健康優良児だったから、ほとんど〝病院童貞〟なのだ。そのまま中年になった僕にとって、今や病院は恐ろしい魔界への入口である。あんな恐ろしいところと関わるくらいなら死んだ方がマシだ……。

ところで、今の僕は苦痛や貧困や不安や挫折や失恋や義憤や……そういうネガティブな心持ちとは無縁な生活である。万事だいたいうまく行っていて、穏やかな日々だ。そういう時期のうちに公言しておきたいのだが、自殺は人間の——ということは当然自分の——死に方の一つの選択肢として、「アリ」だと思っている。

もちろん若い人の自殺は、思いとどまった方が「良い選択だった」と後々本人が思う確率が相当高いことだけは確かだと思う。だから宗教なり道徳なりの根拠に基づいて禁止する立場にはないが、推奨する気はこれっぽっちもない。どちらかと言えば「やめとけ派」である。

しかしそれと、ある程度以上のなすべきことをなした、そして人生のゴールがリアルに見えてきた老人——というか老境人とでもいうべきか——の自殺は、根本的に問題が違うと思うのだ。

癌と最期《さいご》まで闘った人が、あるいは延命治療をきっぱり断り天命を受け入れた人だけが人生の勝利者で、そこから逃げて自殺した人が弱い敗北者——という価値判断がどうもピンとこない。「雄々しいこと至上主義かよ」と言いたくなる。痛いのとか耐えたりするのって、単純にイヤじゃない、想像するだけで心が一瞬にしてドス黒いインクに染まる感じがするじゃない……。

はっきり書くが、そんな男だから当然の帰結として、練炭自殺には以前から興味があった。あれは近年の日本人が成した世界史レベルの発明ではないか。練炭（欧米ならバーベキュー用のチャコールで代用できる？）と自家用車と粘着テープという、すぐ手に入る日常的な材料のみで、一酸化炭素――すなわち酸素と炭素という地球上に遍在する元素のみでできた〝毒ならぬ毒〟を発生させるというシンプルな発想は、コロンブスの卵やコペルニクス的転回とさえ呼びたい（その後発明された硫化水素方式は、化学的にややこしい時点ですでに二流だと思う）。もちろん睡眠薬などを併用した上での話だが、現時点で限りなく安楽死に近い方法が、人類史上初めて万人に向けて開示されたと見るべきではないのか。ニュースを見る限り他の方法に較べ成功率が高い気がし、それもシステムとしての完成度の高さを感じさせる。

と思って今ネットで少し調べてみたが、実際はいろいろと問題もあるようだ。もし睡眠薬の効きが悪く意識が残っていれば、それ相応の激しい苦痛は伴うらしい。また途中で発見された場合の脳に残る後遺症は深刻らしい。練炭自体は日本人の発明に違いないが、それを使った自殺の起源は、オンドル（床暖房）の事故から発想を得た韓国人にあるのでは、との説も紹介されていた（ま、こんなことで民族の優劣を競う気は誰だって起きないだろうが）。そして分かったことは、自殺の方法は「首吊り」が約6割と、未だ大多数を占めているということだ。確かに準備の容易さと確実性に関してだけは、永遠にこの古典的方法を超えることはできないかもしれない（ただ、想像される見た目がね……）。

いやー、陰気な話を書いてたら本気で落ち込んできてしまった。今の僕は全身「悪い言霊」まみれだ。付き合わせてしまった読者のみなさん、すみません。

さあ、忘れよう。今夜も街（具体的には今僕は金沢に1ヶ月滞在中なので、香林坊あたりの飲屋街）に繰り出して、タバコをスパスパふかしながら安酒を胃に流し込むとするか。ああ、蚤の心臓オーナーによる、あまりにありふれた緩慢なる自殺……。

ただ、なんとなく、赤提灯が作りたくなっただけなんです……

ホント〜〜〜〜〜〜〜〜〜〜〜に申し訳ないです!!

今月（2011年当時）はとある地味なテーマ（いや、正直に書きましょう。〝社会派アート〟についてです）を書き始めてみたものの、すぐにマジメな話題の袋小路にハマって行き詰まり、それ以上1行も前に進めなくなりました。そうやって悶絶するうちに締切日が刻一刻と迫り、ついに編集部に「書けません」とお詫《わ》びの連絡を入れようと、震える手で携帯を握りしめるところまでいっていたのです。

そんな思いつめた表情だったであろう僕に、夕食の席で妻は呑気《のんき》そうに言いました。

「会田さん（ウチは同業者結婚のため、未だ〝苗字＋さん付け〟です）ちょっと前まで、なんか赤提灯のこと必死ンなって書いてなかった？　アレ使えば？」

ああ、何という悪知恵の働く女でしょう！　この女と結婚して良かったと何年かぶりに思いました。

確かに国立台湾美術館で10月1日から始まる『アジアン・アート・ビエンナーレ』という国際展に出す新作のために、つい先週まで「プロポーザル」を必死こいて書いていました。あれをエッセイに流用するなんて、善良な僕には思いつくことさえできませんでした。しかし言われてみれば、確かに文字量に不足はありません。

「プロポーザル」とは展覧会全体を統括するキュレーター（今回は台湾人女性）に、展覧会に出品しようとしている作品の意味や意義を説明して、出品許可を得ようとする、いわば内部文書。なので一般の人が読んで面白いものではありません。しかし本来は硬いだけの文章であるべきところ、脳味噌が軟化し過ぎている僕のこと、不要にエッセイっぽいところがあったかもしれません。文体的に流用はぎりぎりセーフかと思われました。

それに最近のこの連載の傾向とも合致しているように思われました。それは「日本では世間的になかなか理解されない、現代美術という業界の実態を少しでも知ってもらいたい」という動機。ネタが尽きた故の悪《あ》しき傾向とは知りつつ、僕にはもうほとんどこれしか書きたいことが残っていないのです。

最近よくある「○○ビエンナーレ」などと名付けられた国際美術展で、各国のアーチストが巨大で意味不明なものを作る——あの舞台裏には、まず最初に「プロポーザル」という1枚の紙切れが存在しているのです。最初から出来上がった絵画や彫刻ありき、という従来型の美術展ではなく、発注モノや〝出来事それ自体がアート〟みたいな作品が多い昨今の現代美術は、「プロポーザル」という国際的業界ルールが支えていると言っても過言ではないでしょう。それを表現の自由な選択肢の広がりと見るか、〝藝術〟の嘆かわしい衰退と見るかはみなさんにお任せします。僕が書いたものは書式として標準から外れているかもしれませんが、現物の1サンプルには違いありません。なぜならそれは一応機能を果たしたから。僕の新作の提案は許諾され、僕の指示通りに現地で制作が始まったと、つい昨日のこと連絡が入りました。

前振りが長くなりましたが、それでは読んでいただきましょう。ただそのままではナンなので、注釈というか自分ツッコミみたいなものを、【　】↑この括弧の中に入れて書き加えてみました。煩雑になりそうですが、どうかご容赦を。

＊　＊　＊

高さ約550センチ、直径約330センチの巨大な赤い提灯を天井から吊り下げる【浅草の雷門にぶら下がってるヤツよりちょっとデカいです。北京に滞在していた1年以上前にふとイメージが浮かび、以来作る機会を窺っていました】。

位置は観客がぎりぎり触れない程度の高さに。

室内が望ましい。大きな庇《ひさし》があって、雨が直接当たらなければ屋外展示も可能かもしれないが。

提灯の中に多数の電球があり、光っている。発熱と消費電力を抑えるために、電球型のLEDが良いと思う【これは蛍光ボールに変更しそう】。

中心にひときわ明るい白熱電球が一つあり、心臓の鼓動のように明滅を繰り返している。

台湾で提灯のベースを作ってもらう【時間が許せば自分で作りたかった――それは本心。だって最初の衝動が『あー、でっかい提灯作ってみてーなー』でしたから。発注って本当は好きじゃないです。わが子をやむを得ず代理母に産ませる女性の心境？　誰だって「あー、痛くなかったし、楽して良かった」とは思わないと思うけど、それと同じじゃないかな。現代美術家というこの稼業、なんでノンビリ作れないんだろ。なんでいつも時間に急《せ》き立てられてるんだろ】。作るのは伝統的な提灯職人がいいのか、それとも現代美術の立体造形を手がける工房がいいのか、私【私って主語、こーゆー時しか使わないなー。あー、我ながら違和感】は台湾の事情に疎いので、現時点では分からない。金銭面の問題も含め、相談させてもらいたい。

ベースは竹ヒゴと薄くて白い和紙でできている。

私は日本で大小様々なA（194P）のようなものを数千枚作る。それは薄い和紙でできていて、（微妙にそれぞれ色が違うが、基本的には）赤いアクリル絵具で染められている。あらかじめ透明メディウムで「心」の象形文字（心臓の形に由来する。ごく一部に楷書・行書・草書等も交ざるが）を書いたうえで染めるので、その部分は染まりが浅く、光を通しやすい【ここだけがオリジナルなアート作品としての印。いやー、我ながら危ういコンセプトだこと……】。遠くから見ると無垢《むく》の赤提灯だが、近づけば判読できる（ただし古代文字だが）。

作ったそれらを台湾に送り、私の監督のもと、表面に隙間《すきま》なく貼り付ける。うまく描けなかったが、その完成予想図がBである。天然素材である和紙と手作業の「ぬくもり」を大切にしたい【なーに言ってんだか、オマエはいつからロハスになったんだぁ？】。

大きさでは世界一でないだろうが、手作業と、複雑にしてシンプルな色彩という要素によって、美しさで世界一の提灯を目指したい。そのためには、和紙のそれぞれの染まり具合の微妙な差に（マーク・ロスコ並みの）細心の注意を払うつもりだ【マーク・ロスコとは1950年代に活躍したアメリカの画家。こういう大御所の名前を持ち出すところに、キュレーターを説得できないいんじゃないかという、僕の焦りが見て取れますね。大御所の名前はあと二人出てくるのでお楽しみに】。

薄い和紙が二重に貼られるので、それだけ強度が増す。表面に防水用のニスを塗る。

これは2012年11月から東京の森美術館で始まる私の個展にも出品する予定である。制作費は他のアーチストとのバランスを見て常識的な金額をもらいたいが、この提灯のベースの発注費がそれを上回った場合、その分の金額はこちらが負担するつもりである【金銭的理由で断られないための予防線、見え見え。でも台湾国民の血税が使われると思うと、あまり多くを要求しちゃいけないと思うのも本心】。

作品タイトルは『Heart』である。

私は北京に半年滞在したことがあるが、台湾にはまだ行ったことがない。だから正確には分からないのだが、台湾には街のいたるところに赤い提灯が、慶事のためにぶら下がっていることを予想している。そのようなとてもティピカルな物体を、たとえ巨大化したからといって、美術館にアート作品として持ち込むリスクは承知しているつもりである。「これ、街にフツーにあるよ」と言われるリスクを。

それでもあえてこれを作りたいのは、日常的な物体を美術の場に平然と持ち込むレディメイドやポップアートの挑発的手法がまずは前提としてある。しかしそれ以上に、私は提灯の美を純粋に愛しているのである。あのシンプルな（ミニマルな、と言ってもいい【美術史用語で気を引こうって魂胆】）フォルムと構造（特に折り畳めるところ）と質感は、一現代アーチストがどこかを改変する余地など微塵《みじん》も残っていない、様式としての完成度の高さがある。それでいて他の趣味的な伝統工芸品と違い、照明という実質的な機能が第一の存在理由であり続けている点も、私にはたいへん好ましく感じられる。良くて美しいものは、アーチストの個性など入っていなくても、美術館内に展示されるべき権利を有すると私は考える【ただの〝提灯好き〟を屁理屈で必死に糊塗中】。

昔中国で生まれた提灯は、日本に移入されてすっかり定着した。今でも日本のいたるところに提灯は使われている。ただし中国とは使われ方や意味が変容した部分もある。

赤い提灯は日本では〝izakaya〟(japanese-style bar)【こういうヘンな書き方をするのは、この文章がギャラリーのスタッフによって英訳されたのち、あちらに送られるという前提を知っているから。台湾人のキュレーターは当然の如《ごと》く日常的に英語で仕事をしているはずで、それが現代美術界の常識。僕が現代美術界にイマイチ馴染めない一因がコレ】の看板としてよく使われる。「赤提灯」とはずばり「居酒屋」の別称でさえある。

日本の居酒屋は独特である。例えば『芸術新潮【どーゆードメスティックな比喩だか】』という日本の雑誌が去年「私が選ぶ日本遺産」という特集を組んだ。様々な文化人や学者に「日本が誇り、後世に残すべきものは何か」をアンケート調査したのだが、その結果、最も多くの人が挙げたのが「居酒屋」だった。実は私もアンケートに答え、それを挙げた一人だった。居酒屋は多くの日本人にとって、単にアルコールや栄養を摂取する目的以上の、何か大切なものを守り続けるための文化装置と捉えられているのだ。それはおそらく人間の「心」の問題に関わっている【うわー、キビシイ論旨……】。

「戦争」や「少女」ほど代表的ではないが、「酒」や「酩酊《めいてい》」も、私が今まで繰り返し作品で扱ってきたモチーフの一つである（例えば、酔っぱらったビン・ラディンのビデオ作品など）。古い中国の芸術のことを思うと、私は真っ先に酒と酩酊を讃《たた》えた李白【出ました大御所第2弾！　中国文化圏のキュレーターへの胡麻《ごま》すりか？】の詩が頭に浮かぶ。そこに東洋人としてのシンパシーを強く感じるのだ。飲酒により人間がお互いの「心という弱点」をさらけ出し合うこと——それは確かに不合理で馬鹿馬鹿しい行為に違いない。しかしそういうところにこそ、人類が永らく願いつつ実現がなかなか叶わない、あの「世界平和」というような大きな難題を解くヒントが隠されているのではないか——【バーカ、バーカ。あー、顔から火が噴き出る】。私は毎晩酩酊しつつ、こういうことをよく考える。

昔の東洋人も西洋人も、人間の（ブレインではなく）マインドのありかを心臓と考えた。

その万人の心臓の中を流れている、血の色としての赤。私が居酒屋の提灯に感じている、安らぎやユニティや慈愛といった感情を喚起させる、あの赤い色の光。中国文化圏の人々はそこにハピネスを感じるらしい。——こういうことは、東アジアという地域性を超えた、もっと広い普遍性があるのではないか？【完全に論旨グダグダ】私はそこに芸術家として賭けてみたい【最後はギャンブルかよ……】。

オラファー・エリアソン【大御所第3弾。今世界で一番人気のアーチスト。美術館の中で実際に光や霧を幻想的に発生させる男】のことは少し（あくまでも少しだが）念頭にある。「会田誠——東洋人であり、日本人であり、西洋的主知主義に疑問を持ち【ここが本気で攻めるべき敵の本丸なのに、こんなサラッとしか書けないヘタレな俺……】、それより一般庶民の日常的な感情（心）に重きを置いていて、かつ酒を深く愛している男——がオラファー・エリアソンをやると、こうなる」という風に鑑賞されても構わない【オラファーのズッコケ・パロディであることを、人に言われるより先に自分で言ってやるってことね】。

いつかはこの巨大な赤提灯の下で、様々な国の人々が酒を酌み交わす宴（アートイベント？）をやりたいと考えている【これはマジ】。それはおそらく瞑想や調和といったキーワード【申し遅れましたが、この二つのキーワードが今回のアジアン・アート・ビエンナーレのテーマなんです。そのために〝らしくない〟作文になっちゃったってことをご理解いただけると幸いです】とも無縁ではないだろう。そのための舞台装置という側面もこの作品は持っている。

＊　＊　＊

いかがでした？　やっぱり現代美術ってハッタリ臭い？　こんなグダグダ論旨が書かれた紙切れ一枚で、ン百万円単位の制作費が血税から捻出されると思うと、怒りがこみ上げてくる？　そう言われても仕方ないと思っています。まあ、僕の最低レベルのプロポーザルを読んだだけで、業界全体を即断されても困るんですけどね……。

今回のプロポーザルに添付したスケッチです。金沢の出張先で急遽描く必要が生じたため、画材の持ち合わせがなく、百均で子供用フェルトペンを買い、コピー用紙にちゃちゃっと描きました。どうせスキャンしてデータとして送るとはいえ、こんないい加減なことで仕事が進行するのが、不思議なような申し訳ないような……。

A
B
2011 7/4

195　ただ、なんとなく、赤提灯が作りたくなっただけなんです……

提灯・結果

すいません。

もはや謝罪の言葉のバリエーションも尽きてしまいましたが、今月も先月に引き続き書けませんでした。先々月書いた〝巨大提灯〟を作りに台湾に行っていたのですが、作業の続く旅先で別の話題のエッセイが書けるような、器用な男ではやはりございませんでした。今月は巨大提灯のその後の顚末《てんまつ》を写真でお届けして、お茶を濁すしかありません。

平に平にご容赦を！

1　日本で「心」と染め抜いた和紙を大量に作り、台湾に持ってゆきました。

2　「心」の象形文字は心臓の形に由来するのですが、その最も代表的なものは、心臓というより少年の包茎チンポのように見えます（台湾滞在の終わりに訪れた故宮博物館に陳列されていた紀元前の青銅器にも、僕が書いたのとほとんど同じ〝チンポ〟が多く刻印されていて、なんだか嬉しくなりました）。

3　台湾の美術館に着くと、提灯職人の張さんがせっせと竹の骨組みを作っているところでした。この写真ではよく分からないでしょうが、形が相当歪んでいて、しょっぱなからかなり絶望的な気持ちに襲われました。

4　とにかく張さんは何でも目分量でチャッチャカやります。僕の描いた設計図から竹ひごそれぞれの段の円周を割り出して（直径×πだから簡単なはず）作ってくれと言ってるのに、まったく聞く耳を持ってくれません。

1

2

3

4

5

6

5　参考のため持っていった、日本の職人が作った提灯(左)を張さんに見せると、こめかみの血管がピクピクッとするのが分かりました。「これは木枠を使っているからきれいなんだ」と彼は言いますが、それはその通りです。巨大な木枠を用意する時間的・予算的余裕がない中で、この無謀な仕事を引き受けてくれたことには、感謝しきれないほど感謝しています。その悪条件の中でもベストを尽くしましょう、という思いだったのですが、職人としてのプライドを傷つけてしまったようです。翌日張さんは自分が作った台湾方式の提灯(右)をお土産として持ってきてくれました。確かにこのジャンルにおける職人の腕を

微塵も疑わせない、完璧な仕上げの美しい提灯でした。

6　竹ひごの長さを調整し、可能な限り形を整えたのち、薄い紙を貼ってゆきました。ここでも張さん速い速い――ということはやっぱり、雑……。「慌てないで、ゆっくりゆっくり！」と何度声をかけたことやら。

7　内部に電球を仕込みました。真ん中に1球だけとても明るい電球があって、それが心臓のように明滅を繰り返します。ごく単純な仕掛けですが、お客さんへの心理的効果は割とあった気がします。

8　薄い紙を全体的にちょっと朱色に染めたのち、日本から持ってきた「心」の字の入った赤い紙を貼ってゆきます。

9　赤い紙を貼るのを手伝ってくれた、ある日のボランティアスタッフのみなさん。こういう単純作業の繰り返しは、おしゃべり好きな女の子同士が向いている、という世界的傾向があります。みなさんありがとう！

8

9

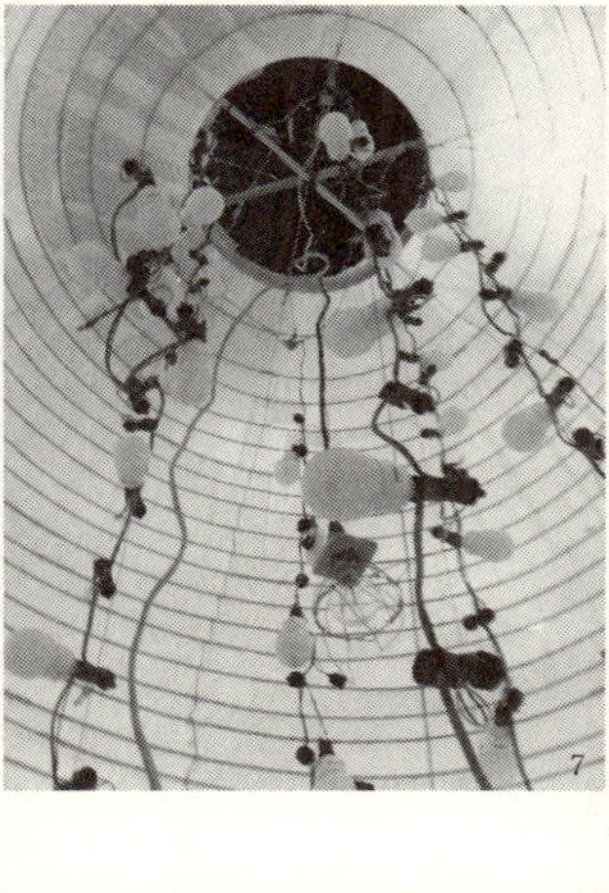
7

10　その作業を続けること5日、ついに完成。

11　赤い和紙はそれぞれ微妙に色が違い、手でちぎってあって、それが不規則に重なっています。普段はあえて現代的にドライな描き方をする僕ですが、久しぶりにしっとりとした〝絵画〟を作ったな、という実感があります。

12　『アジアン・アート・ビエンナーレ』展がオープン。これは現地入りしたアーチストの面々。左下によそ見している僕。他のアーチストも掃除のオバチャンも、僕の提灯を見るとニッコリ笑ってくれるから、一応成功というか、作った甲斐はあったと思っておきます。自分に都合の良いように解釈してゆかないと、アーチスト業なんて不安に押し潰されて続けてられませんから。

13　オープンの日に見に来た張さん（左）と。もちろん「謝謝《シエーシエー》」と何度も言いましたよ。形はちょっとイビツだけど、それもかえって心臓っぽくて有機的だし、すべて結果オーライ。浅草の雷門との差別化もバッチリです。そして張さんが美術館から貰ったギャラを聞いてびっくり。正確には分からないけれど、雷門のヤツより一回り大きいのに、制作費は１００分の１以下なんじゃないかな。

12

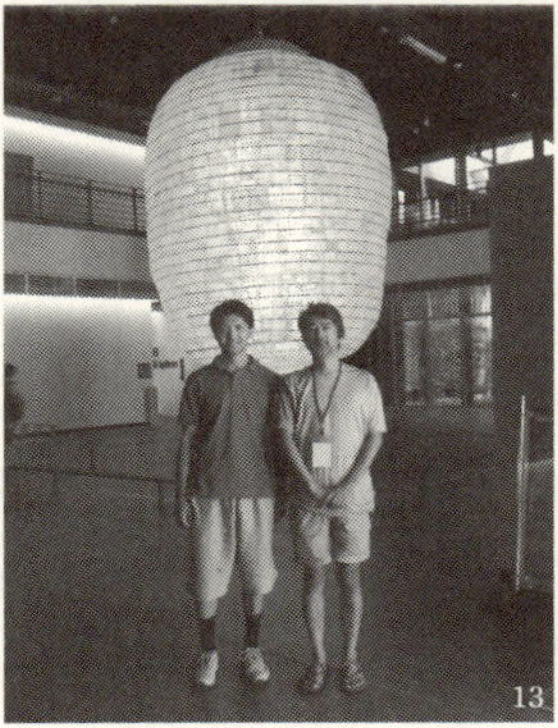
13

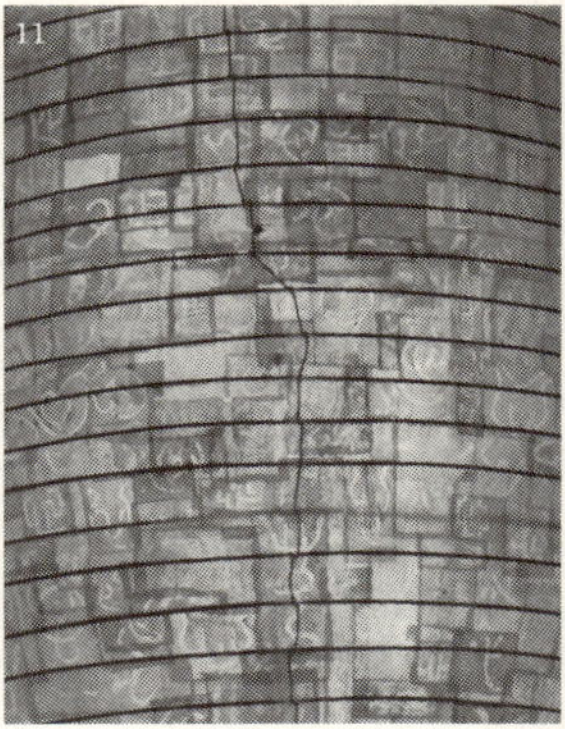
11

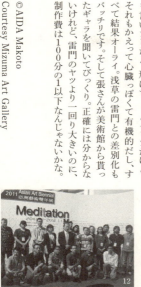

「次に色々な雑誌に書いたものを……」

大いなるイラスト

日本画門外漢の僕がこの特集に載るのは相当場違いですが、敢《あ》えて冒険した『アート・トップ』（１９９８年当時）の勇気に最大限の敬意を表しつつ、せめて〈スイカの塩〉くらいの役目は果たしたいと思います。

「絵はみんな一緒」と言えなくもないけれど、発表や流通の場を考えれば、やはり僕は明らかに現代美術（コンテンポラリー・アート）というジャンルに属しています。僕はそこで〈日本画を連想させるような絵〉や〈日本古美術の図像を利用した絵〉も数枚描いたことがある、というに過ぎません。以下の暴言は、そんな日本画家でも学者でもない一作者の、自分の制作を鼓舞するだけに呟《つぶや》いてきた言葉の寄せ集めとご理解ください。これが正論・正史だと人に押しつける気は毛頭ありません。

大いなるイラスト——これが僕が日本画というジャンル全体に抱くイメージです。イラストと言ったからといって、バカにしている訳ではありません。むしろ僕は日本画の持っていたイラストのような軽さと薄さを愛しています。だから油絵の持つ重厚な物質・空間感に追従したかに見える、雲肌麻紙《くもはだまし》主流の戦後日本画が全体に好きじゃありません。日本画の偉大さとは、そんな即物的なものに頼らない、精神的な面にこそエッセンスが潜んでいると思っているからです。

明治・大正・昭和初期の頃の日本画は、何となくラファエル前派に一部似ている気がします。反時代という意識をしっかり持った保守性、飽くなき細密描写に代表される画家同士の切磋《せっさ》琢磨《たくま》、花と女性を偏愛する唯美的感性、少し通俗的な古典文学趣味、そして軽くて薄い画面……やはり両者とも、作品によっては〈偉大〉の域まで高められたイラスト、という気がします。この時代の日本画はもう少し国際的に認知されてもいいんじゃないかな、と僕は思います。

だんだんと暴言の度合いを強めていきます。

僕は日本画＝岩絵具と考えません。そう考えたことが、戦後の日本画をダメにした一因ではないでしょうか。岩絵具を油絵具と同じように何色も混色したりしたら、岩絵具の美しさが台無しになるに決まっています。戦後に描かれた岩絵具を使った絵で一番美しいものは、李禹煥《リウーファン》の『点から』『線から』シリーズでしょう。岡倉天心だってあの世でそう言ってると思います。

僕の知人の現代美術関係者の中には、日本画というジャンルの早期滅亡を願っている人もいますが、僕はけっしてそうは思いません。ただ僕の意見は、必ずしも日本画家の方々を喜ばせるものではないでしょう。なぜなら僕は〈現代日本画〉といい〈日本画の革新〉といい、それらの言葉を基本的に形容矛盾と感じているからです。

私見によれば、日本画は徹底的に〈明治的〉なものです。それは否応なく選択させられた〈欧化〉の中にあって、いかに精神的植民地化を回避し、近代日本のアイデンティティを確立すべきかという、苦しい設問それ自体でした。タブーがあるのではっきり書くことを控えますが、それは同じく明治に人為的に作られた日本特有の社会システムの、美術におけるミニチュア版でもあったでしょう（僕の予想では、両者はおそらく今後もその盛衰を共にする気がします）。

もちろん戦前までの洋画も〈近代日本の美術〉を創造しようという努力を尽くしてきたでしょうけれど、結果としてせいぜいヨーロッパという本家に対して〈分家の特色〉を少し出せた程度のものでしょう（戦後の洋画に至っては、エビフライでも頬《ほお》張りながら眺める洋食屋のオメデタイ壁飾りにしか見えません）。総じて日本画が洋画より高い文化的達成を成したのは、やはり岩絵具という西洋にはない画材の選択が大きかったはずです。日常的に〈ミクストメディア〉な僕に言わせれば、画材なんて岩絵具も油絵具もクレヨンも「みんな画面に色を着ける同じよーなモン」です。しかし、近代化間もない頃の日本画家に与えた精神的影響の中には、その〈民族固有〉という幻想をバカにして済ますには惜しい、ある何らかの美点があったと思うのです。

この美点を語るのはとても難しいです。なので一つ比喩的に語らせてください。

僕は菱田春草の画集を見るのが好きです（僕が持っているのはポケット版ですが）。まず前半にえんえんと続く、朦朧体などの描法の変遷、および古今東西に亘《わた》る画題の変遷――。なんという試行錯誤の連続、〈近代日本美術〉の産みの苦しみでしょう。そしてその暗中模索の果てに辿り着く、あの『落葉』の清澄な境地……。僕はここでいつもアドレナリンがじわっと分泌されるのを感じます。「すべてを諦めきった後に残った、たった一つのかけがえのない充実……」。僕の頭にはこんな直観的な言葉が浮かびます。ここにはもはや日本や東洋の上っ面だけの美化や荘厳化はなく、しかし西洋への不自然な追従もありません。「これはほとんど日本の、明治の、あの社会システムの〈良心〉が絵になったような絵じゃないか……」。そんな言葉がふと口をついて出ます。明らかにこの時初めて〈日本画〉がこの世に誕生しました。そして盟友横山大観を含めて、この後誰がこの『落葉』を超えたでしょう。だから僕の最も乱暴な日本画論はこうなります――日本画は『落葉』に始まり、『落葉』に終わった——。ページをめくるとアンコールの小曲『黒き猫』があり、その悲しい調べを残して突然幕が下ります。ああ、これは一体なんて画集なんだろう！

このような思いを抱く僕にとって、大日本帝国なきあと、ましてインターネットとかグローバルとかいうご時世の現代に、なおも岩絵具を使い続けることは、時代と世界に対する恐るべき反逆行為に思われます。しかし、僕が言いたいのは、まさにこの一点だけにこそ、現代日本画の重たい存在意義が逆説的に存在する、ということです。

僕が真に敬愛すべき〈現代日本画家〉を思い浮かべてみます。さぞかし凄まじい風圧に耐え制作されているだろうと察し、心からの同情と声援を惜しみません。描法もさることながら、何といってもモチーフの選択で、気も狂わんばかりの苦悩を強いられていることでしょう。今さら富士や花鳥風月や武者絵や中国の故事を描いたってしょうがありませんから。そんな前近代に避難した判断停止は、単なるお土産品製造であって、断じて芸術行為ではありません。かといって今の風俗を何でも描けばいいというものでもないでしょう。その選ばれた現代風俗が、岩絵具を用い日本画家を名乗る者の手によって描かれる必然性がなければ、それは過去の栄光に寄りかかった〈値段だけが大いなるイラスト〉に過ぎませんから。芸術を心から愛するアナタが、そんな醜悪なビジネスに手を染めているはずがありません。

僕自身「ああ、これは〈現代日本画〉と呼ばれるものが描けたな」と思えた体験は、この

『無題』（211P）で一度しかありません。因《ちな》みにこれは岩絵具をぜんぜん使っていません。背景なんか、ホームセンターで買った灰色のペンキをローラーで塗ったものです。でも僕に言わせれば、れっきとした日本画です。しかも、戦後日本画を語るうえで必ず登場させねばならない作品とさえ自負しています。つまり、僕が究極的な意味でいう日本画とは、材料ではなく、日本趣味の絵柄でもなく、人生観・世界観そのものです。それは誕生当初から、感動という個人的体験の中にしか棲息しない、幻に限りなく近い存在です。〈日本画＝岩絵具〉という戦後の愚純な明文化が幻のナイーブな命を奪ったのです。

この名前を出すと短絡的に誤解されそうですが……三島由紀夫の『天人五衰』の終結部にコカ・コーラの看板が出てきます。これが明治・大正の美しい悲恋物語『春の雪』から始まった長大な四部作の結論かと思うと、泣けてきます（今気づきましたが、初版本の装画や義父のことを考えると、『豊饒の海』が一種の日本画論にも感じられてしまうのは、さすがに我田引水すぎるでしょうか）。現代の日本画は、三島が人知れず死の準備をしながら書き綴ったはずの、文字どおり断腸の思いのこもった、日本の風景に屹立《きつりつ》するコカ・コーラの看板から始めるべきではないでしょうか。

この看板を平気で眺められる人は、アクリル絵具で描くべきです（やはり『天人五衰』に出てくる、三保の松原に打ち上げられた〈永遠不朽のビニール袋〉とほぼ同じ物質であるところの絵具で）。僕はかなり平気な人種だから、アクリル絵具を使い、現代美術家と名乗っています。僕はある意味で、自分が日本人であるとは考えず、地球人だと思うようにしています。「もうそうしないと自分は歴史的に第一級の作品を作れない、そんな時代状況だろう」という判断からです。そういえば三島は晩年〈日本文学はオレで終わりだ。これからは大江健三郎クンのような国際文学の時代だろう〉みたいなことを語ったらしいですね。そのように〈現代美術〉は自然で当然なことなので、このジャンルに凡才が百万人いたっていいんです。しかし〈現代日本画〉は、選ばれた天才にのみ可能な苦難に満ちた逆説であり、そんな作家は10人もいれば奇跡というものでしょう。アナタにはその奇跡を生きる覚悟がありますか？

本当に僕は日本画の滅亡なんて望んでいません。ただ、打算に満ちた見苦しい延命なら、やめてほしいと思います。僕の日本画への愛がそう言わせます。言うまでもなく西洋は単なるパワーゲームの勝者であり、真善美の実質で世界を征したわけではありません。その本質的な欺瞞《ぎまん》に向かって討ち死に覚悟で切り込む真の〈現代日本画家〉が現れることを、ぼくは衷心から願ってやみません。

ファイト！

無題（通称＝電信柱）
1990
パネル、水性ペンキ、アクリル絵具
190×245cm
撮影＝長塚秀人

もっとラディカルであれ

僕はやはり日本画の外部の人間です。美大では油絵科だったし、いわゆる「現代美術」の画廊で作品を売っているし、なにより「日本画家」という自覚は皆無だし。日本画や日本古美術をネタに使った（美術用語でいうとシミュレーショニズムといいますが）作品をいくつか作っただけです。そんなモンガイカンとして、またまったくデータの正確さに無頓着な非学者としてテキトーな放言をしますので、何かの参考にしてください。

さて、僕がこれからの若い日本画家に望むもの、それは「もっとラディカルであれ」の一語につきます。ラディカルとはふつう「過激」「急進的」という意味ですが、本来は「根源的」という意味らしい——そういう二重の意味のラディカルさです。

日本画科の卒制展や院展の一観客として、前々から抱いていた感想ですが、マテリアルが全員「岩絵具オン雲肌麻紙」だという、そのことだけですでにかなり退屈です。なんなんですか、あの「みんなしてザラザラ〜」な感じは。画材に関するあの不文律が、外部のお客さん（例えば絵なんかめったに見ないロック少年とか、浮世絵好きの外国人さんとか）にとっていかに腑《ふ》に落ちないか、あるいは不気味な統制に見えるか、少しは想像力を働かせてみるべきです。「このザラザラがそんなに大切なの？　ただの紙ヤスリじゃん。わっかんねー！」、そんな声が聞こえてきませんか？

まず聞きたいのは、なんでもっと水墨や淡彩の表現がないんですか？　相変わらず日本人はそういう「あっさり系」が得意なはずなのに。あと、下絵を慎重にトレースしたうえで描くみたいな「固まった」絵ばっかりだし。心の目に映じた風景を一気に描く雪舟たちの伝統はすっかり途絶えちゃったんですか？　そんなことだと、一般ピープルはますます鶴太郎の方がよほど立派な「日本画家」だと思っちゃいますよ。

アクリル使いたい人はガンガン使えばいいと思う。ふつう表現者というのは、その時代の科学技術が提供する最先端の媒体（絵描きなら絵具）にホイホイ飛びつくもの。ラスコーの壁画描いた奴も、源氏物語絵巻描いた奴も、今ならさしずめCG使いまくっているミーハー・クリエイターに類した人種だったはず。現代においても岩絵具を使い続けるというのは、初期癌が発見されたのに室町時代の医療で治そうとするようなもの。その頑迷なカッコよさは一応認めているつもりだけど、日本画科に集まる（カルチャーオバサンならぬ）現代の若者の全員がそれを素直に遵守している光景を見ると、ほとんどカルトなマインドコントロールを連想しちゃいます。

逆にもっと原始的な画材を追究したっていいと思います。プレ画材店、あるいはプレ大和絵、みたいな。そこらの山から材料を採ってきて、紙作りの試行錯誤から始めてみるとか。個人的にはあまり好きじゃないけど、そんな〈もの派〉的なアプローチがもっとあってもいいはずです。

ちなみに僕は『みにまる』という（218P）〈なんちゃって日本画系〉の作品で、「天皇陛下万歳」という文字を日本人の血液で描いたけれど、アフリカ産のアズライトを砕いた岩群青なんかより、日本画としてよっぽど正統な画材だと思ってます。

アクリルなど現代のワールド・スタンダードを拒むなら、いっそ実生活でも「コンクリートとアスファルトの地面は死んでも踏まない！」と決めて、山奥の庵《いおり》に生涯籠るくらいの気骨を見せてほしいものです。とにかく、頑丈なキャンバスの代用品みたいな雲肌麻紙とか〈新岩〉なんて露骨なフェイクまで使って守る古典技法の中途半端さが、僕にはまったく納得できません。

摩天楼やスフィンクスが日本画で描かれたのはだいぶ前のことだし、最近の人はほとんど富士山や花鳥風月なんて描かなくなったことは、一応存じております。またこのことは基本的に正しいことだと思っています。

けれど卒制展などで〈現代の家族の肖像〉とか〈雨に煙る街角〉みたいな、ほどほどにお上品な現代的モチーフを見るにつけ、「まだまだヌルい！　これくらいで『日本画滅亡論』が過去のものになると思ったら大間違いだ！」と思ってしまいます。

それなら例えば——あまりよい例は浮かびませんが——リポＤの空き瓶とプレステのコントローラーと使用後のコンドームがラブホのベッドに転がってる、なんて情景を描いたっていいわけです。もしこのモチーフの選択に眉《まゆ》をしかめる人がいたとしたら、それはきっと「日本画の品位」みたいなことを否定の根拠にするんでしょうが、そんな悠長なことをいっていていいんでしょうか。こんな現代の日本人がふつうに目にしている光景の描写は、例えばシリアスな純文学において、特に露悪的な意図もなく頻出しています。小説はもちろん、どういうわけか僕のところにはときどき若い詠《よ》み手から句集や歌集が送られてくるんですが、やっぱりそこにもこんな卑俗なモチーフは出てきます。日本画と同じく伝統的表現に立脚していても、彼らの方が、なんとか現代の実相にコミットしよう、できなければ滅んだ方がマシだという危機感をもって、足掻きにも近い奮闘を日々続けているように見受けられます。

美術と文学の根本的な差もあるでしょうが、日本画の場合、そこには自己保身的な商売をとりあえず続けたい画壇や画商の思惑が強く働いているような気がします。

では一方、日本画による抽象表現はどうなのか。もちろんやりたい人は、世界レベルのクオリティを目指して大いにやるべきです。ただ一言念を押しておくと、今さら西洋を100年遅れて追いかけるような醜態だけは、ギャグにもならないから晒さないでくださいね。いやしくも「日本画」と国名を冠している以上、それは国辱以外の何ものでもないので。

でも僕が個人的に見たい〈現代日本画〉は、そんな〝みんな（世間／世界）に合わせたちょっと新しい方向〟のものではなかったりします。それは逆に、最初にいった「ラディカル＝根源的」な意味における、古いもの。人類史を一人で敵に回すような、壮大な野心と悲壮な覚悟を伴う反時代精神――みたいなものです。西洋、そして最近はますますアメリカ中心主義的になってゆくこの地球に敢然と疑義を申し立てる、前近代・非西洋の闇から蘇《よみがえ》った、亡霊にしてニューヒーローたる21世紀の日本画――。その実体を僕はなんとなく夢想するんだけど、具体的な形になりません。なったら自分でやってる。だから誰か、そう、これを読んでいる日本画科の若いキミ、やってくんないかなあ――（もちろん村上隆氏はこの方向でもかなりの戦果を上げていると思いますが、彼以外のアプローチもまだまだ考えられるはず）。

話はまだ途中ですが、決められた文字数はとうに超えているので止めにします。それではみなさん、くれぐれも、ただザラザラして値段が高いだけのヌルいイラストみたいなモンだけは描かないようにして……GOOD LUCK!

みにまる(戦争画RETURNS)
1999
襖、蝶番、銀紙、砥粉、血液(四曲一隻屛風)
171×268cm
撮影=長塚秀人

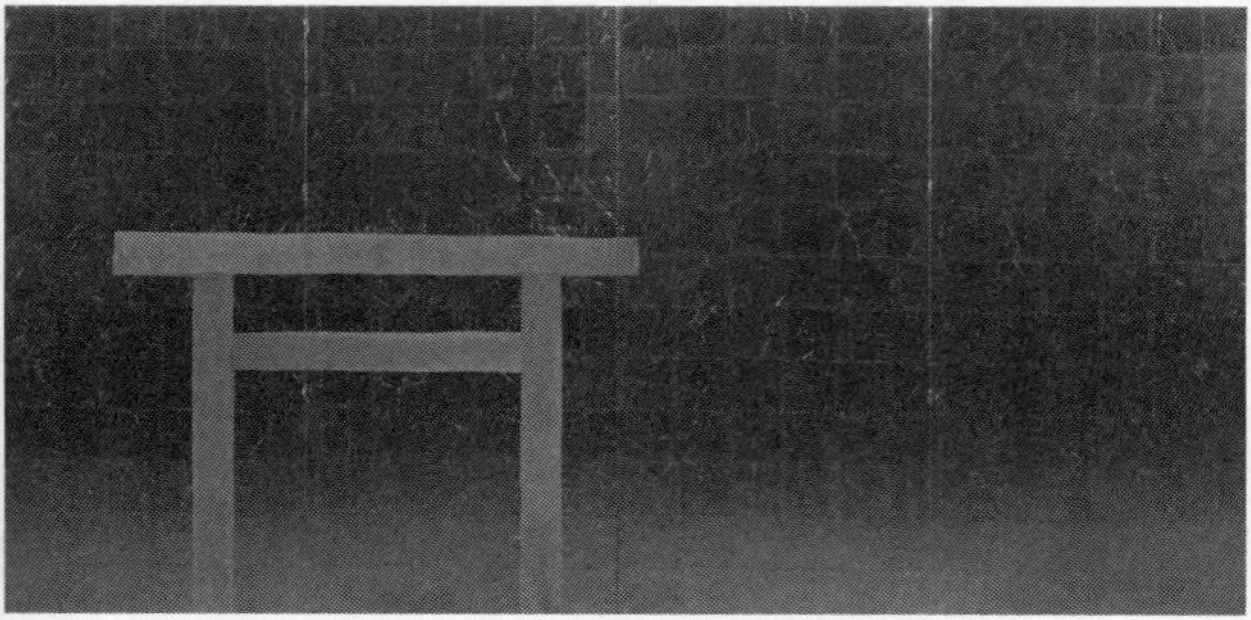

藤田嗣治さんについて

たぶん僕が藤田嗣治さんの戦争画『アッツ島玉砕』(222P)をベースに使って絵を二つ作ったことがあるから、このエッセイ(2006年当時)を任されたのだと思うので、まずはその話からしてみます。

僕は20代の終わり頃、太平洋戦争を題材にした絵のシリーズを作ってみようと思い立って、シリーズ名を『戦争画RETURNS』(223P)としてみました。いろいろといわく付きの「戦争画」というものがある、ということはその数年前から知っていて、タブーとか裏面史とかに対する下世話な好奇心も含めて、興味を抱いていましたから。そこで東京都美術館の図書室に行って、戦中当時の展覧会図録をあるだけ見てみました。全体的な感想としては、鬼畜米英・愛国まっしぐら！　な「ヤバい絵」がほとんどなく、拍子抜けな感じがしました(きっとプロパガンダ用のポスターなどのイメージが僕の中で先行していたためでしょう）。当時の画家たちが（〝バカじゃない〟という意味でも〝大人しい〟という意味でも）「大人」であることが分かって、日本人として安心した反面、シミュレーションのネタを卑しく漁る腹づもりのこちらとしては、「どれも使えねーな」とがっかりもしました。そんな中でただ一つ、こちらを良い意味で「ムラムラさせる」絵がありました。それが藤田さんの『アッツ島玉砕』だったのです。

昭和40年生まれの僕は、両親から空襲の話を聞かされたり、毎年終戦記念日あたりに放映されるＮＨＫ特集を見たりして、太平洋戦争あるいは戦争全般のイメージをいつの間にか作り上げてきました。それは一言では言い表せない、非常に混沌としたイメージでした。しかし『アッツ島玉砕』を見た瞬間、『あ、これは近い』と思ったのです。

あのやるせない暗さ、そこに蠢くパッション、根深い日本人の血、歴史の運命に翻弄される一人の人間の小ささ、近代戦の理不尽な死、敵味方の相対性、善悪の彼岸……。それらをひっくるめ、もっと大きな視点から見た場合の「人類の宿痾《しゅくあ》としての戦争」、そのどうしようもなさ。戦場の一場面を切り取ったレポート的、スナップ的戦争画が多い中、この絵だけはもっと巨視的な視点を持ち得ていると感じました。

この絵と何らかの形で関わりたいと思いました。それで少々強引に（宿便を絞り出すように？）作ったのが、『戦争画RETURNS』シリーズの『大皇乃《おおきみの》敝尓許曾《へにこそ》死米《しなめ》』（１９９６年）

でした。イルカの集団自殺や、リゾートとなった玉砕の島々や、捕鯨問題や、万葉集がグチャグチャになって、収拾が（意図的に）つかなくなった作品。その成否は置いておいて、『アッツ島玉砕』から発想した作品を曲がりなりにも作れただけで、僕は一応満足しました。

けれどそれで完全に満足できるはずもなく、それから数年後、「昭和40年会」でスペインのバルセロナに行きグループ展をやったとき、僕は思うところあって、『アッツ島玉砕』とピカソの『ゲルニカ』の大判カラーコピーを、展示会場の片隅にひっそりと、キャプションもなしに、ただ並べてピン留めしてみました。一時は同じパリの美術界で顔を合わせた二人の画家による、その後歴史のイタズラでまったく違う立場で描かれた、二つの絵。かたや20世紀を代表するメジャー作、かたや歴史に封印された日陰者。しかし被害者の立場からだけで描かれたという意味では凡庸な、この反戦名画に対して、この複雑な生い立ちの日陰者は本当に負けているのだろうか？　そういうひそやかな問いかけだったのですが、たぶんスペイン人の誰一人ピンとこなかったでしょう。そしてつい最近、よせばいいのにまたしても『アッツ島玉砕』へのオマージュである『ザク（戦争画RETURNS番外編）』という作品を『GUNDAM GENERATING FUTURES～来たるべき未来のために展』のために描いちゃいました。もともと『戦争画RETURNS』（223P）の没ネタだったこのアイデアを復活させたのは、『GUNDAM展』という枠があれば、藤田嗣治さん―富野由悠季さん―僕という、

藤田嗣治
アッツ島玉砕
1943
油彩、キャンバス、額、 1面
193.5×259.5cm
東京国立近代美術館所蔵
（無期限貸与作品）

（上）美しい旗（戦争画RETURNS）
1995
襖、蝶番、木炭、大和のりを
メディウムにした自家製絵具、
アクリル絵具（二曲一双屏風）
各174×170cm
撮影＝宮島径
高橋コレクション蔵
©AIDA Makoto
Courtesy Mizuma Art Gallery

（下）ザク
（戦争画RETURNS 番外編）2005
パネル、紙、アクリル絵具、油絵具
200×320cm
©創通エージェンシー／SOTSU
Agency
©AIDA Makoto
Courtesy Mizuma Art Gallery

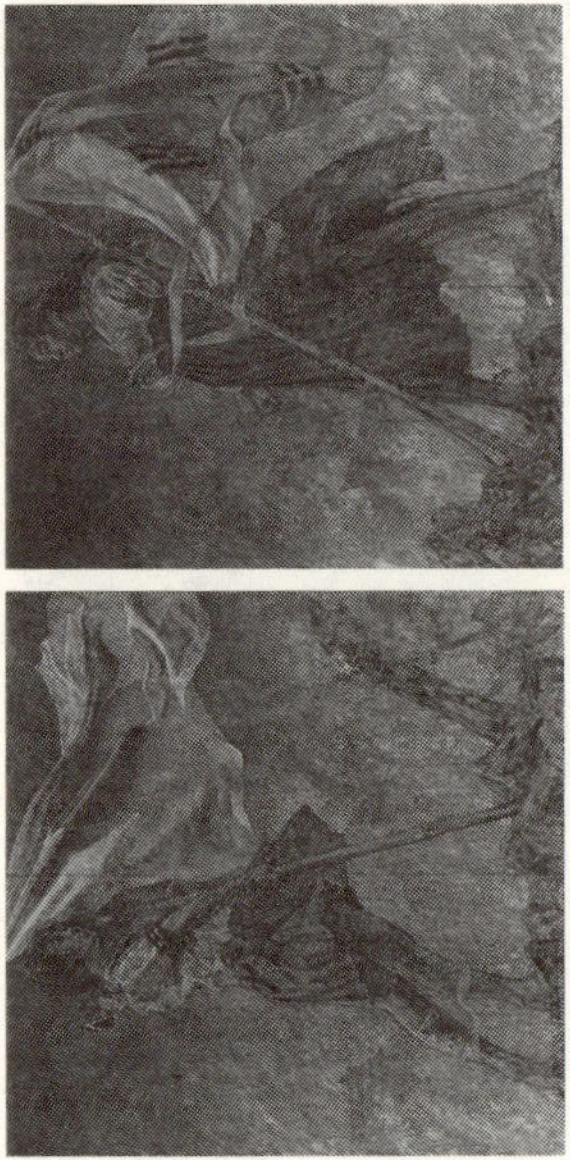

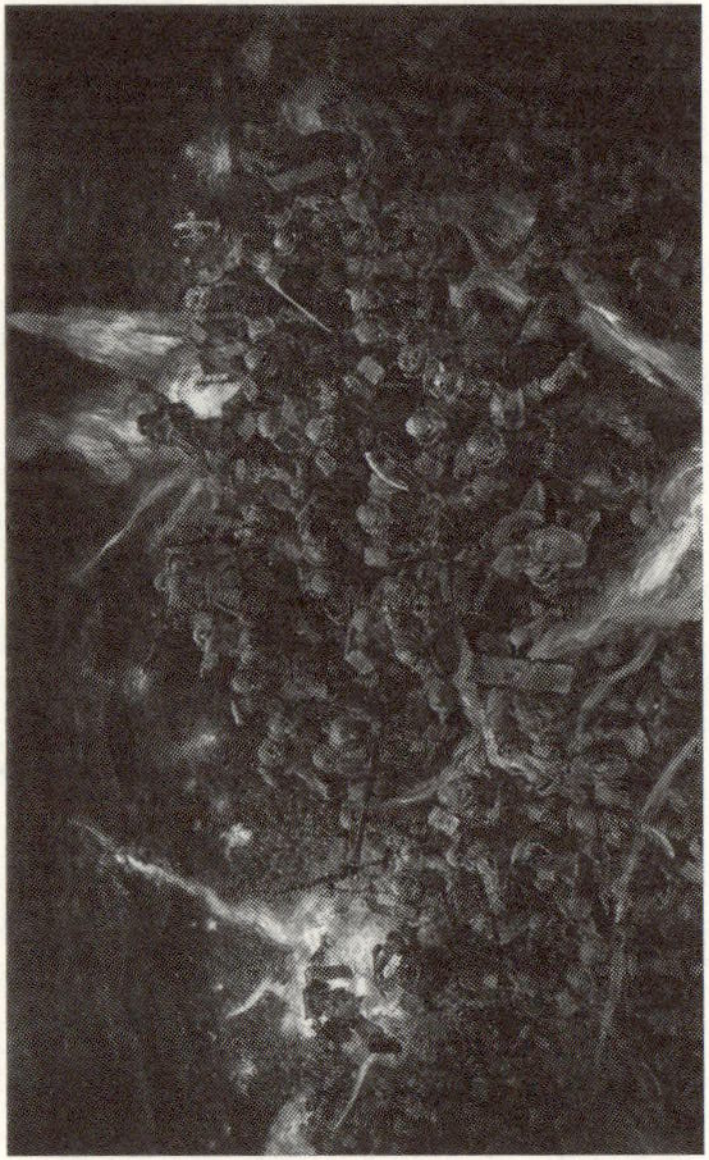

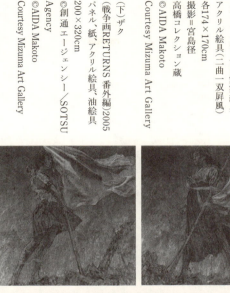

世代の離れた者同士のイメージのバトンリレーの提示にも、なんらかの意義はあるかなと思ったからです。というのは表向きのコメントで、本当は単純に、藤田さんと同じような色合いとタッチと、そして何よりも気合いで、一枚絵を描いてみたかっただけなんです。戦争当時の新聞や図録には身も蓋《ふた》もない愛国的言葉だけを書いておきながら、本業の絵ではほとんど反戦スレスレの負け戦の場合ばかり描き、戦後「絵描きは絵のことだけ考えてください」と言い捨てて日本を去った、堂々たる「絵バカ」藤田さんにあやかりたくて。まあ、結果はごらんの通り惨憺《さんたん》たるものでしたが……。

戦争画の話はいったんやめます。というのは、今回僕が『美術手帖』に書くことを求められている話は、別のことのような気がしているからです。それは「藤田さんの現代性」というか。もっとぶっちゃけて言えば、「エコール・ド・パリ時代の藤田さんの絵や生き様は、なんとなく村上隆さんに似ているぞ」そして「戦後の藤田さんの絵や生き様は、なんとなく奈良美智《よしとも》さんに似ているぞ」「これってどーゆーこと？」ということになるでしょうか（ついでに言えば、戦中のベタな日本回帰は僕に似てる？ 戦争画というより、アジの開きとか小鉢が載ったちゃぶ台が描かれた自画像とか見ると、日本での生活に対する安堵感バリバリで。そういえば食いかけのパンやチーズと一緒のパリ時代の自画像なんてあったっけ？）。

これについて僕が書くのが適任かどうか大いに疑問ですが、とりあえずやってみます。

まずは村上隆さん的要素から。僕は勘が鈍いので、藤田嗣治さんと村上さんの名前を結びつけて考えたのは、けっこう遅かったかもしれません。村上さんが２００1年に東京都現代美術館で個展をやった後、日本の美術界の反応の鈍さ、というよりは意図的な無視を、たしか本誌（『美術手帖』）に思いっきり毒づいているのを読みながら、「そういえば藤田さんも、日本は芸術家を大切にしない国だとか、日本の美術界は早く国際的水準になってくださいだとか、似たようなことを言ってたっけ」と連想したのだと思います。

そう思ってみると、どうしてもっと早く気付かなかったんだろうと思うくらい、両者にはいろいろと共通点がありました。

かたや浮世絵、かたやその血縁関係にあるアニメという、そのとき欧米で受けている日本特有の描画法を、隠すこともなく堂々と取り入れて、海外で確実に好評を博す点。偏執狂的なほどフラットにつくられた下地と、やはりフラット性を強調した空間処理。かたや面相筆（蒔絵《まきえ》筆も使っているかな？）、かたやベジェ曲線による、黒い極細の流麗な輪郭線の強調。「日本国」を背負ったような責任感。「日本画」を本質的に国際化した業績にもかかわらず、本家日本画画壇と交流が遮断されている点。西欧に渡ってから、あちらの美術界にとけ込み一気にブレイクするまでにあった、数年間の精神的に暗い時期（作戦タイム？）。たぶん負けず嫌いで勉強家でワーカホリック。そしてこれは僕の主観だけれど、欧米人にとって両者の人相は（藤田さんのオカッパと村上さんの剃り残したあご髭など本人の意思も含め）、ストレンジでけっこうチャーミングに見えるんじゃないか、そんなところまで共通点を感じてしまいます。実際村上さんは藤田さんをどれくらい意識しているのか、それとも全部偶然の一致か、訊《たず》ねてみたい気がしますが……。

そして両者とも口にする、日本の美術界に対する失望や呪詛《じゅそ》。その要因となっている、ドメスティックなるものとインターナショナル（≒西欧）なるものの間にそびえ立っている、目に見えない壁。そこを行き来する抵抗の多い人生。

藤田さんの伝記を読んで感じるのは、「日本ってこーゆー問題は昔も今もほとんど変わってないなー」ということです。アンリ・ルソーの絵を見て、とうに廃《すた》れた亜流印象派画法を教条的に押し付けた黒田清輝先生ご指定の絵具箱を、パリの下宿の床に叩きつけた話など、100年近く前の話とは思えません。僕など思わず亜流印象派を亜流抽象表現主義、黒田清輝を今の誰かさんに置き換えて考えちゃいました。洋画や現代美術という「国内に作った舶来文化ジャンル」を、あらかじめ「世界の第一線」から距離のある場所に設定して小さな山を築き、個人的に「世界の第一線」に行けちゃった人を苦々しく無視しようとするこの国の性質は、何も変わっていないように思えます。

戦後ヒステリックに「左向け左」になった美術界による、藤田さんの戦争責任バッシングも、いかにも村社会的ないや〜な感じがしますね。すぐに多数派に靡くこの小魚の集団みたいな感じ――「近代以降の芸術」やってるくせに「近代以降の芸術」に一番大切な「個の力」が弱い日本人――そうつくづく感じます。黒田清輝みたいにちょっと偉そうにしているお山の大将と、それに盲従する迷える子羊たちといえば、今の美術界や美大でお馴染みの風景です。

でも（と、ここでこの接続詞を使うのは我ながら悲しいですが）、僕は藤田さんと村上さんと一緒になって、「日本（の美術界）バーカ、バーカ♪」と唱和する権利はないのです。なんせ僕はいまだ海外でほぼ無名なドメスティック作家ですから。井の中の蛙のみみっちくも切ないプライドは、自分のこととして痛いほどよく分かりますから。外国語も西洋人社会も嫌いだし……。このまま書いてもトーンダウンするだけのようですので、急遽次の話題に移ります。

次は、奈良美智さんみたいに独特な幼女をたくさん描いた戦後の時期について。

初めてこの時期の絵を図版で数点だけ見たのは、４年くらい前だったでしょうか。そのときの印象は「やべえ。藤田さん、すっかり壊れちゃったのね。可哀想に。よっぽど戦争画問題と故国喪失のダメージは辛かったんですね」というものでした。「素晴らしい乳白色」と「戦争画」時代しか知らない不勉強な僕にはそう見えちゃったのです。けれどそれからポツポツと図版で見るようになり（目が慣れた？）、今回の東京国立近代美術館の展覧会でようやくまとめて見ることができ、意見は変わりました。

結論から言えば、藤田さんの人生に最後のこの時期があったことは、芸術家としてとても良かったことだな、と思いました。良い絵もけっこう描いてたし。フランスに行ったまま二度と日本に帰らなかった選択も、間違いなかったと思いました。

とはいえ、あの少女たちの表情は、相変わらずちょっと「ヤバい」とは思っています。老人特有の軽いデッサン力の乱れとも取れるけど、その繰り返されて固定された手癖が、どこか「心因性のチック」を思わせる、と言えば言葉が過ぎるでしょうか。

実在のモデルがいるわけでなく、自分の中に住んでいる少女を描いているらしいので、それはやっぱり精神的なレベルにおける自画像と考えて良いんでしょう。その精神的自画像が、ある種の精神障害児みたいな表情をしている……いや、それは断定的すぎるか。とにかく目を見開いて、口をきゅっと閉じているんだけど、その周りの筋肉がつっぱって固まっている感じ。「じっと見て、何も発言しない」ということを決意しちゃったみたいな。しかも痩せぎすで、どこか孤児みたいな雰囲気で……。

こういう絵を見ると、つい〃素人精神分析〃めいたことをしたくなっちゃいます。やっぱり戦争画問題に絡む人間不信とか、故国喪失の孤独感とかがあるのかな、と。そういえば奈良さんの描く少女も、目の周りの筋肉がつっぱったような表情をしていますね。奈良さんのあの画風は、ドイツ留学時代の孤独感が作ったものだと、本人がどこかで言っていたと記憶します。少なくとも奈良さんの描く少女は、単純ロリコンの僕が描くのとは違って、精神的自画像という要素を含むという点で、藤田さんと共通しているように思われます。大人の男性作家が精神的自画像を幼女の姿に託す、その精神構造とは？　もちろん専門外だし、あまり人の心に無断で立ち入ることは良くないのでやめときます。とにかく両者とも「何かありそうだな」と感じさせる絵であることは間違いないでしょう（付け加えると、カトリックではないけれど、奈良さんも西欧の何かに〃改宗〃したような雰囲気が……気のせいかもしれませんが）。

あと、戦後の画風がぐっとイラストっぽくなるということ。これも反射的に奈良さんの名前を連想してしまうゆえんですが。

僕の考えでは、多くの日本人画家は、もともと西洋型のファインアートよりイラストレーター的な体質なんだと思います。しかも藝大の卒業制作（自画像）の頃から絵具は薄塗りだった藤田さんは、人一倍イラストレーター体質が強かったはず。かくいう僕も薄塗りタイプなのでよく分かるのですが。南米など世界周遊時代、戦争画時代など、うねるような手癖は変わらないとしても、絵具や筆を変えることで画風をガラッと変えることができた点も、イラストレーター体質の証拠だと思います。

だから「エコール・ド・パリの寵児」の時代、藤田さんはけっこう無理してたんじゃないでしょうか。フラットな下地と細い描線で自分を西洋人から特異化しながらも、絵画が放つアウラみたいなものに関しては、西洋型ファインアートの枠組みから外れないという、ぎりぎりの綱渡りを続けていたと思います（村上さんも？）。「素晴らしき乳白色」には、人が勝負に出る時の必要悪としての「ハッタリ」という面もあったでしょう。これは常に注目を浴び、それに応えられる若い活力がある時期にしか続けられないことです。

あの晩年のイラスト的な雰囲気は、エコール・ド・パリの時代は過ぎ去り、美術の第一線から退いたときに出てきた、藤田さんの正直な「地」なんでしょう（我田引水しちゃうと、マジックペンと水彩絵具でささっと描く、僕の『みんなといっしょ』シリーズを連想しました。あれは「絵画なんて知らん、イラストと呼ばれて結構だ、だってこれが本当の俺だもん」と開き直った、いわば「早すぎるリタイア」がコンセプトなんですが）。スポットライトを浴びて、世にいう「代表作」を作っている時というのは、作者が最も嘘つきになって人生にシラけている時かもしれません（〝ジャスパー・ジョーンズの日展化〟とかもあるし、画家の晩年ってそれぞれ地が出て面白いですね)。

ともあれ、いろいろと心のわだかまりもあったかもしれないけれど、もうあまり世間の目も気にせず、奥さんと二人きり、純粋に自分が描きたい絵だけを描いた静かな晩年があった藤田さんが、正直羨ましいです。最後には教会まで作っちゃって。なんて完璧な人生。誰か伝記映画を作んないのかな、面白くなるのに(文庫版註・オダギリジョー主演、小栗康平監督『FOUJITA』という映画が2015年に公開されるようですね)。


あ、でも褒めてばかりもナンなので書くと、藤田さんにも何か人間的欠点や弱点もあったと思います。それも含めて、伝記映画が面白くなると思ったのですが。

例えば常にメジャー志向な感じ。パリの美術界、軍国時代の日本、カトリックの洗礼――みんな「大きくて強いものの一部に自分がなりたい欲求」みたいなものが感じられます。そしてその時々の、ちょっと思慮に欠けると言いたくなるような、度を越えた没入ぶり。あと、目立ちたがり屋、独善的、東京の中心出身で世間知らずなボンボンの高いプライド、ナルシスト、もしかしたらマザコン?　すべてなんのウラも取っていない僕のいい加減な嗅覚に過ぎませんが、なんかそんな方向のアンバランスさを秘めた、魅力的な人物に僕には思えます。

ところで、藤田さんと「ナラカミ現象」の類似はなぜ起きたか、ということを書かなければならなかったんでしたっけ。まあ簡単にまとめれば、三人とも日本人の描画法における美質や、逆に村社会的な欠点に自覚的になりえた国際人ってことでしょうか。もちろん美術史的な要因もあるでしょう。周辺国出身の画家が多かったエコール・ド・パリと、90年代以降のマルチカルチュラリズムの類似とか。ま、難しい話はよく分からないので、そろそろ僕は絵に戻ります……。

ダーガーになれなかった／ならずにすんだ僕

①素人アーチストとしてのダーガーを語る時、よく印刷物からのトレースが引き合いに出されるけど、その点は僕だって同じです。実物見て描くより雑誌の女の子写した方が、中1からやってることだし、自分にとってずっと自然な気がします。美術予備校と美術大学で教わったことなんか全部、とうの昔にドブに捨てちゃってます。

②『GUNDAM展』の準備中、キュレーターの東谷隆司くんが「この展覧会の裏テーマは童貞力！」と息巻いていて、僕はちょっと複雑な心境になっちゃいました。その力、確かにちょっとあった時はあった。でも今は……。

「童貞力」といえば、アートにおいてそのキング・オブ・キングスこそヘンリー・ダーガー。僕は幸か不幸か道半ばで、ダーガーになれなかった男です。ちょうど今（２００７年当時）もダーガーと同じく、数十人の女の子が画面に密集している絵を描いてます。でも、内臓が飛び出したり四肢が切断されたりしているわけではありません。みんな楽しそうに健康的に、初夏の爽やかな渓流で戯れてます。それが現在の僕の正直な心象風景なのです。けれどそれと反比例するかのように、現在の僕の体は、ダーガーに較べて醜く汚れきっています。『電波男』という本が糾弾しているテーマでもありますが、「モテ」てしまったからです。温かく生臭い女性器に丸め込まれてしまったのです。

俗物の偽善性に対する天使の反社会性――僕がどんどん失いつつあるダーガー的性質です。

③学生時代にダーガーに関する講演会を聞きに行ったことがあります。どなたか忘れてしまいましたが、その講演者は途中である微妙な仮説を語りました。ダーガーは少女を実際に殺したことがあるかもしれない、その可能性は捨てきれない――ダーガーが青年時代に施設を脱走した頃、その地域で少女の絞死体が見つかり、その事件は迷宮入りになった――たしかそんな話だったと記憶します。

言われてみると確かに、ダーガーが描く絞殺される少女は、眼球と舌が飛び出すところなど、妙にリアルな気がします。死ぬまでつくったものを発表せず、人付き合いを避けていた理由もそれならうまく説明がつきます。

もちろん真相は永久に分からないでしょう。ただ、僕というニセ変態絵描きの主観では、「ダーガーはほぼクロ」ということになっています。その根拠の一つが、以前見た、宮崎勤が獄中で描いたイラストです。女の子が出てくるわけでなく、奇妙なロボットが月にいるような絵ですが、「絶対にこちらはかないっこない」という点で、ダーガーと同じオーラを放っていました。

④「作品と思って作品を作っている限りダメなんだ」というダーガーの教訓を生かせる日は、いつか僕にも訪れるんでしょうか？　それとも永久に、立派すぎて役に立たない教訓なんでしょうか？

よかまん

美術大学に代々伝承されてきた宴会芸に「よかちん」というものがあります。僕は今（2010年当時）から四半世紀以上昔のこと、美大の新入生歓迎コンパか何かの席で初めて見たように記憶しています。どんなものかというと、宴もたけなわな頃、やおら全裸の男が登場し、一升瓶を股間に挟んだまま（だから一応性器は隠している）、手拍子をとりつつ〝数え歌〟を歌い始めます。

『一つよかちん、なんじゃいな。ひねれば、ひねればひねるほど、よかちんちん。あ〜あよかよか、よかちんちん』

この「ひねれば、ひねればひねるほど」のところで、一升瓶を男根に見立てたアドリブによる（この場合〝ひねる〟）ジェスチャーが入ります。

口述的に受け継がれる芸なので、歌詞のバリエーションは様々なようですが、僕が知っているところでは、替え歌は以下のように続きます。二つ↓振れば、三つ↓見れば、四つ↓よじれば、五つ↓いじれば、六つ↓剝《む》けば、七つ↓舐《な》めれば、八つ↓やれば、九つ↓擦《こす》れば。そして「十でとうとうよかちんちん」と結ばれます。つまりこのような色々な経験をさせれば、良いチンポ（よかちん）に成長するという、まったくもって脳味噌パーな、でも憎めない庶民的下ネタ芸なわけです。あと、どうやらルーツが九州ということもあって、九州男児的マッチョイズムの匂いもプンプン漂っています。

学徒出陣で出征する美大生を「よかちん」で送ったという、泣き笑いの昔話をネットで見つけたので、おそらく戦前からあったものでしょう。浪漫主義華やかなりし明治後期、青木繁など九州出身者が東京美術学校（現・東京藝術大学）の乱痴気騒ぎの飲み会で、郷里のお馬鹿芸を披露して喝采を浴びた――そんな空想を僕はしてしまいますが、もちろん定かではありません。いずれにせよそれは、少なくとも僕が美大生だった１９８０年代後半まで、たぶん油絵科を中心に脈々と受け継がれてきました。

ところが最近非常勤講師として美大に呼ばれた折など、学生に「よかちん」について聞いてみると、ほとんどが「知らない」と答えるのです。せいぜい「ああ、ラグビー部の連中がやっているアレですね。見たことはないけど、話だけは聞いたことがあります」程度。どうやら絶滅寸前の状態にあるようです。

僕は「ざまあみろ」と「こりゃいかん」という、まったく相反する感慨を同時に抱きました。学生時代は「よかちん」的なるものを憎んでいました。それは「絵描きなんて馬鹿なくらいがちょうどいい、屁理屈言ってるヒマがあったら手を動かせ」みたいな指導をされがちな、日本の近代洋画成立以来続いている、日本の美大の悪弊に思えたのです。思考よりも実技を偏重した、高校球児が受ける「千本ノック」みたいな、不合理な精神論と、愚かな肉体中心主義。そんなもので、明確なコンセプトや知的なゲーム性が求められる、国際的な「現代美術」の舞台で戦えるわけがない、滅んで当然だ——そう思いました。

しかし一方で惜別の念もあったのです。美術も近年ご多分に漏れずグローバル化の波が押し寄せてきており、和洋の相克に揺れた先人たちが必要に駆られ作った、ユニークなジャパン・オリジナルの枠組み（例えば銀座などの貸画廊）が、次々とその使命を終えつつあります。それを必ずしもおめでたいニュースとは感じられない、複雑に屈折した自分がいます。

また「よかちん」絶滅の直接的な原因が、最近の美大における女子学生の驚くべき増加であることも分かっています。僕の学生時代は少数派だった女子が、今ではどこの美大でも完全な多数派に転じています。女性全般に芸術の才能がないなんてよもや思いませんが、それでもこの極端な変化には不安を禁じえません。同時に、少数派となった男子学生の全体的な覇気のなさ、いわゆる「草食化」も気になるところでした。日本の美大と美術界は今後どうなっちゃうんでしょうか。

そんなことを諸々考えた上で、最近「よかまん」という新しい芸を作ってみました。といっても「よかちん」の歌詞を少し変えただけなんですが。〝数え歌〟の部分が以下のようになります。一つ↓開けば、二つ↓触れれば、三つ↓見せれば、四つ↓悦《よろこ》べば、五つ↓入れれば、六つ↓ムズムズすれば、七つ↓舐めさせれば、八つ↓破れば、九つ↓擦れば。小道具の一升瓶は小さなザルに変更しました。

これを現在東京藝大で油絵を学んでいる、知り合いの女子学生二人にやってもらいました。二人とも肝の据わった「肉食系」なので、進んで全裸になってくれました。そしてそれを収めたビデオを自分の個展会場で流してみました。それで何かが解決するとは思いませんが、問題提起くらいにはならないかと思って。というか本当はこの「よかまん」が実際に美大で流行《はや》って定着し、新しい伝統が生まれるのを夢想してるんですが……やっぱり無理ですかね。

「ウェブ連載『昭和40年会の東京案内』より……」

中央線が、嫌いだった

中央線が、嫌いだった。
例えば、フォークソング『神田川』が、嫌いだった。
子供の頃から、つまりリアルタイムで、嫌いだった。
子供心にも、あの人間性の矮小さは明白だった。
ただの性器の結合をもったいぶって語ったりする、
自民党員より農協組合員よりズルい奴ら。
ヒッピー。サヨク。
その末流である、
ひとりよがりに絵具をこねくる、
「自由」以外の言葉を知らない脳味噌パーなビジュツくん。

薄っぺらな人生観をパターン通りのコードに乗せて歌い、
バカゆえに濡れやすい小娘の股間を効率よく漁るオンガクくん。
それらと似たり寄ったりなエンゲキくん。
エトセトラ。

東京に行っても、中央線にだけは住むまいと、心に誓った。
十把《じっぱ》一絡《ひとから》げの、雑魚《ざこ》なカルチャー若造にだけは、なりたくなかった。
そういう「自己表現カス」が東京には、特に中央線あたりには、
うじゃうじゃ蠢いている気がした。
(ちなみに私鉄や地下鉄は、眼中になかった。
新宿・渋谷・池袋より西のエリアはぜんぶ、
俺にとって忌むべき「中央線」だった)

だから最初の下宿は、総武線小岩にした。
中央線と角度が真逆、それだけが理由だった。
田舎から上京したのに、よりによって江戸川区小岩。

千葉県の一歩手前、チンピラと飲んだくればかりのうらぶれた街。
ここからなら、「ニューウェーブな新人類」に埋没せずに、
突出できる、それが無理でも孤立できると思った。

あれから20年以上の月日が流れた。
俺は今、たまたま縁があって、西荻窪に住んでいる。
よりによって、中央線オブ中央線みたいな、ニシオギに。

やっぱりあるある、趣味的な古本屋。
やっぱりあるある、アジア雑貨にエスニックごはん。
やっぱりあるある、昼なお暗い焦げ茶色の喫茶店。
やっぱりいるいる、校正の赤ペンを走らせる編集者。
やっぱりいるいる、居酒屋でとぐろを巻くバンド野郎たちwith紅一点。
やっぱりいるいる、昼間から焼き鳥屋で難しい本を読んでいるような、
仕事何やってんだか分かんない長髪のオヤジ。
二十数年前の田舎者の山勘は、

わりと正確だったと言うべきか。

で。実際に住んでみて、感想はどうかと言うと。

それが、

す〜んごく住み心地が良いんだよね〜

買い物にも打ち合わせにも便利だし〜

外食天国だし〜

公共施設も充実してるし〜

落ち着いていて、それでいて寂しくもなくて〜

とにかく雰囲気が良いんだよね〜

住民の民度が高いっつ〜か〜

やっぱ文化人はこういうとこに住まなくちゃね〜

ごめんなさ〜い、中央線。とっても良いとこでした〜♪

〈追伸〉最近自分の埋没っぷりに危機感を抱いているオレは、現在、九十九里か外房あたりの売り物件を本気で探している。

東京のアート？

友人の若いアーチスト（正しくは自称〝未来美術家〟）遠藤一郎くんが、千葉の家に遊びに来て面白い話を聞かせてくれたので、それについて書いてみます。全部「又聞き」だから詳しくはないのですが。

ＪＲおよび東横線渋谷駅のすぐ南側、国道２４６号線が線路をくぐる高架下の壁には、昔からスプレーによる落書き、いわゆるグラフィティがたくさんあったそうです。さらにそこに、ホームレスたちが簡易なタイプの段ボールハウスを作って暮らしていました。だからお上品なマダムなんかは通るのが憚《はばか》られる、ダークな雰囲気ではあったんでしょう。

それを「改善」しようと地元住民が動き、２００７年の初め頃、グラフィティを全部塗りつぶした上に、ファンシーな壁画が描かれました。立案したのは「渋谷桜丘周辺地区まちづくり協議会」、依頼されて実際に描いたのは、近くにある専門学校「日本デザイナー学院」

の生徒たち。

その通路は「渋谷アートギャラリー２４６」という立派な名前が与えられ、今後1年ごとに壁画を描き換えてゆく予定のようです。第1回となる今回の壁画のテーマは「春の小川」。近くを流れる渋谷川の上流に、戦前の文部省唱歌『春の小川』のモデルになった「河骨川《こうほね》」がかつてあったことから、画題として選ばれたようです。昨年の初春には、近所の小学校の鼓笛隊も呼び、背広のオジサンたちがたくさん集まる盛大な完成記念式典が催されました。

それから4ヶ月ほど経ったある初夏の晩、その壁画の上にまた、スプレーの荒々しいグラフィティが描き加えられました（タギングというらしいですね）。グラフィティをやった側としては、「春の小川」側（主体がどこなのか、いまいちはっきりしないので、とりあえずこの漠然とした名称を使います）こそ公権力の傘の下、自分たちのグラフィティを塗りつぶした卑劣漢なんだから、仕返しして当然と考えたのでしょう。しかし「春の小川」側も黙ってはいません。壁画を修復し、「絶対に犯人を突きとめて処罰してやる!!」といった趣旨の、コワいほど勢いのある張り紙を提示しました。［写真①］

そしてここには、もうひとつ忘れてはならない問題があります。ここで暮らしていたホームレスの人たちのことです。詳しくは分かりませんが、彼らの一部はこの壁画が制作されたのちも、この地下道で寝泊まりを続けてました。ここは排気口があるため若干暖かいらしいのです。それは彼らにとって、特に真冬は死活問題でしょう。

すると「春の小川」側は10月20日付けで、「移動のお願い」という書類を張り出しました。ここは「ギャラリーの一部」だからホームレスの人たちは早急に移動してくれ、という趣旨のものです［写真②］（最後の一行の堂々たる偽善っぷりに僕は思わず笑ってしまいましたが）。

これに憤った二人の「表現者」がいました。この4年ほど代々木公園のテント村でホームレスとして暮らしながら、そこで物々交換カフェ「エノアール」というスペースを作って活動をしている、小川てつオ氏といちむらみさこ氏というアーチストです。彼らは自らのホームページで「アートの名において（ホームレスの、あるいはグラフィティの）追い出しが行われていること」は「想像力の欠乏」であり「なんとも腹がたつ」と訴えました。

この呼びかけにすぐに応じたのが、かつて新宿駅西口地下道の段ボールハウス群に、ホームレスの許可を得て絵画を描いていた武盾一郎氏でした。一斉排除が始まる直前の1995年の暮れ、同時期に僕も段ボールでできた『新宿城』をゲリラ的に設置したので、氏の活動はよく知っていました。さらに車上生活者である前述の遠藤一郎くんも加わって、昨年の暮れに「第0回表現者会議」というものが開かれました。

会議といってもこんな、（笑）な感じです（253P写真）。場所はくだんの「渋谷アートギャラリー246」。ところでこの写真の奥の壁は黒ずんでいます。少し前に段ボールハウスへの放火があったらしいのです。それにどんな意味があるのか、やや主観的ですが、遠藤一郎くんのメモが参考になるので、読んでみてください。［写真③］ちなみに、いちむらみさこ氏は抗議の意味を込めて、この焼け跡でしばらく寝泊まりすることにしたそうです。聞けば藝大の院を出た僕の後輩のようだし、なかなか可愛いルックスなのに……すごい根性ですね。この会議で彼ら四人は、「春の小川」側の一翼を担った「日本デザイナー学院」に対して、自分たちと対話を呼びかけるビラを制作しました。そして後日、校門前で配ったところ……再び遠藤一郎くんのメモをお読みください。［写真④］

このコンタクトの失敗を報告するような形で、その数日後には「第1回表現者会議」が開かれました。そこには、やはりこの問題に憤ったイルコモンズこと小田マサノリ氏の姿もあったそうです。氏のホームページにはこの問題に関して、今世界で話題のアーチストであるバンクシーの壁画と絡めた、充実した論考が載っています。

もうちょっと自分の主観的意見を述べてみます。とにかくこの一連の出来事自体が僕にとって、善《よ》かれ悪しかれきわめて「リアルなトーキョーのアート」だと感じられたので、ぜひここで紹介してみたくなりました。僕は社会活動家のキャラをあまり持ち合わせていないので、自分の「好き／嫌い」の感情だけに終始した、説得力のない作文になるとは思いますが、悪しからず。

ホームレスがいるから東京が好きでした。

生まれ育った新潟では、郊外の住宅地で育ったせいもあって、ホームレス（当時は浮浪者と呼ばれてましたが）を実際に見ることはほとんどありませんでした。美術予備校の講習を受けに東京に来た高校3年の夏、初めて多くのホームレスを目にしました。僕は何かとても嬉しくなり、「浮浪者がいるからこそ、僕は東京に住みたいと強く願う」といった趣旨のことを、興奮して日記に書き付けたことをよく覚えています。

また例えばこんな軽いエピソードも。浪人中の友人に、父親が京浜工業地帯の小さな街工場の社長、という奴がいました。幼い頃はボンボンとして贅沢三昧の日々を過ごしたけれど、工場の経営がだんだん悪化し、ついに倒産。一夜にして全てを失い、両親から一家心中の相談をリアルにされたそうです。その話を聞いて、僕は不謹慎と思いながらも、正直羨ましく思いました。僕には、人生に経済的浮き沈みがない公務員の家に育った者の自己嫌悪が人一倍強いのかも知れません。そのせいで、現代美術家なんて最もリスキーでギャンブラーな人生を選んだのかもしれません。

提供＝遠藤一郎

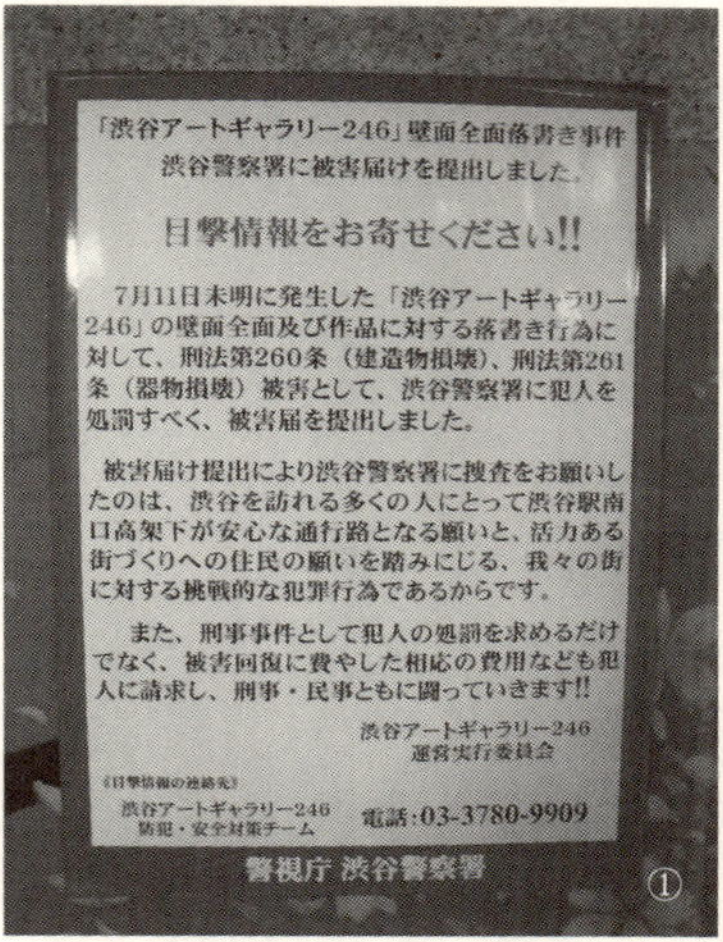
「渋谷アートギャラリー246」壁面全面落書き事件
渋谷警察署に被害届けを提出しました。
目撃情報をお寄せください!!
7月11日未明に発生した「渋谷アートギャラリー246」の壁面全面及び作品に対する落書き行為に対して、刑法第260条（建造物損壊）、刑法第261条（器物損壊）被害として、渋谷警察署に犯人を処罰すべく、被害届を提出しました。
被害届け提出により渋谷警察署に捜査をお願いしたのは、渋谷を訪れる多くの人にとって渋谷駅南口高架下が安心な通行路となる願いと、活力ある街づくりへの住民の願いを踏みにじる、我々の街に対する挑戦的な犯罪行為であるからです。
また、刑事事件として犯人の処罰を求めるだけでなく、被害回復に費やした相応の費用なども犯人に請求し、刑事・民事ともに闘っていきます!!
渋谷アートギャラリー246
運営実行委員会
《目撃情報の連絡先》
渋谷アートギャラリー246
防犯・安全対策チーム
電話:03-3780-9909
警視庁 渋谷警察署
①

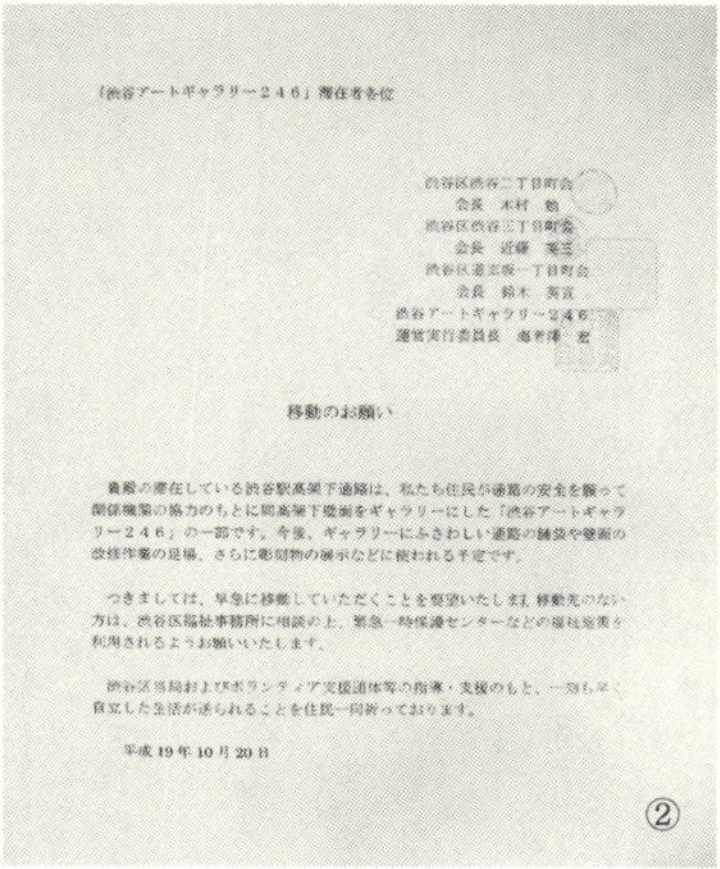

「渋谷アートギャラリー２４６」滞在者各位

渋谷区渋谷二丁目町会
会長　木村　勉
渋谷区渋谷三丁目町会
会長　近藤　英三
渋谷区道玄坂一丁目町会
会長　鈴木　英宣
渋谷アートギャラリー２４６
運営実行委員長　海老澤　宏

移動のお願い

貴殿の滞在している渋谷駅高架下通路は、私たち住民が通路の安全を願って関係機関の協力のもとに同高架下壁面をギャラリーにした「渋谷アートギャラリー２４６」の一部です。今後、ギャラリーにふさわしい通路の舗装や壁面の改修作業の足場、さらに彫刻物の展示などに使われる予定です。

つきましては、早急に移動していただくことを要望いたします。移動先のない方は、渋谷区福祉事務所に相談の上、緊急一時保護センターなどの福祉施策を利用されるようお願いいたします。

渋谷区当局およびボランティア支援団体等の指導・支援のもと、一刻も早く自立した生活が送られることを住民一同祈っております。

平成19年10月20日

②

自分の過去の作品を振り返ると、直接的であれ間接的であれ、ホームレス的なモチーフが多いことに我ながら驚きます。もちろん前述のような、ホームレスに対する怖いもの見たさみたいな、ミーハーな憧れも要因になっています。しかしそれだけではなく、芸術ならば必ずやるべき「根源的思考」から自ずと導き出されたモチーフだった、とも思います。

公務員であれ社長であれ、それは一時的で表面的な肩書きに過ぎず、誰が明日、突然ホームレスになってもおかしくはありません（自然災害や戦乱を想定すればなおさらです）。人間社会に平等なんて基本的にないけれど、誰もがホームレスになる潜在的可能性を持っている、という点においてのみ、人は平等なのでしょう（もちろん『死』もあるけど、それは根源度の一段高い別の話）。

だから僕は、実際にホームレスとして暮らしている小川てつオ氏といちむらみさこ氏の存在を最近初めて知り、彼らのアーチストとしてのアウトプットの実態は詳しく知らないながら、そのライフスタイルのラディカル（根源的）な選択だけでも、十分に頭が下がる思いがしました。

僕の場合どうしても間接的な表現をしてしまいます。例えば僕の大学院の修了制作は、日本画風に描かれたゴキブリと雑草でした。単に日本画という権威を引きずり下ろしたかったわけではなく、普通の意味で美しく愛《いと》おしいと思ったものを、逆説的ではなく順接的にモチ

提供＝遠藤一郎

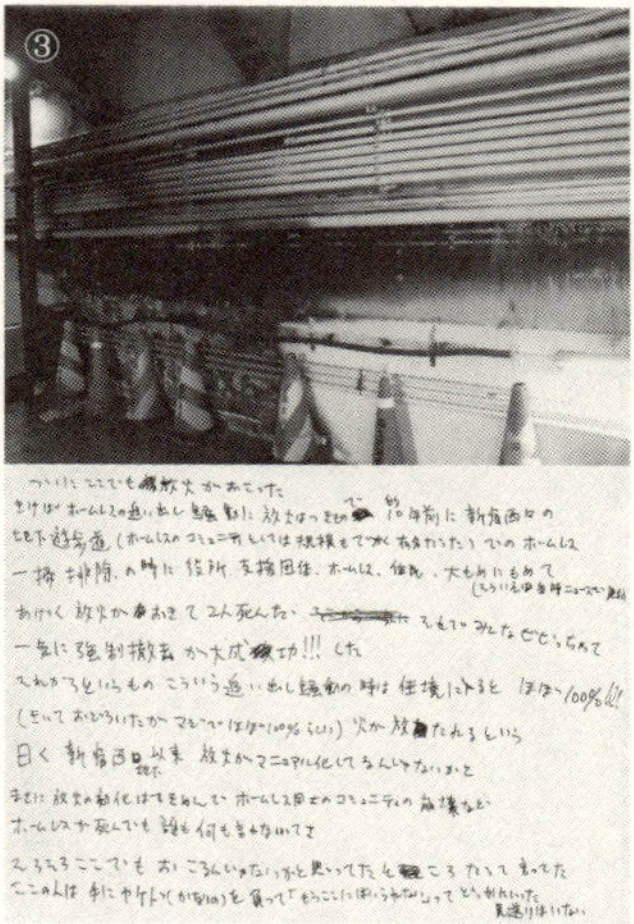
③
ついにここでも放火がおこった
約10年前に新宿西口の
地下通路(ホームレスのコミュニティとしては規模もでかく有名だった)でのホームレス
一掃排除の時に役所、支援団体、ホームレス、住民、大もめにもめて
あげく放火がおきて2人死んだ
一気に強制撤去が大成功!!!した
それからというもの こういう追い出し騒動の時は ほぼ100%!!
火が放たれるという
曰く 新宿西口地下以来 放火がマニュアル化してるんじゃないかと
ホームレスが死んでも誰も何も言わないでさ

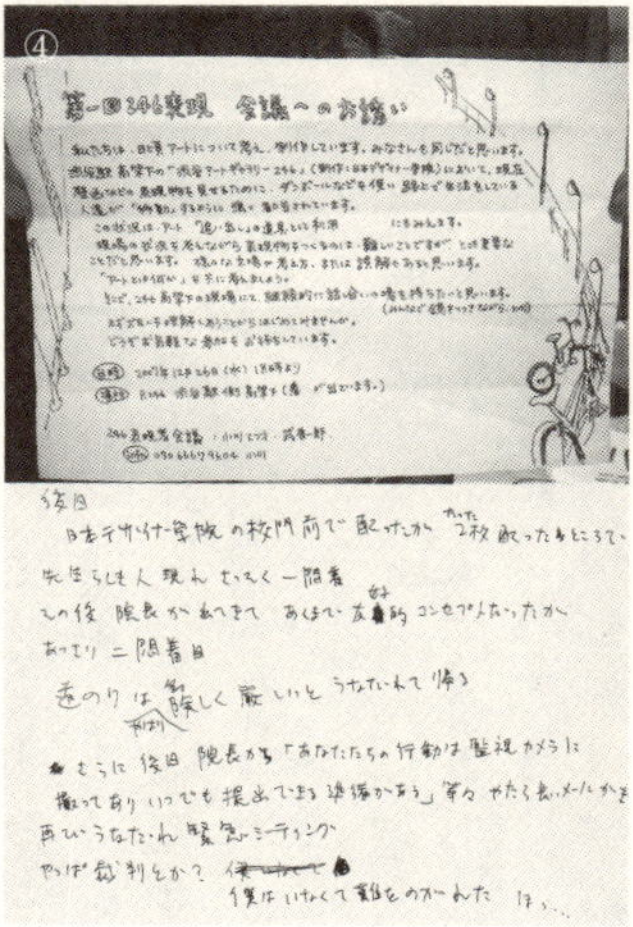
④
第一回246表現 会議への お誘い
後日
日本デザイナー学院の校門前で配ったが 2枚配ったところで
先生らしき人現れ さっそく一喝
その後 院長が出てきて あくまで友好的コンセプトだったが
あっさり二喝目
道のりは険しく厳しいと うなだれて帰る
さらに後日 院長から「あなたたちの行動は監視カメラに
撮っておりいつでも提出できる準備がある」等々 やたら長いメールがき
再びうなだれ緊急ミーティング
やっぱ裁判とか？
僕はいなくて難をのがれた はっ…

ーフとして選びました。これも広い意味で、ホームレス的なモチーフだったと思っています。

つまり、放っておくといつの間にか増えているもの。なくそうとしても、いつの間にかひょっこり顔を出すもの。それを力で押さえつけて曲がりなりに完全駆除してみると、なにか不自然で、嘘っぽく、世界全体が薄ら寒い感じになるもの。ことわざでも「水清ければ魚棲まず」と言いますよね。

そういう雑草的なものが排除された「嘘くさい花壇」みたいなものが、僕はとにかく好きじゃないのです。まあ、そういう近代的、合理的なものがあってもいいでしょう。というか、現代ではそれが主流なのも仕方ない、と思っています。けれど東京が全部、そんなきれいな「なんとかヒルズ」みたいになったら、僕は二度と東京に足を踏み入れないでしょう。そして賭けてもいいけれど、そんなことになったら、東京では自殺者が激増するはずです。

ちょっと話は変わりますが、僕は今書きながら、アートとホームレスのアナロジー、みたいなことを考えてみました。僕が理想とするアートの存在感は、ホームレスの存在感にどこか似ているのかもしれない、そんなことです。

僕は、アートは社会の表舞台に堂々と立たなくていいし、むしろ立ってはいけないと思っています。アートはホームレス的、あるいは雑草的存在であるべきではないか、と。

草間彌生さんが天皇陛下から何やら勲章を貰っていたけれど、僕はたとえこれからどんなキャリアを積んだとしても、そういうものは要《い》りません（天皇制に反対だから、という理由ではないことは文脈上分かりますよね？）。むしろ汚い金なら喜んで受け取りますが。あるいは、たとえどんなにフレンドリーなものを作ったにせよ、強制的に人々の視界に入り込んでくるという意味で、逃れがたく高圧的な存在である「パブリックアート」というものにも、手を染めたくはありません。

こんなことをいうと「世間と勝負する前から負け犬根性」みたいに思われそうだけど、本人としてはそういうつもりはぜんぜんありません。雑草のプライドがあるからこそ、雑草の「自分の存在意義に対する揺るぎない自信」があるからこそ、そう思うのです。その存在意義とは、「近代化、合理化に抗う根源の提示」、くだけた言い方をすれば「嘘くさい花壇を蹴散らす雑草パワー」ということです。それをやめて背広族の従順な飼い犬になったアートなんて、いかに表面的にはきれいでも、本質的にはゴミです。自分への戒めも込めてそう書いておきます。

話を「渋谷アートギャラリー246」に戻しましょう。この写真を見てください（258P写真）。明治期には渋谷周辺にもまだあった小川べりの美しい野の花の群生、その再生を夢想することは、確かに善意から発せられたものでしょう。しかし実際に出来上がったものは、まさに、「絵に描いた（ような）嘘くさい花壇」以外何のものでもありません。その前にホームレス除《よ》けのカラーコーンを置き、さらにそのトゲトゲしい印象を糊塗しようとしたものか、造花の（！）プランターまで置いてあります。愚かな偽善の上塗り、という感じです（しかし遠藤一郎くんが撮影したこの写真は、アイロニカルで自嘲的な「東京のアート」作品として見ると、なかなかの完成度だと思います）。

雑草こそコンクリートとアスファルトで固められた大都市における、唯一残された「自然な自然」です。その雑草とアナロジー的に結びつくホームレス（あるいはグラフィティも似たような性質を持っていると僕は思います）を、このような「不自然な自然」「嘘くさい花壇」によって駆逐しようとすることは、本当に街に潤いを与えることになるのでしょうか。この写真から響いてくる何とも不快な不協和音は、このことを何よりも訴えかけているように思えるのですが。

もちろん表現の修業中である日本デザイナー学院の学生さんには、何の罪もありません（ちなみに、地下道の楽器を奏でる魚たちの絵の方は、純粋に絵としてなら、けっこう上出来だと思いました。たぶん原画を描いた学生のSさんとSさん、こんなことを書かれたからといって、変に気を落とさないでくださいね。でも何かを表現したら必ず批評が生まれる、ということも覚えておいてくださいね）。誰かを糾弾する気などありません。ただ、とてももったいないことだと思うのです。

日本デザイナー学院の教員ブログには、創立から一貫してかわらない学院の教育方針として「常に時代を意識して、社会とリンクした実践的な授業」が謳われています。ならばこの問題と真っ正面から向き合ってみたらいいのに、と思うのです。そもそも「アートとは何か」「デザインとは何か」「街とは何か」「パブリックとは何か」「現代とは何か」「日本とは何か」等、複合的で実践的な思考を促す、こんなに良い教材はめったにないはずなのに。もし学院の教職員がそのことに気づいていないなら、とても残念なことだと、僕自身若い学生にビジュアル表現を教える立場にある者として思います。

提供＝遠藤一郎

東京改造法案大綱

此《こ》れが余の執筆枠の最終回、残されし字数は限られ、東京への苦言は尽きぬ。よって現代風長舌を排し箇条書きでゆかうと思ふ。

一、地方より或《あるい》は外遊より戻りし度、余は帝都の欠点・弱点に大いに気付くものなり。

二、特に川・堀・池等の水辺が悪し。又遊興の地、有り体《てい》に云へば飲み屋街も悪し。更に公園も悪し。そして此れ等は、効率のみ求め人心の潤ひを等閑したるといふ点、同根のものなり。

三、古来人間なる種族は、なかんづく亜細亜《アジア》の民は、水辺から近き風光明媚なる地にて遊興したるものなり。かつて江戸の歓楽街たる吉原や深川も、また開化後の歓楽街たる浅草も、共に川や堀の間近に有りぬ。然《しか》るに今日の東京の歓楽地たる銀座、新宿、渋谷、池袋、六本木……嗚呼、何処《どこ》に水在りや。何処に緑ありや。東京、乾きおり。余りに乾きおり！

四、倫教《ロンドン》、巴里《パリ》、紐育《ニューヨーク》……世界の大都市の中心を悠然と流るる川と緑の情景が、いかに彼の地の住民の心を和ませ、祖国への健全なる愛着と誇りを育むか。また年間いかなる数の観光客を招き寄せるか。試しに誰ぞその精神及び経済的効果を試算して見るべし、莫大なものにならん。対するランニングコストの低さ、半永久性も併せ考へてみよ。

五、日本であれば京都の四条河原、福岡の中洲あたりが、元来あるべき歓楽地の姿を今に留めているものと云へやう。大阪の道頓堀もいくらか増しである。しかしそれは帝都にも有らねばならぬ。否寧《むし》ろ政治経済の機能が集中し人心が殺伐に傾きがちな、帝都にこそ有らねばならぬのだ。

六、余は支那の首都・北京に赴いた折に見た、夜明けまで煌々《こうこう》たる遊興の灯《ひ》を広い湖面に映す後海《ホウハイ》公園の、正に桃源郷的光景が忘れ難し。伸びゆく支那に嫉妬し焦燥するもよからう。但《ただ》しその時、林立する高層建築にのみ心を奪われてはおらぬか。高が遊興と侮る事なかれ、経済発展の基底に人心あり、思はぬ所から足を掬《すく》はれる事もあると忠言しておく。

七、我々が犯した代表的な愚挙は、先人が江戸中に張り巡らせた堀の景観を悉《ことごと》く破壊した、首都高速道路の建設であつたらう。我々は目先の僅かな利便と引き換へに、三百年以上に亘つて築き上げて来た財宝を、自らの手でたつた十数年の内に反故《ほご》にしたのだ。首都高が露西《ロシ》亜《ア》の映画監督タルコフスキヰ氏により未来都市の如く夢幻的に撮影されたからとて、余り好い気になつてはならぬ。斯様に愚かな自己破壊を遂行する国民が、自己を見失つた高度成長期の我々以外に居なかつたといふ証左である。
八、又水と接する護岸の処置もあまりに無味乾燥にして無粋である。治水に悩める近代以前ならいざ知らず、技術立国たる今日の我が国、いかに山岳に富み川の流れ急なりと雖《いへど》も、又台風の多く通過すると雖も、斯くも高きコンクリートの堤防、誠に必要なりや。工夫の余地誠になきや。余は疑う。
九、もちろん余とて一度（或は震災含め二度か）灰燼《かいじん》に帰して歴史が分断された帝都の悲運を知らぬではない。兎《と》に角復興を急ぐ現実的事情もあつたらう。余は電車さへ動けば法隆寺など焼けても良いと断じた坂口安吾君の痛切なるイロニーを解する者である。ビルを縫って首都高を走る痛快を知らぬでもない。だから過ぎた事を此れ以上兎に角云ふまい。問題は此れから如何《いか》にして、世界に誇りうる新たなる潤いと景観を、我が帝都に創出するかのみである。
十、無論斯様に過密になつた東京の抜本的改造は困難を極めやう。余は数年前に「新宿御苑大改造計画」と云ふものを発表した。此れとて東京中心部に僅かに残つた緑地の最大活用を巡る、苦しい思考実験に過ぎなかつた事は否めない（詳しくは余の作品集『MONUMENT

FOR NOTHING』を読まれたし）。矢張り隅田川にセエヌやテムズの浪漫を、都心に紐育中央公園の憩ひを望めば、徒《いたずら》に虚しさが募るのみか。

十一、だがしかし――。周知の如く我が帝都の中心部には、少なからぬ緑地と水の潤ひが存しており、それは世界の大都市に比してけっして劣らぬものである。斯くなる上は「あの土地」を解放するより他詮無きか。されど余は小心者、その土地の名を告げる事能《あた》わず。余は暗殺されるは御免なり。ただ東京より京都こそが、日本の文化的伝統を象徴するに相応しき土地ではあるまいか、とだけ付言するに留めん。

十二、とまれ、目先のことに囚われ人心を鑑《かんが》みず百年の計を怠れば、国必ず衰滅す。此の事努々《ゆめゆめ》忘るる事無かれ。以上、東京都知事・石原慎太郎君に提言す。以《もっ》て熟考されたし。

平成弐拾年伍月吉日、雪舟参拾代画狂人法橋狩野天心こと會田誠記す

「最後にオマケとして、僕の初連載エッセイ《ＶｉｎＴａ！》の『れっつ！ネガティブシンキング』を……」

情熱について

ちょっと前（1999年当時）にこんなニュースを見ました（ただし見たのが騒がしい中華料理屋のテレビだったこともあり、記憶はかなりいい加減ですが）。四方を田んぼに囲まれた、田舎のどこにでもありそうな十字路で、ある早朝、18歳の少女が同じ年の少年に、包丁か何かで刺されて殺されたというものです。

二人はつい半年ほど前まで同じ高校に通っていて、交際していたのですが、卒業後の進路の違いなどが原因で別れたらしいのです。少年はその場ですぐに逮捕されたのですが、自供によると、少女が新しい交際相手を見つけたことが許せず、彼女の通学（勤？）路で待ち伏せて凶行に及んだそうです。

当事者が未成年という点は少し珍しいとしても、あとはごくありふれた色恋&刃傷沙汰《にんじょうざた》です。そんな平凡なニュースが僕の記憶に残ったのは、そのあとに続いたキャスターの短いコメントが原因でした。ちょうど同じ頃、鬼のような母親による保険金殺人事件や、航空オタクによるハイジャック事件が起こり、たしかキャスターはそれらをひっくるめて言ったのです。

「まったく現代人の心は病んでますねぇ」と。

僕はラーメンを啜《すす》りながら、『オイオイ違うだろ。それとこれとを一緒にするなよ……』と心の中でツッコミました。もちろん少女の未来の可能性をすべて奪ったこの暴力が、厳罰に処すべき犯罪であることに異論はありません。しかしだからといって、この事件が「現代人の心の病」を反映しているとは限らず、むしろその逆のもの、あえて言えば「太古から変わらぬ心の健康」を反映していると僕には見えたからです。

『むしろ、現代人の心の病というのなら……』と僕は思いを巡らし、それで思い出したのが、「ロンブーのガサ入れ」というテレビ番組のワン・コーナーでした。それは、若い男が自分の恋人の浮気調査をお笑い芸人に依頼するというバラエティもので、調査の結果はたいてい「クロ」。つまり浮気していたり二股かけていたりするのですが、その結果を電話で報告される時の男の反応に、僕はいつも驚かされます。

「え〜、マジっすか〜」

たったそれくらいのヘラヘラした反応が多いのです。恋人に電話を代わっても、声を荒らげるでもなく、ただ、「オマエどーゆーことだよ……ムカツク」などとダルそうに言うだけだったりします。彼らはなんで肺腑の底から絞り出すように、

「殺す！」

と絶叫しないで済むのでしょう。それはもちろん本気で恋愛をしていないからです。本気で恋愛できない現代人のタイプを「病人」と呼ばずして、誰を病人と呼ぶのでしょう。

もちろん思ったりそれを言葉にすることと、それを実行することとの間には、高いハードルが存在します。実際、僕もそういう局面に立たされたことがありましたが、やっぱりどうしても彼女を殺せませんでした。けれど、それはけっして「偉い」ことではなかったと、今でも思っています。

情熱――つまり「生命としての価値」に、たかが人間が作った「道徳」や「法律」は関係ありません。それらは人間社会をベターな状態に維持するための実利的なストッパー、および事後処理の手段に過ぎません。

僕の情熱は、その二つのストッパーにしてやられる程度のものだったのです。ただそれだけの話です。だから僕は、「ガサ入れ」に登場する生命力の枯渇したような男たちと大差ないのであり、自分の姿を見るようで不快だったのです。

巷《ちまた》でモテはやされるヒット曲は、さして痛手を負ったわけでもなさそうなヌルい失恋が、

早くも次の出会いを求めるポジティブ・シンキングとともに軽佻に歌われています。本当の生命の仕事=情熱の持続は、しばしば「ストーカー」などという薄っぺらなアメリカ製のレッテルを貼られ、理解を拒絶された「病人・犯罪者」の檻に押し込められます。情熱なきお利口さんばかりが大手を振るイヤな時代になってゆくと感じるのは、僕だけでしょうか。

オマエは大学には行くな！

今回はずばり進路の話をしたいと思います。ただし、アホでヤクザ稼業の絵描きという自分の役割をふまえて、あえて極端な暴論を吐くことにします。

僕の考えでは、たいていの人は大学になんて行く必要はありません。そもそも日本には大学が多すぎます。街には大学生が多すぎます。なんで猫もシャクシも大学に行きたがるんでしょう。大学行かないと就職しにくかったり、世間体が悪かったり、バカに思われたりする風潮があるからなんでしょうけど、それは明らかに間違った愚かしい風潮です。

なんで間違っているかと言うと、大学というものの存在原理から外れているからです。大学の存在原理とはただ一つ、「学問する」ということです。

いいですか、「学問」ですよ。あなたの人生にそれは本当に必要なものですか？

「学問」とは人間がやる様々な行為の中でも、相当に特殊な行為です。はっきり言って、それは病気に限りなく近い性質のものです。きっと「学問」は、進化のブレーキが効かず奇形的に肥大化した人類の大脳の、余剰の力を処理する治療法として成立したものです。そんなヘンなものを親や世間や企業が勧めたり強要するなんて、根本的に誤ったことです。

ただし僕は、学問まで深入りしない程度の知性――だいたい文部省（現・文部科学省）が決めた中学までの義務教育――の意義まで否定するつもりはありません。「あれは人生全般に結構役立つ」というのが、34歳の普通の生活人である僕の実感です。そして義務教育によって注入される知性の分量は、一人の人間が健やかに人生を全うするのに必要な分量を、すでに20％くらいオーバーしている気がします。もう十分なのです。

だから僕の考えでは、大学どころか、高校さえ、たいていの人間は行く必要がありません。実際僕は行く必要のない高校に行ってしまったために、人生の最も大切な時期の3年間をほとんど無駄に過ごしたという悔いを、今もジクジクと抱き続けています。

大学とは本来、おネエちゃんとイチャイチャするより、三度のメシより、寝ころんでボーッとテレビでも見てるより、勉強が好きで好きで堪《たま》らない、たぶん人口比にして1％にも満たない生まれつきの変人が、ほかに行き場がなく仕方なく行くところなのです。そんな学問病患者が収容される病院＝大学は、日本に10校もあれば多すぎるくらいじゃないでしょうか。勉強なんかよりおネエちゃんとメシと惰眠が好きな、人類の主要構成員であるべき、僕のような健康な人間――それは今これを読んでいるほとんどの読者もそうだと思いますが――は、大学に行くべきではありません。それは健康な人間がわざわざ病院に入院してヤバい注射を何本も打たれるようなものです。無意味どころか、精神的な自殺行為と言えるでしょう。

高校中退者の増加や学力崩壊を嘆く論調がありますが、僕はそういう社会の変化は健全化であり、喜ばしいことだと思っています。それでは日本経済が弱体化するとかハゲオヤジたちは言うけれど、貧乏で良いじゃないですか。僕は昨年スペインでいかにも教育受けてなさそうな少年のギャングたちに身ぐるみ剝《は》がされましたけど、それくらいの社会のすさみ方、失業率の高さを僕は「良い国」の条件だと思っています。かたや大脳肥大症の極致のような大病人＝天才学者も大学にはいて、宇宙の存在理由を死に物狂いで探求している――このギャップがあってこそ、生きる甲斐のある楽しいこの世というものです。

野良犬のバイタリティも命がけの学問もなく、ただ就職活動とか出席日数とかサークルとか合コンとか……そんな中途半端なものばかりに囲まれてたら、退屈で死にたくなりませんか？

嫌われてけっこう！

そんな言葉を初めてはっきりと心で唱えたのは、高校の初めの頃だったでしょうか。何がきっかけだったかは忘れました。たぶん長い年月をかけて、人間関係が原因の「なんか生き辛いなぁ……」というモヤモヤした不快感が溜まっていたのでしょう。その重苦しさにとうとう耐えきれなくなったとき、とっさに脳裏に浮かんだのがこのフレーズだったのです。

苦し紛れに放ったこの呪文の効果はなかなかなものでした。有象無象の「他人の心」という重たい暗雲は吹き払われ、そこにぽっかりと顔を覗かせた爽やかな「孤独」という青空……。以来この呪文は折あるごとに唱えられるようになり、その頻度は着実に増えてゆきました。時は流れ、絵を描いたりして自分のエゴを人様に見せることを生業《なりわい》にするようになった現在では、すっかり座右の銘です。生きる指標にまでなった気がします。

この呪文が誰にでも効果があるとは思いません。多分僕は生まれつき気が弱く他人の目が気になり、にもかかわらず多数派からしばしば外れがちな性質を持っていたのでしょう。奇抜なファッションのミュージシャンなども大概このパターンだと思いますが、典型的な「反動による人格形成」です。人間関係でウジウジしている人には、逆に「派手な表現者」はお勧めの進路なのです。

しかしエゴを発信する「個性的な生き方」などというと、何か気持ちいいことばかりのようですが、けっしてそうではありません。実際「嫌われてけっこう！　と思わずに、こんな仕事到底やってられない」とつくづく思います。もちろん作ったものが人から愛されれば嬉しいです。それがもともとの目的ですから。しかし同時に、それを憎悪する人もたくさん現れて、僕を絶望の淵に叩き込むのもまた必定なのです。これはどうにも逃れようもない話で、例えばソフトでとっつきやすい表現をすれば何とかなるものではありません。一見誰からも愛されそうなルノワールやヒロ・ヤマガタの絵を見ただけで虫酸が走る人が、僕の周りにたくさんいることからもそれは類推できます。また、誰の愛も憎悪も喚起させないような無難なものにしたら、それはそもそも「表現」になっていないので、最悪の失敗ということになっちゃいます。

「これはまさに自分の分身だ」と思えるほど愛着のある自作を否定されたときの、作家の心境をちょっと想像してみてください。それは「オマエはもうこの世にいなくてよい」という、ずばり「死の勧告」なのです。これが泣かずにおれるでしょうか。僕は最近（2000年当時）ちらほらと評論家から悪口を書かれるようになり、ある人から「ようやくオマエも一人前になってきたな」と言われましたが、その通りなんだと思います。他者の愛を求めたがゆえに負うリスク――まったく因果な商売というほかありません。

この因果な商売のせいで、僕は人間の「嫌悪」や「憎悪」という感情の性質に、けっこう詳しくなりました。まず、それらからはどうしても逃げることはできず、人は万人に愛されることは不可能と知りました。さらに、それはさほど悪い性質のものではないということも知りました。

なぜなら、それは「愛」や「信念」から発生しているものだからです。愛と憎悪は常にワンセットです。人が何かを愛するときは、それに忠誠をたて、それを守るため、その反対のものを憎むようになっています。人々は当然十人十色の愛の対象を持っているので、そのため不和や対立が起こります。それをひたすら避け、無理に反対のものも愛そうとする平和・博愛主義は、結局どちらへの愛も希薄になります。それをくり返せば、人は「八方美人」という、何も愛さない、信じない空虚な存在に成り下がってしまうでしょう。

やみくもに対立すればいいものではないでしょうが、やはり大切な局面においては、お互いに「嫌われてけっこう」と覚悟を決め、「孤独」という青空のもとで爽やかに死闘するのが理想ではないでしょうか。

国際人はそんなに偉いのか

なんとも不似合いなことに、今（2000年当時）僕はニューヨークで暮らしています。先日近所の中華料理屋でラーメンを食べたら、あんまり美味しくなくて、それでいろいろなことを考えました。

経営者もコックも中国人のその店がなんで美味しくなかったのか、理由は明白でした。そこには中国人の客が一人もいなかったからです。客は白人や黒人やラテン系ばかりでした。中国人にとっては異文化の人である彼らを相手に商売をして、彼らの味覚に合わせていたのです。なんせラーメンのスープはこともあろうに、ただの市販の「コンソメスープの素」でしたから、あの味は！

一方ニューヨークには、質・量ともに横浜のそれの何倍もあろうかと思われる、広大で本格的なチャイナタウンがあります。そこで食べる中華料理はそれはそれは美味しいもので、近所のコンソメ味とは雲泥の差があります。なぜかと言えば、チャイナタウンの奥深くに踏み込めば、人も看板もすべて中国人と漢字だけになり、完全な中国社会になっているからです。中華料理の美味しい／不味《まず》いの基準を一番正確に理解しているのは言うまでもなく中国人であり、彼らの厳しい舌を相手に商売しているので、当然味のレベルが上がるわけです。

同じようなことはこの世に遍在しているような気がします。東京にいかにいい加減な「とんこつラーメン屋」が多いかは、数年前九州に行って本場のものを食べてみてよく分かりました。あるいはハリウッドのニンジャ俳優のウサン臭さなども同じ性質のものでしょう。彼らに本当に日本人としての感情の機微を演じる技量があるのか、覚束《おぼつか》ない気がします。これらはつまり、本来その文化が在るべき「本場」から移動した時に現れる、「安っぽいお土産品化」という特徴的なレベルダウンなのです。

最近はやたらと「国際化」ということが唱えられ、若い人の海外留学も増えてきているようですが、それは本当に手放しに賞揚すべき風潮なんでしょうか？　留学やホームステイなどで厳しいカルチャー・ギャップに晒され、人間として逞《たくま》しく鍛え上げられる、確かにそういうことはあるでしょう。けれどそれと表裏一体の関係として、そこには「逃げ」や「甘え」がまったくないと言い切れるでしょうか。福岡の長浜地区で博多っ子相手にラーメン屋をやるのと、ニューヨークのタイムズ・スクエアあたりで観光客相手にラーメン屋をやるのと、味の追求という本質的な意味において、どちらが厳しい道であるかは明らかでしょう。文化的な無理解や誤解は、ある意味で楽な道なのです。

人が「移動」し、異文化が「交流」すること、それは良いことに違いありません。けれど、それが「定住」や「地域文化の熟成」よりも尊ばれるようになったら、それは本末転倒ではないでしょうか。一説によれば、マルコ・ポーロという移動する国際人のお陰で中国のラーメンがイタリアにもたらされ、スパゲッティが生まれたそうです。しかしスパゲッティ発明の真の功労者はマルコ・ポーロ個人ではなく、長い年月をかけて麺という食文化を育んできた中国人たち、およびその麺をやはり時間をかけて完全に自分たちの食文化にアレンジしおおせたイタリア人たちであるはずです。

運命によって産み落ちた土地に生涯とどまること。そこに不満があるなら、移動して逃げるのではなく、とどまって自らがその場所の改善に努めること。これが本来的には最大の美徳であり、ヒーローの行動であるはずです。どのみちこの地球上、どこに移動してもユートピアなど見つからないのですから。進路を考える上で、このことを少し念頭に置いておいてもいいと思います。

地球を覆う大気圏を、人間を満載したジャンボ旅客機と情報を満載した衛星電波がひっきりなしに飛び交い、世界中の誰もがもはや「創造的な井の中の蛙」であり続けることが困難な現代。このまま行くと地球は、インターナショナルな某ファストフード・チェーンが醸し出しているあの雰囲気のような、ノッペリとして退屈な星になってしまうのではないか……そんな僕の妄想は杞憂《きゆう》に過ぎないでしょうか。

英語できない自慢

前回に引き続きニューヨークでの話（２０００年当時）です。

そもそもこの連載のタイトル『Let's negative thinking』からして文法はメチャクチャなんでしょうし、僕は英語はできません。「できない」と言っておきながら外国人が来た途端ペラペラ喋り出すイヤミな日本人にこちらで何人も会いましたが、僕はそういうハンパな嘘はつきません。できないって言ったらホントにできません！

いや、それもハンパな嘘になるかな？　ここは正確に書いておきましょう。まず「○○プリーズ」だけは言えます。これがないとハンバーガーの1個も買えなくて餓死しますから。あとは「サンキュー」と「ソーリー」と「エクスキューズ・ミー」。僕が使うのはほとんどこの四つだけです。来れば分かりますが、アメリカの田舎町ならいざ知らず、国際都市ニューヨークではこの四つだけで十分に生きていけます。それで生活が楽しいかどうかは別問題ですが。僕はちっとも楽しくありません。じゃあなんでここにいるかって？　ただの我慢大会ですかねえ。よりベッタリと日本に愛着を抱くための遠回りな苦行というか……。

とにかく英語は中1の初めっからアレルギーでした。ジンマシンこそ出ませんが、アルファベットを見たとたん思考中枢がピタッと停止しちゃうんだから仕方ありません。なんか僕の頭の中に住んでいる、もともと出来の悪い「日本語くん」が、よそ者が来るとヘソを曲げて回路を全部ブチッと切っちゃう感じでして。でもそんな知恵遅れながら必死にがんばってる「日本語くん」を叱る気にもなれず、かえって「いい子いい子」したりして。だから中高6年間の英語の授業中はずっと脳味噌仮死状態でした。

僕は中1から恨めしく思ってました。なんで日本の中学では英語が義務教育で、アメリカの中学では日本語が義務教育でないのか、と。軽い冗談のつもりではありません。34歳になった今でも本気でそう思っています。人間が本当に平等なら、こういうこともフィフティー・フィフティーであるべきでしょう？……いや、もちろん分かっていますよ。世の中がそんなきれい事で動いていないってことくらい、イヤというほどに。パワーなく、パワーある者（文明）に屈した者は、以後パワーある者につき従うのが得な生き方というものの……。

最近送られてきた日本の雑誌にこんな記事を見つけました。中国では最近リー・ヤン先生という「英語伝道師」なる人物が大人気で、中国各地で大聴衆を集めて英会話の布教に努めているそうです。やたらテンションの高いリー先生の言うところによると、「英語を学ぶ目的はただ一つ、金儲け！」であり、「中国人が日米欧三大市場を制するには英語が必要！」なんだそうで、そんな呼びかけに生活向上を求める民衆は熱狂的に応えるそうです。読んでいて僕は思わずため息が出ました。正直なのは好感が持てるけど、それにしてもみんなそんなにパワーゲームの勝者になりたいんですかねえ。僕は自分の将来のために役立つとやる前から分かっちゃうようなポジティブなことなんて、格好悪くてできませんけどねえ。ハァ……。

　先生はさらにこんなこともおっしゃってました。「特に日本人に必要なのは正しい発音です。グッドじゃなくグッ。アイ・ライク・イットじゃなくてアイ・ライキッ‼」。奇《く》しくもこの記事を読む少し前に、僕は英語に関する、これと全く逆方向の主張を掲げたデモ行進をニューヨークでやったところだったので、思わず笑ってしまいました。それが２８３Ｐの写真です。プラカードにはそれぞれ「日本人のようにスッキリ・はっきりと発音しろ！」「母音を減らせ！」「ＲとＬは一緒だ！」「ＢとＶは一緒だ！」「カタカナに準拠せよ！」「巻き舌禁止！」などと書かれています。

　もちろん全部ムチャクチャな要求です。バカも負け犬も自己矛盾もいいところです。でも僕は人に何と言われても、自分の人生の美学だけは押し通すつもりです。そう、「れっつ、ねがてぃぶ、しんきんぐ!!」。

Your Pronunciation is Wrong!
2000
タイプCプリント
29.7×45cm
©AIDA Makoto
Courtesy Mizuma Art Gallery

メキシコの話

死体を見ている二人の目が気になりました。まだ6歳ぐらいの女の子と、その手を引いて歩く祖母らしい老婆。目を背けるでも目を見開くでもなく、ただ淡々と、変わり果てた人間の肉体の有り様を見詰めていました。

死体といっても、一応「ミイラ博物館」と銘打っていました。場所は偶然訪れた（2000年当時）メキシコの小さな町。けれど僕にはぜんぜんミイラに見えませんでした。だってお馴染みのグルグル巻きの包帯もなければ、きらびやかな柩《ひつぎ》も副葬品もなく、ただ素っ裸のまま干からびた元老若男女が、ガラスケースの中に横たわっているだけなんですから。一緒に葬儀の様子を写した白黒写真も展示されているところから、彼らがさほど古い時代の人間でないことと、王侯貴族のたぐいではなくフツーの庶民であることが分かりました。つまりこのミイラみたいなものは、おそらくこの乾燥した土地ならではの、またおそらく土着的な信仰に関係した、一般的な埋葬法によってできたものなんでしょう。それを集めて（かなりB級めいていたけれど、一応）博物館に仕立てたということは、この埋葬法が廃れてすでに久しいことを想像させます（が、スペイン語の解説が読めないのでよく分かりません）。

その老婆と孫娘の二人連れは、僕の少し前を歩いていました。博物館は元要塞《ようさい》なのか、崖に掘られた複雑な横穴で、薄暗い展示室には2段になったガラスケースが、どこまでも陰鬱に続いていました。二人はゆっくり歩きながら、一体一体を丁寧に見て回っていました。しかしメキシコ人の老婆には、即身仏のミイラにありがたがって手を合わせる、日本の老婆のような風情はまるでありませんでした。なんせ相手が高僧でも貴人でもない、自分と同じタダの人ですから。無遠慮なくらいマジマジと観察しているようにも見えましたが、むしろ、遠くない将来に自分もなるだろう姿に思いを馳せているように見えました。

それは魚の干物とよく似た感じの、皺だらけで茶色い人間の干物でした。実際煮出したらいいスープが取れそうな……。腹は背骨まですっかり落ち窪むので、骨盤のエグい形態が露になります。けれど何よりもエグいのは、やはり人間性を最もアピールする顔の表情でした。いっそ骸骨になってしまえば空虚な笑顔にもなれるのに、口や目のまわりに中途半端に肉が余って、それが乾燥によって不本意な方向に捻じ曲がるので、この世のものと思えない、恐るべき苦悶や悔恨や憤怒の感情を表していました。偶然できた表情と自分に言い聞かせつつも、相手の表情から感情を読み取る本能には抗い難く、とても穏やかな気分ではいられません。乳房と男性器はもともと空疎な存在なのか、生前の大小にかかわらず跡形もなく消え萎《しぼ》むようですが、なぜか女性器だけは生々しく残っていて、僕は吐きそうな勃《た》ちそうな複雑な気分になりました。体の所々には古文書みたいな虫食いの穴。そしてなぜかガラスケースの一部が必ず開いていて、死体と空気を共有しているのがずっと気持ち悪かったものです。

そういったものを、まだ幼い少女もつぶらな瞳で黙って眺めていました。これが日本の同じような年格好の少女なら、おおかたギャーギャーとうるさく騒ぎ立てることでしょう。少ない見聞で国民性を云々するのは旅行者の悪い癖ですが、やはりメキシコ人が持っている、「死との日常的な親和性」みたいなものを感じてしまいました。それは町の至るところで見かけた、髑髏《どくろ》をあしらった民芸品や壁画、そして何といってもメキシコ化したカトリック教会のあの血みどろのキリスト像などを通して、すでに十分過ぎるほど感じていたものでした。死との親和性に何のメリットがあるのか僕は知りませんが、この時ふとこんな考えがよぎりました。「幼いうちからこの肉体の最終形態を真直《まっす》ぐに見詰めている少女は、きっと美しい女性に成長するに違いない」。そういえばメキシコには最近の日本ではとんとお目にかかれなくなった、人を刺すような、炎と氷を同時に宿したような「凄《すご》みのある瞳」をした美少女がたまにいましたっけ。それは路上で物を売っている貧しそうな少女だったりして、旅行者の身勝手な感傷と言われればそれまでですが。

ようやく展示が尽きて外に出ると、そこには目が眩《くら》むほど強烈に照りつけてくるメキシコの太陽が……！　すかさず土産物屋たちが寄ってきて、今見てきたばかりの人間の干物と、色や質感がそっくりの、捻り細工でミイラを象《かたど》った巨大な飴を売り付けてきます。死後の虚無をたっぷり味わった後は、生きている現世の甘さをたっぷり味わう——メキシコ人はなかなか味なセンスをしてるではありませんか。

文庫版あとがき

幻冬舎のPR誌「星星峡」にエッセイを連載し始めたのは2007年の10月からでした。それを纏めたエッセイ集「カリコリせんとや生まれけむ」に続く、本書は第二弾となります。そもそもは編集者の穂原俊二さんに「小説を書かないか」と誘われ、「いや、それは無理です」「じゃあまずは軽いエッセイで肩慣らしでも」「ああ、それならなんとかなるかもしれません」といった問答があって始まったものでした。穂原さんとの「小説の約束」はホゴにしたつもりはないのですが、あれから8年、いまだ果たせていないのが心苦しいところです。

最初の4編は北京滞在中に書きました。天井高7メートル以上あるだだっ広いギャラリーをアトリエ代わりにして、本書の表紙にした「灰色の山」という地味な作業を要する大作を、来る日も来る日も描いていました。殺風景な郊外、限られた日本からの情報、凍てつく大陸の冬——僕は軽く鬱っぽくなっていたようです。その精神状態は、これら文章のどこか奇妙な調子（とりわけ「靄の中のジャンボ旅客機……」）として定着している気がします。「北京で憂国」に書かれた、アジアにおける日本の相対的な凋落は、２０１５年現在ますます進行しているようですが、流動し続ける時代の一証言として読んでいただけると幸いです。

「リトアニアでの展示——僕の本職の一例」には、その前々月に東北を襲った大震災と原発事故のことが少し触れられていますが、最もタイムリーだったその前月は、どうしても何も書けず、休載させてもらいました。僕はただただテレビの報道を見、（当時自分はやっていなかったけれど、他人の）ツイッターを読むことに明け暮れていました。その休載は自分の限界（と場合によっては可能性？）を自分で認知する事件となりました。

「ついに水槽の話まで……」あたりから、筆力の低下をはっきりと嘆くようになりましたが、その原因は単純に「ネタ切れ」だと思っています。素人としてエッセイを書き始めてつくづく感じたのは、漫然とダラダラ書き続けてるから緊張感も感動もぜんぜんないけれど、これはやはり一種の「遺書」みたいなものだな、ということです。大袈裟な感慨かもしれませんが、毎回「僕の人生でわざわざ文章で書き残しておきたいことって、あと何があったっけ？」と思いながら題材を探しています。「ええっと……家族関係のことはもう書いただろ……食べ物の好みも書いた……住居のこともあの時書いたようなもんだし……」という風に。そうするとどんどん先細りしてゆきますが、素人なので仕方ありません。エッセイの素材を日々新たに外界から補給し続ける職業的エッセイストになりたいわけでも、なって欲しいと周りから望まれてるわけでもないですから。

そういうわけで「両眼視による質感把握の話」とか「ドジョウは竜のモデル説」とか、どんどん「我が人生の重箱の隅をつつくような話」になってゆくわけです。そうすると「自分ってせいぜいこんくらいの人物だったな……」という諦念も訪れます。しかし必ずしも嘆いているわけではありません。まだ一応体がピンピンしているうちに「我が人生、もはや遺書いらず」という心境になれるなんて、こんな恵まれた話はありませんから。心置きなく棺桶に入れるってもんです。あ——ただし美術作品は今後も勢力的に作ってゆくつもりですよ。あの本業はそれなりにスペシャルなノウハウを蓄積しているつもりなので、「凡夫だってうまくすれば名作が作れるかもしれない」という賭けに今後もバリバリ打って出てゆく所存です。

紙媒体である「星星峡」は２０１３年10月号をもって廃刊となり、僕の連載は「幻冬舎ｐｌｕｓ」というネットマガジン（http://www.gentosha.jp/）に移行し、２０１５年6月現在も続いています。もはや「自分」のことを書く段階は過ぎたと感じたので、もっと広く

「現代日本社会」のことを書いているのですが、それはそれで自分には荷が重く、いろいろ難航しております……。

＊　＊　＊

後半は僕が様々な媒体に書いてきたものを掻き集めたものです。

自分の専門分野である美術の話は書きやすいはずなのですが、自分が内部にはいり込みすぎて、かえって書きにくい面もあり、微妙なものですね。

「大いなるイラスト」と「もっとラディカルであれ」は、それぞれ32歳と38歳の時に書いた、僕なりの現代日本画論です。若書きの前者は言外に天皇制と日本画を関連づけていて、良かれ悪しかれ「熱い理念」という感じがします。一方の後者は武蔵野美術大学日本画学科の教科書的な本に寄稿したものなので、そんな熱さは影を潜め、教育として具体的なアドバイスが中心になっています。けれど両者とも「現代日本画はとても難しいことを自覚した上で、死にもの狂いで頑張って欲しい」という結論が同じである点、「言いたいことは要はそれだけ」という感じです。

現代美術の専門誌「美術手帖」に書いた「藤田嗣治さんについて」は、藤田さんにかこつけて業界における直近の先輩2名のことを、ほぼ想像に任せて書いたものです。「僕だって批評を書かれる立場になる時はあり、それは僕の真実が書かれることが重要なのではなく、僕をダシに書き手の脳の中が開陳されることこそ重要なんだ」と自分を納得させつつ、生意気なことを書いてしまいました。ただ2006年当時、ここで書かれたような話題はほとんど誰も話したり書いたりしていなかったんじゃないか、という軽い自負はあります。

＊　＊　＊

僕の所属する昭和40年生まれのアーティストグループ「昭和40年会」が、ウェブ上で「東京案内」というリレー形式の連載をしたのは、メンバー全員が40歳になる2005年のことでした。そこからなんとなく3つを抄録。他5人のメンバー（有馬純寿、大岩オスカール、小沢剛、パルコキノシタ、松蔭浩之）との個性の棲み分けみたいなものがあって、僕は一貫して「ひねくれ者役」でした。新潟出身の田舎者なので東京を語るとつい屈折してしまい、「中央線が、嫌いだった」や「東京改造法案大綱」ではアホな文体遊びまでやりました。

＊　＊　＊

最後の「れっつ！　ネガティブシンキング」は、僕が最初に一般誌に書いた連載エッセイです。〝高校生向けの進路相談マガジン〟と銘打った、創刊したばかりの隔月誌で、若い編集者がたまたま僕のファンだったというユルい理由で始まりました。けれどそんなユルさから危惧していた通り、1年で早くも廃刊となりました。想定読者が若いこともありますが、書いてる僕も素人エッセイストとして新人――とても青臭い気負いに満ちた文章になっています。特に第一回の「情熱について」など、殺人を半ば肯定していて、いろいろと慎重になった中年の今はけして書かない内容ですが、筆の勢いが今よりずっとあることは認めざるを得ません。

２０１５年　５月　会田誠

解説

穂原俊二

私は会田誠さんの単行本『カリコリせんとや生まれけむ』と『美しすぎる少女の乳房はなぜ大理石でできていないのか』の編集者です。この文庫『美しすぎる少女の乳房はなぜ大理石でできていないのか』は、幻冬舎の『星星峡』というPR誌に連載していたもので、編集者の役得で、毎月、誰よりもはやく読むことになります。そして、毎回、会田さんは文章がうまいなぁ、なんでこんな面白い文章が書けるのかなぁ、と思っていました。

私が言うだけだと説得力がないので、他の方々の言葉を紹介しましょう。吉本ばななさんは、「会田さんは、とにかく信じられないくらい文章がうまい。ものすごく賢い人だと思う。内容も素晴らしい。作品も含めて生きていること全部に『こうゆうふうにだけはなりたくね〜な〜』という感じで筋が通っていて、ほれぼれしちゃう」と評しているし（この文章はもともとは単行本『カリコリせんとや生まれけむ』の帯文）、高橋源一郎さんも「おもしろいよね。天才だと思った」（『ＳＩＧＨＴ』２０１４年２月号「ブック・オブ・ザ・イヤー２０１３」）と言っている。豊島ミホさんは、「なぜアート畑の人って文章もイケる人が多いんだろう。ってある意味泣けてきます。（中略）なんだろう頭がよくて、なおかつ広く読書した人の文章なんですよね。文章の中に思考の飛躍があって、それについていけたとき面白いです」（本人ブログ）と言っています。そんなことを言われる美術家はまずいないと思います。

会田さんは、２０１３年に「第８回安吾賞」を受賞しました。それは「文学賞ではなく、日本人に大いなる勇気と元気を与え、明日への指針を示すことで現代の世相に活を入れる人物」としての受賞だったけれど、多少は文章に対する評価も入っていたと思います。

本書で描かれている通り、会田さんは個展や展覧会で世界、日本の各地を縦横無尽に動き回っていますが、なぜかいつもおかしな、エキサイティングな事件に遭遇しています。それは会田さんがアーティストだからなのか、それとも「星の子」（文庫『カリコリせんとや生まれけむ』に所収「俺たち星の子」、ないし斎藤環さんによる見事な解説参照）のせいだからなのか、どうなのか。

エッセイは、そうして起こった事件の経過報告書みたいなところがあります。本書の冒頭の「北京でCM俳優をやった件」からして、どうしてそんな変なことに関わっているんですか、と驚かざるを得ない。絵を描きに中国・北京に行っているのに、リウマチの特効薬を開発した日本人天才科学者・横山博士として本物のCMに出ているんですよ。普通、あり得ない。

そんないつもなにかしら変わった日常にいる会田さんの、私が知っている日常をいくつか紹介しましょう。

本書に収められている「公開制作もうイヤだ！」は、2010年6月の大阪中之島、国立国際美術館での出来事。本文に描かれている通り、『ルノワール――伝統と革新』がメイン、併設で『死なないための葬送――荒川修作初期作品展』をやっていました。

私はその直前に開かれていた「絵画の庭――ゼロ年代日本の地平から」という、「日本の若い世代を中心に活発な動きが見られる、この10年余りの新しい具象的な絵画に焦点を当て」た展覧会にも行っていて、これは会田誠、O JUN、草間彌生、タカノ綾、奈良美智など注目すべき作家の作品が一度に見られるとても充実したものでした。

国立国際美術館は、入り口を入ると長いエスカレーターがあって、そこを下ると美術館の入り口になります。その広い入り口のところに、奈良さんらの作品の展示があったのですが、どうもバランスがおかしい。絵と絵の間に不自然なスペースが空いている。不思議な展示の仕方だなぁ、なんか意図があるんだろうかと思っていました。

後日、「ルノワール」展開催中に、会田さんが『滝の絵』の公開制作をするというので、訪ねていきました。たしかにルノワールの人気で、美術館は大阪のおばちゃんたちでごった返していました。順路は、誰でも大好き印象派「ルノ。」↓荒川修作の難解な現代美術作品という順番で、最後に会田さんの『滝の絵』の公開制作を見て、出口へと続きます。私も人混みにもまれながら「ルノ。」を鑑賞、イレーヌって「サンタフェ」の頃の宮沢りえみたいに気品があるなぁ、とか思ったり、そこまでいくと人が少なくなる荒川修作「死なないための葬送」シリーズを勉強するように見たりして、最後『滝の絵』のコーナーにたどり着きます。会田さんは煙草でも吸いに行ったのか不在で、絵を描くための昇降機が下がったままでした。

しばらくすると学芸員のSさんが来たので雑談して待つことにしました。あ、そうだと思いついて、前回「絵画の庭」展で来たとき、入り口に奇妙にも思えるけっこうな余白スペースがあったけれども、あれはどういう意図だったんですかね、と聞いてみました。Sさんがキュレーションした展覧会だったからです。

するとSさんは、よくぞ聞いてくれました！　という顔で、「あれはですね、実は『絵画の庭』展に会田さんに参加してもらいたかったけれども、ただし条件がある、とおっしゃったんです」と言われる。なんですか、それは？　「それは中国・北京で延々と描き続けている大作『灰色の山』をよく目立つところに展示することだったんです。なので我々もそんな重要な大作を展示できるのなら喜んで！　と場所を用意したわけですよ」。ああ、そうだったんですか。会田さんはそうやって、自分で締め切りを設定して制作へと自分を追い込もうとしたわけですね。でも？　「そう、間に合わなかったのです。中国からわざわざ運ぶまでもなく、間に合わないということになり……、でも展示は計画通りだったので、あの変なスペースができてしまったというわけなんですよ」。困った顔をしつつも、どこかうれしそうにも見えるSさん。

なるほど〜。会田さんらしいな、と私はニヤニヤしていました。ちょうどそのとき、煙草を吸い終わったらしい、会田さんが隣の部屋からやってきました。私はちょっと意地悪な気持ちになって、ついつい言ってしまいました。

「会田さん、聞きましたよ！　Sさんから。『絵画の庭』に変な空きスペースがあると思ったら、あれは『灰色の山』が入る予定だったんですね〜」

それを聞いた会田さんは、そのまま床に、へなへなへなとうずくまってしまいました。当然ながら、ものすごく気にしてるわけです。あ、しまったなと思っても後の祭り。しかも、

『灰色の山』も間に合わなかったが、そもそもその前の大作『滝の絵』が間に合わないから、今、公開制作をしているわけで、ほんとうはSさんに合わせる顔がなかったというわけだったのです。

　会田さんが座っているので、仕方なく私も隣に体育座りしました。『滝の絵』を2人で見ながら、「だいぶできてきましたね」とか「やっぱり伊豆の河津七滝へ取材に行っただけありますね、滝の描写がリアルですよ」とか憔悴している感じの会田さんに話しかけたりしていました。考えてみたら、会田さんはミヅマアートギャラリーでパーティがあるときは、必ず1階の駐車場の地べたに座って、煙草を吸い、高校生の不良のように笑いながら、Chiｍ↑Ｐｏｍとか若い人たちと話していたなぁ、と思い出しました。

　とはいうものの、その場には大阪のおばちゃんたちがどんどんやってくるので、会田さんも立ち上がり、公開制作に取りかかりました。予想と違って、おばちゃんたちはあたたかく、尊敬のまなざしでアーティストの制作を眺めているのがわかり、大阪人の民度の高さを見せつけられた思いでした。

　この制作中の会田さんの心の動きは、もうほんとに複雑な言葉と概念が行ったり来たりしていて、エッセイではそれを見事なまでに文章に定着させており、読めば誰でも「そうか、現代において絵を描くということはここまでに過酷なことなのか」と了解することでしょう。私はこのあたりの文章だけでも、「現代美術とは何か」の問いに正確に答えていると思います。印象派のルノアールと難解な現代美術の荒川修作、そして会田誠の『滝の絵』。それに対応した「ええ、目の保養やな」という大阪のおばちゃんたちのとてもまじめなつぶやき。この回路の中でアーティストの頭の中に渦巻いた言葉こそが、現代におけるアートとは何かということを指し示しています。

もうひとつ、紹介しましょう。「リトアニアでの展示——僕の本職の一例」で触れられている芸術公民館の話。芸術公民館、通称・芸公は、会田さんが２０１０年12月から２０１２年11月まで新宿・歌舞伎町に開いたバーのことです。場所は、東京でもっともヤクザの比率が高いと言われている喫茶店「パリジェンヌ」（レジの後ろに「うちはみかじめ料は払いません」の張り紙がある）の近くで、まさに歌舞伎町のへそともいうべきところ。建物自体がどういう構造になっているのかわからないほど複雑で、バー自体は3階にあるけれど、狭い階段を上がると畳の４階があって屋上に出ることができる。手入れがあったときに屋上から逃げることができ、いわゆるチョンの間だったと藤木ＴＤＣさんが教えてくれました。ペスト菌を保持していそうな鼠の巣窟になっているのは間違いなさそうな感じ。４階では北大路翼さんら「屍派」と称する俳人達が徹夜で死を賭して句会をするとのことで、ネクロノミコンを思わせる腐臭を漂わせた短冊が無数に壁にひらめいている。その畳の部屋には小さいドアがあって、鍵を外してぐぐり抜けると、そこは映画「ブレードランナー」でレプリカントとデッカードが死闘を繰り広げた場所にそっくりな、ネオン管がジージーと鳴っている歌舞伎町のバックヤード。屋上づたいに別のドアを開けて下ると、おそらく裏にある「ばるぼら」という手塚治虫の名作漫画と同じ名前の妖しいバーにたどり着くはず……、という私が思うにこれ以上はない最暗黒の東京。

そんな芸公で、ある夜、会田さんがカウンターの中にいてマスターをやっていたときのこと。客席は女装家とか謎の俳人とか性格の良さそうな美大生とか。みんな静かに呑んでいると、美女一人とカメラを持った一群がどやどやどやどやと階段を上ってきた。会田さんもよく知っている美女（Ｃｈｉｍ↑Ｐｏｍのエリイさん。『滝の絵』の中のどれかのモデルだとか）で、「ちょっとみんなどいて〜。撮影すんの〜」と。彼女のことを取り上げる雑誌の撮影らしい。みんな不承不承、席を立とうとしたとき、会田さんが映画「悪魔のようなあいつ」に出てくる藤竜也みたいな風体で放ったクールな一言。「立つ必要はない‼」。つまりマスコミの撮影だからって俺たちの大事な呑みの時間を中断する必要はない！　という。かっこよかったです。

本書のカバーにもなっている会田さんの『灰色の山』。遠くから見たら、まるで水墨画のような、よく見ると土気色の無数の屍が重なっている藤田嗣治『アッツ島玉砕』が、あるいは『アッツ島玉砕』の小さな小さなスミレの花（会田さんの画に触発されて書かれた平山周吉『戦争画リターンズ』芸術新聞社に詳しい）が描かれているように、会田さんの文章は細部に分け入れば分け入るほど、魅力がわかってきます。

もともと選ばれた人しか持てない高度な技能、それにアート・ヒストリーと状況を踏まえて考えに考え抜いた高度な概念、それに加えて大阪のおばちゃんが「ええ、目の保養やな」とつぶやくような、誰でも享受できる馬鹿さとエロさと面白さと訳のわからなさと不可思議さと。美術作品と等価な会田さんの文章、面白くないはずがないですよ〜。

——編集者

この作品は二〇一二年十一月小社より刊行されたものです。
JASRAC　出1507246-501

美《うつく》しすぎる少女《しょうじょ》の乳房《ちぶさ》は なぜ大理石《だいりせき》でできていないのか

会田誠《あいだまこと》

平成27年8月5日　初版発行

発行人――石原正康
編集人――袖山満一子
発行所――株式会社幻冬舎
〒151-0051東京都渋谷区千駄ヶ谷4-9-7
電話　03(5411)6222(営業)
　　　03(5411)6211(編集)
振替00120-8-767643
印刷・製本―中央精版印刷株式会社
装丁者――高橋雅之

幻冬舎文庫

ISBN978-4-344-42366-4　C0195　あ-43-2

他人の期待に応えない

ありのままで生きるレッスン

清水 研

はじめに

人生の中盤に差し掛かると、それまでの自分自身を振り返るとともに、「このままでいいのか」という疑問が頭に浮かぶようになります。

そして、これからの人生に対して不安や葛藤を抱えてしまい、精神的に不安定な状態に陥ってしまう人が少なくありません。

これを、「ミドルエイジクライシス（中年の危機）」、あるいは「ミッドライフクライシス」といい、大体40代ぐらいからこの症状を感じる人が増えます。

本書は、今ミドルエイジクライシスにある方々に向けて、人生の後半に「幸せな人生」を送るために必要なことを、私自身がクライシスに陥ったときの経験と、がん患者専門の精神科医としての知見から明らかにしていく本です。

ミドルエイジクライシスに陥った場合、それまでに長年持ち続けてきた〝幻想〟とも言える考え方を手放す必要があるのですが、そのための具体的な対処法を本文に書いていきます。

人は年を重ねるに従い、徐々に責任と仕事量が増えがちで、気がついてみたら、日々のルーチンをこなすことだけでもつらくなっていることがあります。

しかし、時代の変化についていくことも大変で、だんだん周囲に取り残されていると感じてしまいます。中間管理職にもなれば、上司と部下の間で板挟みになっているかもしれません。

仕事は人生の一部分と割り切って趣味などのプライベートが充実していればよいですが、仕事のウェイトが大きく責任感が強い人ほど、苦しくなります。

なぜこのように、人生の半ばを迎えると情緒不安定になってしまうのでしょうか？　その大きな原因の1つが、人生の前半に描いていた「自分は成長を続け、将来はもっと活躍しているはずだ」という期待に満ちた〝幻想〟と、実際の自分とのギャップに気がついてしまうことにあります。

心理学者のユングは、青年期から中年期への移行期を「人生の正午」と表現し、この移行期に人は危機を迎え、考え方をシフトする必要に迫られると言っています。

人生は1回限りなので、成長の過程にある人生の前半においては、正午の絶頂から午後の下降に至る変化を、前もって実感を込めて知ることはできません。

人生の後半に入ったときに初めて、人間は衰えていくことを悟らなければならないのです。

そして、それまでがむしゃらに頑張ってきた在り方を変え、自分自身の内面と向き合うことが必要となるのです。


また、あなたは今までどのような価値観を指針として生きてこられたのでしょうか？　中年期になって精神的に不安定な状態に陥っているあなたは、もしかしたら社会から教えられた「こうすればよいのだ」という価値観を基に、頑張ってこられたのかもしれません。

しかし、このような価値観が自分にとって本当に大切かどうかということは、あなたの中では十分吟味されてこなかった可能性があります。

両親や教師や先輩がそう言うのだからきっと正しいのだろうと思い込んできただけかもしれません。その価値観は、実はあなたを幸せにするためのものではなく、あなたを社会に適応させるための価値観だったのかもしれません。

若い頃は、どんどん成長し続ける〝幻想〟を持ちながら、社会に適応するために自分に我慢を強いて頑張ります。しかし、年を取っていくにつれ、いくら頑張っても、実際に歩いたときに見える景色が、若い頃の予想とは異なっていることが気になってきます。

そして、40代に入って不調とまではいかなくても、何か精神的にもやもやしたものを感じ始める人が多いようです。

さらに症状が進み、若い頃描いていた〝幻想〟が崩れたある日、ぼうぜん自失として立ちすくんでいる自分に気づくのかもしれません。

ミドルエイジクライシスに陥ったとき、適切に対処する必要がありますが、気を付けないと問題をこじらせる方向に進んでしまうこともあります。

例えば、今まで以上に頑張ろうとするのも間違った例の1つです。まだやれるはずだと疲れている自分をさらにムチ打ち、業績を上げようと努力を重ね、若さを取り戻すためのダイエットに励む人もいます。

加齢による衰えに逆らい続けるのはどだい無理なので、この無理を重ねるというやり方はいずれ破綻してしまうでしょう。

下手をすれば頑張るための心のエネルギーが枯渇してうつ病になってしまい、問題をさらにこじらせることにつながります。

ミドルエイジクライシスに陥った場合は、今までのやり方にしがみつくのではなく、きちんと問題を分析して、丁寧に対処する必要があります。そのために、まずはもやもやの原因が、若い頃から持ち続けてきた〝幻想〟にあることを認識し、〝幻想〟を手放す覚悟をすることが第一歩です。

ここで誤解のないように1つ付け加えておきますと、私は「人生後半には、明るい将来などない」と言っているわけではありません。

断言しますが人生後半には「豊かな人生」があります。何を隠そう、私自身もミドルエイジクライシスに陥り、しばらくうつ病の一歩手前という時期をさまよいましたが、今は危機を乗り越えることができました。

社会から教えられた価値観から一度離れ、自分自身ともう一度向き合い、心から「そうしたい」と思える生き方を選ぶことによって、人生後半には今までにない新たな輝きが生まれるのです。

中年期の危機による変化を乗り越えれば、豊かな人生後半を過ごすことができることは、心理学の知見で示されており、文学の中にもさまざまな言葉で書かれてはいます。

しかし、私自身に人生後半の「豊かな人生」に至る道筋を最も明快に示してくれたのは、がんという病気と向き合った私のクライエントの方々です。

「がん」という病気は、「自分はいつまでも成長し続けられる」という〝幻想〟を一気に打ち砕くとともに、人に「死」を意識させ、「人生は限られている」という真実をいやおうなく人に突き付けます。

「死」はできれば目を背けておきたいものですが、意識することでさまざまなことを人は考えることになります。

がんに罹患《りかん》すると最初は誰もがショックを受けますが、しばらくすると「限られた人生をどう生きるのか?」という問いと向き合うようになり、私のもとにカウンセリングを受けにやってこられます。

私はその方のお役に立とうと全力を尽くすのですが、向き合ったクライエントの方々が示してくれた生き方は、どれも力強く説得力のあるものでした。生きるために大切なこと、本質的なことをたくさん教えていただき、その結果として私自身の人生がとても豊かになったのです。

最後に、ミドルエイジクライシスの到来は苦しいことかもしれませんが、〝幻想〟に基づいた若い頃の夢から離れ、真の「幸せな人生」を得るためのチャンスでもあることを強調しておきたいと思います。

皆さまの人生後半の船出に、この本の内容が参考になるのならば、これほどうれしいことはありません。

２０２０年９月

清水　研

目次

第1章　〝幻想〟が人生後半の心を苦しめる

第2章 しっかり悲しみ、しっかり落ち込む
――負の感情が折れない心をつくる

第4章 自分は自分のまま生きると決める
――自己肯定の先にある愛のある人生

第5章　「今」を生きられないと世界がくすんで見える
——その瞬間を楽しむ

おわりに

第1章

〝幻想〟が人生後半の心を苦しめる

なぜミドルエイジクライシスに陥ってしまうのか

「はじめに」で申し上げた通り、ミドルエイジクライシスの原因は、今まで持ち続けてきた将来の見取り図が〝幻想〟であったことに気づくことにあります。人間、若い頃は世の中のことをよく知らないので、自分自身を過信して大きな夢や希望を持ちがちですが、中年期になると、それは実現されないことを実感を持って悟るのです。

いずれ自分が衰えていくということは知識としては聞いたことがあったとしても、若い頃はあまりそのことを意識しません。若いときは、年配の人が「年を取ってから体が言うことを聞かない」という話をしているのを耳にしても、どこか人ごとに聞こえ、将来の自分がそうなるという危機感はあまり感じません。ですので、自分が常に成長し続けられるというイメージを持ちながら将来設計を描きます。

しかし、〝幻想〟を喪失するという体験はミドルエイジ（中年期）に始まったことではありません。実は中年期に至るまでも、人間は成長過程において、さまざまな〝幻想〟を諦める経験を繰り返すのです。ミドルエイジクライシスの話に入る前に、人生前半の成長過程で向き合ってきた喪失について、まずは述べましょう。

子供の頃は何にでもなれた

小さい頃私は、プラスチックのバットとゴムボールで、広い公園に友人と集まって野球をしていました。当時のヒーローは王貞治選手で、バッターボックスに入るとき、「4番、ファースト、王」と自分で自分のためにアナウンスをしていました。このアナウンスをするとき、自分の気持ちの中では王選手になりきり、あたかもヒーローであるような気分でいました。

幼い頃は、子供にとって自分が生きている世界が全てで、それが世界の中で相対的にどれほど小さいものかということが分かっていません。ですので、プロ野球のスター選手になることがいかに難しいかということは想像できないし、仲間うちで野球がうまい友人は皆プロ野球選手になるのではないかと思っていました。当時の私にとって、スター選手になるという夢は、かなえることができるものと思い込んでいたのです。

もちろん、今あなたが子供や孫とごっこ遊びをしても、その頃のようにヒーローになりきった陶酔感は得られません。子供や孫はその世界に入り込むことができるので、あなたは子供たちのためになりきったふりを演じ、子供が喜ぶ顔を見て楽しむことはできるでしょうが。

幼い頃の子供は、自分の願うことはかなえることができる、つまり世界は完全に自分中心に回っていると思い込みがちです。これを発達心理学の世界では自己中心性といいます。自分が中心なので、良いことだけでなく、悪いことも含め、世の中に起こることの全ての原因は自分にあると考えるのですが、現実離れしているという意味を込めて魔術的思考とも言います。

世の中に起こることの全ての原因が自分にあると考えがちなので、注意しなければならないこともあります。例えば、親ががんになったことを小さな子供に伝えることは必要なことですが、年齢に応じた配慮が必要です。母親ががんになったとき、「それはあなたのせいじゃないのよ」と付け加えないと、「ママががんになったのは私（僕）が悪いことをしたからだ」と自分を責めてしまうかもしれません。

井の中の蛙《かわず》であることを知る

成長する中で小さい頃の魔術的思考はだんだんと影を潜め、小学校高学年ぐらいになれば、大切な人が病気になったとしても、それは自分のせいだとは思わなくなるでしょう。しかし、まだまだ自分が生きている狭いコミュニティが世界の全てだという感覚は持ち続けています。

しかし、多くの場合高校生になる頃、一回り世界が広がり、より自分を相対化して見ることができるようになります。例えば、中学までは成績が優秀で、自分ほど頭がいい人間はそういないと思っていたとしても、高校に入れば広い地域から同じような成績の同級生が集まるので、自分のレベルの人間はいくらでもいるし、「世間は広く、上には上がいる」ということを思い知らされます。

このように、人生前半においては、生きる世界が広がることによって、世間の中の自分を相対的に捉えられるようになり、魔術的思考は影を潜めていきます。しかし、まだまだ将来は楽観的で、大きい夢を持つことができます。

※本書ではミドルエイジクライシスに至るプロセスの説明として、子供の頃の楽観的な万能感、健全な発達に焦点を当てて書いています。子供がさまざまなことにつまずきやすく、精神的な危機に陥ることについては、別の書籍に譲ります。

将来に対する万能感

かくいう私自身や私の友人も、高校時代は将来に大きな期待を持っておりました。当時、友人と肩を組んでブルーハーツの曲を歌いながら、「俺ら、大人になったらでっかくなろうな!」とか言い合っていた過去があります。でっかい存在になれる根拠は何もないですし、そもそもでっかくなることがどういうことなのかも分かっていませんでしたが、未来に対するとてつもない期待感、高揚感がありましたし、「将来の自分は何でも思い通りにできる」というような根拠のない万能感があったわけです。

現代の日本で「でっかくなる」に近いことは何でしょう。総理大臣、大きな会社の社長、有名なアーティストや俳優になることなどでしょうか？　私の高校時代は、まだバブルがはじける前で、世の中全体にエネルギーがあふれていたという背景もありますが、若気の至りとはいえ、今思い出すと顔が赤くなります。

恋愛に対しての若い頃の感じ方も独特で、大きな高揚感があります。恋は盲目と言いますが、相手が理想の人に見えて、「あなたと居れば自分は一生幸せだ。自分はあなたのために全てをささげる」などとお互いが感じたりします。

しかし、「あなたと居れば一生幸せだ」との思いに至る現実的な根拠はないのです。相手を無理やり自分の理想像に当てはめて見ているだけです。その証拠に、しばらく付き合ってお互いのことが見えてくれば、幻滅が始まります。「一生大切にする」と言っていたのに、しばらくたって「その後、彼女とどうしてる？」と尋ねたら、「彼女は理想の人ではなかった。

だから別れたよ」とか、「彼女は自分のことをあれだけ好きだと言っていたのに、突然フラれた」と言ったりします。

交際や、結婚生活が長続きする秘訣《ひけつ》は、相手を理想化するのではなく、むしろお互い長所も欠点もある人間だということを認めた上で、どうしたら共同生活がうまくいくか、それぞれが歩み寄ることが必要でしょう。家庭が安らぎの場になるためには、それなりの努力が必要なのです。しかし、人生前半は、恋が破局に至ることの原因が自分の勝手な思い込みにあることとは思わず、「選んだ相手が自分の理想とは違った」と考え、現実を顧みずにいます。

高校生の頃の浅はかさは、さらに年を重ねることでだんだん影を潜め、社会人ともなれば仕事についても恋愛についても徐々に現実的になり、世の中は簡単ではないことを思い知るようになります。

しかし、そのように現実的に外の世界を見るようになっても、人生前半では最後まで失わないものがあります。それは、「自分自身が成長し続けられる」という自分自身に対する見方です。

人生は1回限りなので、成長の過程にある人生前半においては、自分自身の成長が終わって下降に至る変化を、前もって感じることはできません。人生の後半に差し掛かるミドルエイジになって初めて、人間は衰えていくことを実感を持って悟るのです。

30代はその予感はありますが、多くの場合は実感を持つには至りません。30代はまだ自分の体に決定的な衰えは見えず、一方で経験を積むことにより知識は増えていくので、「自分はこれからも成長することができる」という感覚を持ち続けられるのです。

「自分は成長し続けられる」という〝幻想〟

ミドルエイジになると、「自分はこれからも成長することができる」という〝幻想〟がいよいよ崩れ去ることとなります。

若い頃はいくらでも無理が利きますし、頑張ることができます。私もそうでしたが、10代、20代は体のメンテナンスなど気にしなくても済みます。体は自分の言う通りになってくれて、思う通りに動いてくれる。少しぐらい酷使したとしても大丈夫。徹夜や休日出勤などしたとしても、次の日も元気に働けます。

私は20代の研修医の頃、救急病院の夜間当直の見習いをしていて、指導医の横について勉強していました。私にとって当直は新しい経験をして医師として成長できるチャンスであり、充実感があったため、病院に泊まることが全く苦にならなかったのです。

当時の自分は体がだんだん壊れていくことを知りませんでしたので、年配の指導医が当直を心底苦痛だと感じていて、翌日だるそうにしているのが不思議で、指導医のことを「だらしないなあ」ぐらいに思っておりました。今にして考えると本当に失礼だったと思いますし、その頃の自分に「おい、お前は本当に分かっていないなあ。いずれ思い知ることだが、お前も40代になったら、徹夜の後は全く使い物にならなくなっているぞ！」と言ってやりたいです。

そして、30代に入ると、徐々に無理が利かなくなります。ただし、まだ切迫感があるほどではありません。少しぐらいだるくても、最近「運動不足だからしょうがないな」と自分に言い聞かせます。

この段階ではまだまだいける気がするからなのか、「体をちょっと鍛えれば、また元気になれる」とか、「ダイエットをして体を締めればすぐに生き生きできるだろう」などと、あまり深刻に考えないことの方が多いようです。

しかし、40代になると、多くの人は本格的に無理や頑張りが利かなくなります。体のメンテナンスをしていなければ、人によってはひどい肩こりや腰痛に悩まされます。走ればすぐに息切れをするし、代謝が落ちているので、食生活に気を付けなければどんどん太ります。

若い頃は睡眠のことなど気にしたこともなかったのに、40歳を過ぎると朝すっきり目覚められず、１日中何となく集中力が落ちてしまうことが苦痛で、「睡眠の本」を読むようになります。ここまで来ると、体に対するイメージは様変わりしています。

20代の頃の「少しぐらい酷使しても思い通りに動いてくれる」という体に対する信頼はすっかり消えうせ、「大切に扱ってやらないとすぐ機嫌をそこねてしまう厄介な存在」になっています。このことを悟るときが、自分の心の支えになっていた「自分はいつまでも頑張れるし、成長し続けられる」という〝幻想〟が失われる瞬間です。

特に、自分が興味を持てないことにエネルギーを出すのが難しくなります。そうすると、20代の頃は時に楽しく感じることもあった、努力して新しいことを身に付けたり、頑張り続けて成長することが、すごくつらくなってしまうのです。こうなると、いわゆる「たゆまぬ努力」は一切できなくなります。

私の知人で実際にミドルエイジクライシスを経験した人は、これを「コップの水」に例えていました。40代に差し掛かったくらいから、自分でも気づかないうちにコップの水が徐々にたまっていく。ただ、これは後から振り返ると分かることで、その当時は徐々にたまっていることに自分でも気がつかなかったそうです。

コップが満杯になるまでは「疲れているだけ」くらいの認識しかないのですが、いざコップの水があふれたときにはもう遅い。もはや、その段階から立ち直るのは容易ではありません。実際その方は、会社を休職することになりました。

〝幻想〟にしがみつき続けることの危うさ

コップの水がたまってきたとき、やってはならないのは「自分はいつまでも頑張れるし、成長し続けられる」という〝幻想〟にしがみつき続けることです。変な言い方に聞こえるかもしれませんが、40代までくるとそもそもあまり頑張らない方がよいのかもしれません。

それまで自分を鼓舞し、無理を押してやってきた人ほど、大切にしていたこの〝幻想〟を手放すことが簡単ではありません。頑張ることができないのは自分の努力が足りないからだと思ってしまい、自分自身が怠け者に思え始め、場合によっては自己嫌悪に陥ってしまうこともあります。

強い意志力を持っている人であれば、さらに体にムチを打つことで、会社での昇進を果たすことができるかもしれません。しかしこの場合、多少、承認欲求は満たされることはあっても、無理をする苦しさの方がはるかに勝ってしまうので、頑張ることの楽しさが感じられなくなります。そして、いずれは「これから先、頑張り続けたからといって、一体何の意味があるのだ」という疑問が頭をもたげるようになります。

体は何でも言うことを聞いてくれるという若い頃のイメージを忘れられない弊害は他にもあります。例えば、40歳を過ぎると徐々に睡眠の質も悪くなります。生活習慣を改めることによって改善することもありますが、改善しない部分については「そういうものだ」という良い意味での諦めも必要です。しかし、もしここで「すっきり眠ってすっきり朝目覚める」という若い頃の感覚を追い求めすぎると、睡眠薬を使うようになり、その量が徐々に増えていき、しまいには睡眠薬依存症になってしまいます。

睡眠薬ならまだ傷は浅いですが、元気がみなぎっていた若い頃の爽快な感覚を取り戻そうと覚せい剤などの違法薬物に一度手を出してしまったら最後、その後の人生は薬による精神の支配とは無縁でいられない運命が待ち受けています。

なので、〝幻想〟を手放すことはつらいことなのですが、ここでは現実に目を向け、それを前提とした「幸せ」を探す旅に出る覚悟が必要です。その「現実」とは何か。言葉にするととっても怖いことかもしれませんが、人生後半は徐々に、しかし確実に自分は「老」いていき、最後は「死」という終着点が待ち構えているという現実です。「死」に至るまでに、大きな「病」が待ち構えているかもしれません。

聞きたくないことを歯に衣着せずに言うなあと思われるかもしれません。しかし実はこれはとても大切なことで、仏教の有名な教えである「生老病死」という考えと同じことを申し上げています。

生老病死は「四苦」とも言いますが、これらは人の常で、人間が操れないものであることを教えています。そして、仏教の中では必ずしもネガティブな文脈ではなく、「四苦」は人生の真実に気づかせてくれるきっかけになるという意味あいがあるのです。

「自分は成長し続けられる」という〝幻想〟を手放した後に得られる、現実を前提とした「幸せ」とは何か？　後ほど詳しく述べていきますが、この〝幻想〟を手放すことで、人は未来のために今を犠牲にして生きるのではなく、今を生きることを一生懸命考えるようになります。そうすると、人生前半には気づかなかった景色が見えてくるのです。

社会的に成功すれば幸せになれるという〝幻想〟

ミドルエイジに終焉《しゅうえん》を迎える〝幻想〟には2つあります。1つ目は今まで書いてきた「自分は成長し続けられる」という〝幻想〟でした。もう1つ、この時に崩れるのは、「社会に適応して成功すれば幸せになれる」という、頑張る方向性に関する〝幻想〟です。

誰もが物心がついたときは無邪気で、目の前のさまざまなものに興味を持って心のままに遊び、嫌なものは嫌と言い、つらいことがあれば泣いていたでしょう。素朴で本質的な疑問、「宇宙の果てはどうなっているの？」とか、「人は死んだらどうなるの？」という問いを持っていたかもしれません。しかし、その「心のまま」の在り方はだんだん加工されていきます。「人は死んだらどうなるの？」という質問ははぐらかされて、「そんなことは考えなくていい」と言われてしまうかもしれません。

特に私の時代はそうでしたが、幼い頃のしつけに始まり、小学校以降は管理的な教育を受け、「偏差値が高い大学を出て有名な会社に入れば幸せになれる」という価値観が植え付けられます。植え付けられた価値観に沿って生きるには、「本当はこうしたい」という気持ちを押し込め、我慢をしなければなりません。

我慢を強いられすぎると、思春期に「人はなぜ生きるのだろう」という疑問を持つこともあるかもしれませんが、それでも多くの人は社会人になると再びその疑問を押し込めます。さらに、組織の中で生きている中で「我慢」が当たり前になり、自分が「我慢をしている」ことに無自覚になってしまうこともあります。

最近はだいぶ時代に合わなくなりましたが、日本語には「滅私奉公」という言葉が存在していて、そうあるべき価値観の1つとして日本人に受け入れられていました。滅私奉公の意味は、「私利私欲を捨てて、主人や公のために忠誠を尽くすこと」ですが、これは頑張る方向性に関する〝幻想〟の典型的な例です。そういう生き方をしてきた人が、いちばんミドルエイジクライシスに陥りやすいと言えます。

一昔前の日本には、この言葉を地で行くかのように、自分や家族の幸せなんて二の次に、全てを会社にささげるような生き方が正しいというか、当たり前のこととして信じられていた時代があります。当時は終身雇用が維持され、会社も「社員は家族」と考え、大切にするということが日本的な経営の典型的な考え方でした。

しかし今や終身雇用の時代は崩れ、日本的企業の代表とも言えるトヨタ自動車でさえ、豊田章男社長が「終身雇用の継続は難しい」と明言したことが記憶に新しいです。人生の中盤まで仕事一辺倒で全てを会社にささげてきた人は、リストラなど、会社が自分を守ってくれないという現実を知ったとき、気持ちの折り合いをつけることに苦労します。「自分を殺して会社に全てをささげたけど、会社はそれに応えてくれない。今までの頑張りは一体何の意味があるんだろう」と思った瞬間、心は空っぽになってしまい、虚無感だけが残ってしまいます。

仮に運よく会社に定年まで勤められたとしても、滅私奉公の生き方はやはりどこかで行き詰まってしまいます。会社を自分の家だと考え、全てを会社にささげてきた人も、退職によって会社という家から放り出されるので、その後の居場所が見つからずに、どうしたらよいか分からなくなってしまうからです。実際、退職後にうつになってしまったり、その気持ちの落ち込みを紛らわすために酒量が増えてアルコール依存症になってしまう人もいます。退職後は肩書もなくなり、会社の一員であるというアイデンティティはなくなってしまうからです。

人生後半に入ると、だんだんこのような全体像が見えてきて、これからの自分のキャリアが予測できるようになりますし、退職後の自分を意識するようになります。そして、今まで頑張ってきた方向性が〝幻想〟であったことに気づくのです。

「退職後は仕事上のアイデンティティがなくなってしまう。仕事ばっかりやっていて、そのあと孤独になったらどうするんだ」などと考えるようになると、出世や大きな仕事をやること、または会社で業績を残すといったことに、人生前半ほど意味を見いだせなくなってしまうのです。

このように、「社会に適応して成功すれば幸せになれる」という〝幻想〟は、だんだん色あせていきます。一方で、「ではどういう方向に進めば自分の心が本当に豊かになれるのか？」ということについては誰も教えてくれないので、進む方向が分からずに途方に暮れてしまうこともあります。そして、やはり今までの価値観にしがみついてしまう、あるいはその価値観から逃れられない人も多いでしょう。

そうすると、むなしさを抱えながらも、仕事を断って会社から役に立たないと思われるのはやはり怖いので、やりたくないことをつい引き受けてしまいます。しかし、40代を過ぎると、自分が興味を持てないことにエネルギーを出すのが特に難しくなり、抱え込んだ仕事をこなすのが苦しくてしょうがありません。なので、押し寄せてくる仕事におぼれてしまっているような感覚になってしまうこともあるでしょう。

若い頃には〝幻想〟を持つことが必要だった

ここまで、人生前半は2つの〝幻想〟を持ち、ある意味この〝幻想〟を原動力として生きることを述べてきました。ただ、〝幻想〟を私は「悪いものだ」と言いたいわけではなく、これは人生前半には必要なものです。若い頃はまだ見ぬ将来に大きな希望と不安を持つので、さまざまなことに挑戦します。そしてこの挑戦が、世界を変革し、人類が前に進むための原動力になります。

もし若者が挑戦をせず、高齢者がそうするように人生を達観していたとしたら、どんなに世界は活気なく、つまらないものになってしまっていたでしょうか。また、挑戦した本人も、そのことを後悔することはありません。〝幻想〟から覚めた後、人生後半になって若い頃を振り返ったときに、過去の挑戦した自分を懐かしく思いながら、「若い頃は世間知らずで向こう見ずだったが、あの頃は楽しかった」と言うでしょう。

そして、その挑戦で得た経験はその人の知恵となり、その知恵は人生後半でも必ず役に立ちます。なので、誤解がないように述べておきますが、私は人生前半の挑戦を否定するつもりは全くありません。人生後半にシフトするときは、色あせてきた〝幻想〟を手放し、新たな生き方を見つける必要があるということを言いたいのです。

スティーブ・ジョブズが富を重要でないと言った理由

誰もがどこかの時点で、抱いていた〝幻想〟と現実のギャップに気づくので、人生後半になったら、程度の差はあるとはいえほとんどの人がミドルエイジクライシスに陥ります。そして、そのギャップが大きければ大きいほど、危機は大きくなるでしょう。

危機を迎えたときには人生前半に描いていた〝幻想〟にしがみつきたくなるかもしれませんが、そうではなく、「〝幻想〟を手放す時が来たのだ」と認識することが大切です。これから自分は老いていくという現実をきちんと見据えて、そのことを前提とした生き方、幸せを探求すべきなのです。

この時期は苦しいかもしれませんが、ミドルエイジクライシスは「人を成熟させ、人生後半を豊かに生きるための新しい生き方を見つける」ための通過点という意味もあるのです。

では、その道しるべはあるのでしょうか。答えは「イエス」です。私がそれをどこに見いだしたかと言うと、がんを体験した方が話してくれたことの中にあったのです。

私自身がミドルエイジクライシスに陥ったとき、やはり迷い苦しみました。気力が湧かず、むなしさでいっぱいだったときに、がん体験者の方が「これが人生において大切なこと」と指し示してくれた内容は、私の心にだんだん温かく響くようになっていきました。

彼らはがんになって、たとえ残る人生の時間が限られていたとしても、豊かに生きることができることを教えてくれました。そしてその豊かな世界の中では、他人と競争して手に入れる「地位」や「業績」、「お金」のようなものはどうでもよいのです。人間の温かさに気づいたり、自然の美しさなど、自分自身の内面の豊かさを探求するような世界がそこにはありました。

スティーブ・ジョブズが最後に言ったとされる言葉、「私が勝ち得た富は、私が死ぬ時に一緒に持っていけるものではない。私が持っていけるものは、愛情にあふれた思い出だけだ」にも、端的にそれは表れています。

ヘルマン・ヘッセの詩が教えてくれること

目標に向って
いつも私は目標を持たずに歩いた。決して休息に達しようと思わなかった。私の道ははてしないように思われた。ついに私は、ただぐるぐるめぐり歩いているに過ぎないのを知り、旅にあきた。その日が私の生活の転機だった。ためらいながら私はいま目標に向って歩く。私のあらゆる道の上に死が立ち、手を差出しているのを、私は知っているから。

引用　ヘルマン・ヘッセ著、高橋健二訳『ヘッセ詩集』（新潮文庫）

先ほどミドルエイジクライシスから抜け出すための前提条件として、早く〝幻想〟を手放し、「現実」と向き合うことが必要だと述べました。そして手放すべき第1の〝幻想〟とは、いつまでも「自分は元気に頑張れる」ということでした。人生後半は徐々に、しかし確実に「老」いていき、幾つかの「大きな病」を経験するかもしれないし、最後は「死」という終着点が待ち構えているという紛れもない事実と向き合う必要があるわけです。

がんを告知されることは、紛れもなく「大きな病」を実際に体験することであり、「老」のような衰えを予感し、「死」という人生の終着点をよりはっきり意識させられます。すなわち、人生後半に向き合う必要がある事実が、強制的、かつ強力な形で迫ってくるのです。

そして「死」という終着点が強く意識されると、「社会に適応して成功すれば幸せになれる」という第2の〝幻想〟も、スティーブ・ジョブズがそうであったように、姿を消すことになります。そして、「幸せはどこにあるのだろうか？」という探求の旅に放り出されることになるのです。

がんになって良かったという人はまずいませんが、「がんにならなければこのことに気づけなかったかもしれない」という人はたくさんいらっしゃいました。がんという体験は、「人生の真実に気づく」ということについて、強力な作用をその人にもたらすのかもしれません。

なので、がんを体験し、人生の目的を探求するための旅に出た人たちが気づいたことは、これから旅に出ようとする「ミドルエイジクライシス」の中にいる人にとって、ある意味先人の知恵とも言えます。そして、これから旅に出る人にとって心強い道しるべになりうるわけです。ヘルマン・ヘッセの詩は、まさにそのことを指し示しています。

強い父親でなくていい

自らのがん体験と向き合い、私に人生後半の道筋を示してくれた1人の方をご紹介しましょう。54歳の千賀泰幸さんは、ＩＴ関連企業で新規事業開拓の責任者として全国を飛び回る仕事の鬼でした。妻と3人の子供の5人で暮らしており、家族を守る強い父親であることが自分の役目だと思っていました。

しかし、ある日進行性の肺がんが判明し、何もしなければ5年生存率5％と言われたそうです。「病巣が肺門にありリンパ節に転移しています。動脈に隣接していることから手術は難しく、勧められません。治療としては抗がん剤治療と胸部放射線治療の組み合わせをお勧めします。ただこの治療も、5年生存率5％を20％にするものにすぎないことはご理解ください」。

そう担当医に告げられたとき、「なるほど、自分はがんで死ぬのだ」と、千賀さんはどこまでも冷静に受け止めたはずでした。そして最初に思ったのは、「マンションのローンの残りは、自分が死ねば終わる」ということだったそうです。

時が有限なのは、すべての人と同じ。
起きてしまったことに是非はない。受け入れるしかない。

千賀さんはそう自分に言い聞かせていました。今から思えば、この時も無理に「強い父親」であろうとしていたのかもしれません。しかし、その後2カ月の入院中、千賀さんは治療を受けながらカーテンを閉め切って1人、泣き続けました。治療の苦しさや死の恐怖ではなく、家族を残して逝ってしまうこと、家族を守ってやれなくなる自分の無力を嘆いてのことでした。強かった自分が弱い存在になっていくのがどうしても受け入れられなかったそうです。

精神的に行き詰まった千賀さんは私の外来に通うようになります。ある日、体力が落ちているので息子さんに通院に付き合ってほしいと頼むと、すんなりとついてきてくれたそうです。それまで頑固な父親と息子の関係にお互い距離を感じていましたので、息子が自分の求めに応じてくれたことは千賀さんにとってとてもうれしいことでした。

千賀さんは病院に行く道すがら、息子はさりげなく自分を守ってくれていることに気づきました。下りのエスカレーターでは自分の前に立ち、上りのエスカレーターでは自分の後ろに立ってくれた。いつの間にこんなに成長したのだろうと、驚いたそうです。

私との診察の際、千賀さんに「最近どうですか？」と声をかけると、次のようなことを言います。

「先生、やはり感情のコントロールができなくて困っています。まだ、さめざめと泣いてしまうのです。私は家族をいつも守ってきたのです。かっこいい父親でありたかったというか、家族にとってのヒーローだったんです。ヒーローが泣いてはマズイでしょう」

そう言いながら、涙声になっていることに、千賀さん自身がいちばん戸惑っていました。

ほんの少しの沈黙が流れた後、横に座っていた息子さんがこう話しだしました。

「父は昔から家族にいつもこう言っていました。困ったことがあったら、助けてやるって。

例えば、もし、いじめられたら父さんが相手をやっつけてやるからって。そんな感じで父はずっと、家族を守ってきたのです。病気になったからといって、父は私たちにとってかけがえのない存在であることは変わりません。今でも、親父はわが家のヒーローです」

この息子さんの言葉に、千賀さんの涙はあふれ、私は温かい気持ちに包まれました。その時、「強い父親でなければならない」という、千賀さんがずっと縛られていた価値観から自由になったようです。

その後、千賀さんは、「強い父親」であるために歯を食いしばって頑張る（今を犠牲にする）のではなく、その瞬間を味わいながら日々を過ごし、今を大切に生きるようになりました。

ある日、千賀さんは次のように語りました。

「実は、がんになる前は気づかなかったことに気づき始めたのです。がんになる前は、ばかばかしい話ですが、死なないつもりで生きていました。死なないつもりだと、時はあっという間に流れていきました。

通勤時に電車に乗るときはね、音楽を聴いていたんですよ。ヘッドホンで。でも、今はもったいなくて。駅への道すがら、木々を抜ける風の音、通学する小学生の声、雑踏の音さえもいとおしく感じられるようになったんです。季節のうつろいに合わせて木々の色はもちろん、風の色が違うことにも気づくようになりました。そして、季節は必ず巡ることも」。

千賀さんは幸い肺がんが発症して5年たった今も存命で、以前のようにすべて元気にというわけにはいかないようですが、幸せな日々を送っておられます。以下の文章は、肺がん発症後2年目の時、社内のSNSに綴《つづ》ったご自身の文章です。

「朝のハグ」

毎日、出勤の時に玄関で妻がハグしてくれます。新婚当時もそんなことはなかったのに(てれっ)。

病気になって残念なことはありますが、残念なことばかりでもない、と思います。

初老の夫婦のハグですが、妻がチャーミングなので、勘弁していただきたい。

病気をする前は、自分が妻や家族を守っている、守らねば、そう、強く思っていました。

ところが、病気になったことで、妻や子どもたち、友人たちと、本当の意味で「再会」

することができました。それまで、自分の勝手なフィルターでしか、家族を見ていなかったのです。

自分が強ければ、守ってやれる。それはそれで間違ってはいなかったかもしれません。

でも実際は、妻に支えてもらっていた。みんなに補ってもらっていた。

そんな「自分」とも、病気のおかげで再会できました。

いつか来る別れの時におびえて暮らすより、一緒にいられる日々を想って暮らしたほうが楽しい。

やっとこさ、そんな気分になった夫婦です。

肺がんと宣告されてから、もうすぐ二年目の春に

引用　稲垣麻由美著『人生でほんとうに大切なこと がん専門の精神科医・清水研と患者たちの対話』（KADOKAWA）

がん体験を経た千賀さんが示したのは、「強い父親」というイメージに縛られることから自由になり、あるがままの自分を肯定し、温かい関係性（愛）や日常にある輝き（美）に対

する内面の豊かさを育むことです。この方向性は、がん体験者だけでなく、ミドルエイジクライシスの中にいる人にとっても1つのヒントになると思います。

なぜなら、もし自分自身がこれから衰えていくとしても、日々に愛や美しさを感じられるとしたら、幸せを感じることができるからです。ミドルエイジクライシスで日々に苦しみを感じ、むなしさを抱えている人は、自分もできればそうなりたいと願うでしょう。ただ、「ではあなたもそうなりましょう」と言われても簡単に変われることではないかもしれません。

さあ、新しい人生の旅に出よう

がんという病気を体験すると、人生の目的を探求するための旅に放り出されることになると申し上げました。

一方で、ミドルエイジクライシスの場合はそれとは異なり、知らないうちに危機が忍び寄ります。探求の旅に放り出されるような突然の激しさや厳しさはありません。

ですので、今まで安住の地だと思っていた場所が、だんだん居心地が悪くなっているにもかかわらず、なかなか新しい旅に出ようという踏ん切りがつきません。居心地が悪い場所をなんとかリフォームしていつまでも居続けようと、間違った対処をしてしまうことも少なくありません。

間違った対処、すなわち〝幻想〟にしがみついて問題を慢性化させてしまう難しさが、ミドルエイジクライシスにはあるのです。

しかし、たとえミドルエイジクライシスのからくりを知り、そこからスタートする旅の地図を示されたとしても、地図を眺めているだけではあなたの旅は始まりません。やはりあなた自身が勇気を持って一歩踏み出すことが必要です。

本書では、皆さんが新しい旅に踏み出せるように、ミドルエイジクライシスを経験した私が一緒に考えていきたいと思います。

第2章

しっかり悲しみ、しっかり落ち込む

——負の感情が折れない心をつくる

ミドルエイジクライシスから抜け出るためには、「自分は成長し続けられる」という〝幻想〟を手放すことが必要だと述べました。〝幻想〟を手放し、現実を直視することは、豊かな人生にたどり着くことにつながります。

最初は怖いかもしれませんが、人生の最後に「死」という終着点が待ち構えているという現実と向き合うことについて、この章では述べたいと思います。

もしかしたら、「死」というものはとてつもなく恐ろしいものだ、考えない方がよいものだと思われている方もいるかもしれません。

現代社会全体が、「死」から目を背ける傾向にあり、私たちも知らず知らずのうちに社会の風潮に影響を受けています。しかし、目を背けることをやめてみることで、見えてくるものがあるのです。

「死」を考えないようにする現代の病理

「病気で死んでしまうかもしれない、って言われたのだけれど、ちょっと話を聴いてくれないかな」

もし友人から、このような相談を受けたら、あなたは何と答えるでしょう。

「死ぬなんて、そんな縁起でもないこと言っちゃダメだ。弱気にならないでほしい。きっと大丈夫だから……」

そう答えてしまうかもしれません。

死についてきちんと語り合おうとしてもそれがなかなか難しい。「死」については考えないようにしようという風潮が現代にはあると思います。

例えば最近は人生100年時代と言われます。そうすると高齢者の入り口と定義されている65歳もまだまだ通過地点であり、「どうやって長い老年期を生きようか？」ということをまず考える方も多いでしょう。

平均寿命が延びたのはとっても良いことですが、その一方で、人生100年時代という言葉には、「死」について考えることは後回しにしようという思惑が透けて見えます。そして、私たちが「自分は成長し続けられる」という〝幻想〟を手放すことを邪魔してしまうのです。

なぜこのように「死」は現代社会の中で避けられ、隠されてしまうようになったのでしょうか。私はその理由について、次のように考えています。

人間は動物としての生存本能を持っているので、自らの死を予感させるものには強い恐怖を感じるようにできています。

例えば高所に立つとか、どう猛な動物に遭遇するとか、ピストルを突き付けられるとか、そんなときは強い恐怖感に襲われ、動悸《どうき》や震えが起こるなど、心も体も強い反応を起こします。

一方で人間が他の動物と明らかに異なるところは、「未来を予測できる」というところです。死に対する恐怖を持ちつつも、自らの人生には限りがあり、いつか必ず死がやってくることを知っています。これは、人間が進化したために生じた葛藤とも考えられます。

死を恐れつつも、そのことが避けられないという葛藤に対して、人はどうやって向き合ってきたのでしょうか。実は時代をさかのぼって中世の頃では、多くの人が「死」について具体的なイメージを持っていました。

というのは、人は宗教を信仰し、その中で死後の世界が説明されていたからです。「死んだ後に来世がある」、「良い行いをすれば極楽浄土に行くことができる」、「天国に行くことができる」というような世界観を多くの人が信じていたのでしょう。

一方、現代社会では宗教を信仰する人の割合が相対的に低くなり、科学をベースにものを考えるようになりました。

しかし科学は「人間は死んだらどうなるのか」という問いに対しては納得がいく説明をすることができないので、「死」については謎が残ってしまいます。そうすると現代人はどうするのか。最も手っ取り早いやり方として、説明ができない「死」については「考えることを避ける」という方法を、多くの人がとるようになったのです。

しかし、がんなどの命に関わる病気に罹患したり、大切な人が亡くなったりする経験があ

図1｜人がショックから立ち直るプロセス

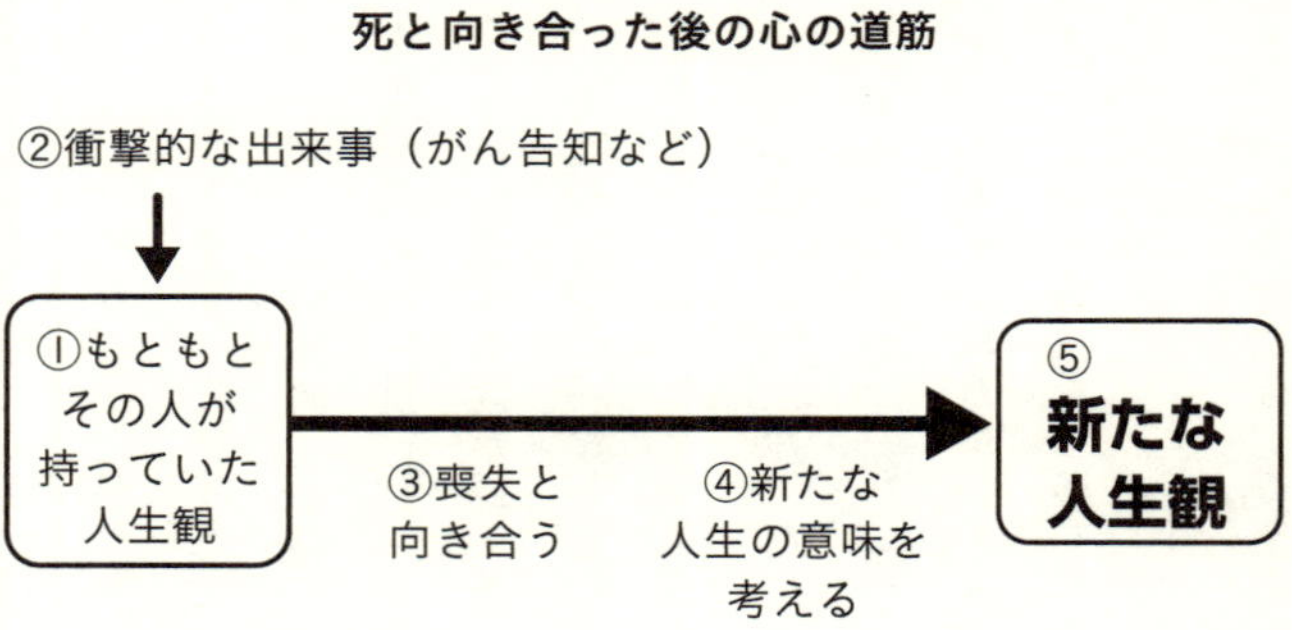

心的外傷後成長（Posttraumatic Growth：PTG）モデル　Calhoun & Tedeschi 2000

ると、「死」の問題と直面せざるを得なくなります。そして、「考えることを避ける」という表面的な対応から次の段階の対応に進みます。そして、「死」という問題ときちんと向き合って考えるようになるのです。

私はがんを体験した人の姿から、人は「死」を見据えながら生きることができること、「死」を見据えることは生を輝かせることにつながることを教えてもらいました。

どうしたら「成長し続ける」という〝幻想〟から離れ、人生後半の「死」という終着点を見据えた豊かな人生にたどり着くのか、まず、がん体験者がたどる心理的プロセスを示します。

図1をご覧ください。これは、心的外傷後成長モデルという心理学のモデル※で、がんなどの衝撃的な喪失体験をした後、心はどういう道筋をたどるのかを説明しているものです。人には「①もともとその人が持っていた人生観」があるのですが、がん告知などの「②衝撃的な出来事」が起きると、その人生観が崩れ去ってしまいます。

その直後はつらい考えや感情が巡り、その人は「③喪失と向き合う」という最初の課題に取り組むことになります。つらい感情が徐々にやんでくると、「④新たな人生の意味を考える」という2番目の課題に向き合い、その結果「⑤新たな人生観」が作られるのです。

ミドルエイジクライシスは、衝撃的な出来事により一気に人生観が崩壊するのではなく、徐々に人生観を手放すという点で異なりますが、それ以外の部分は共通することが多いので、大いに参考になります。27歳で進行がんに罹患したある患者さんの例を元に、この①―⑤のプロセスを説明してまいりましょう。

※引用文献
『心的外傷後成長ハンドブック　耐え難い体験が人の心にもたらすもの』（医学書院）
原著編集：Lawrence G. Calhoun/Richard G. Tedeschi　監訳：宅　香菜子／清水　研

❶もともとその人が持っていた人生観

人生100年時代という声も聞こえてくる中、現代人は長生きできることを当然と考えるようになりました。大きな病気などを経験したことがなければ、多くの人は、これから自分の人生は10年、20年と当たり前のように続いていくと思いこんでいます。

27歳の岡田拓也さんも、自分が死ぬなんてことは、はるか先のことで、そのことについて真剣に考えたことなどありませんでした。これから成長し続けることにしか目は向かず、とてもストイックな生き方をしていました。岡田さんは金融機関に勤めていて、責任感が強く、与えられた役割を果たすためにあらゆる努力をいとわなかったそうです。

周囲からはその能力を認められていましたし、近い将来は海外にも赴任したいと考えており、プライベートな時間を外国語の勉強に充てたり、体力づくりにジムに通ったりするような生活をしていました。交際範囲も広く、友人も多くいましたが、岡田さんにとって交流の目的は安らぎではなく、自分を高めるために刺激を得ることでした。なので、自分にない新しい視点を提示してくれるような友人との時間を大切にしていたそうです。

人生前半に誰もが持つ〝幻想〟に基づいた見取り図とも言えますが、岡田さんのもともと持っていた人生観は、「何事も努力すれば成し遂げられる」というものでした。「5年先、10年先、そしてさらに先にある未来の夢を実現すること」が人生の目的であり、そのためにあらゆる努力をいとわなかったわけです。

❷衝撃的な出来事

ところが、岡田さんはある日何となく体の不調を感じます。一時的な問題だと思っていたのですが、だんだん体のだるさが強くなり、体重が減ってきました。病院を受診し、「精密検査が必要」と言われたときに少し嫌な気分になりましたが、きっと大したことはないだろうと、楽観的な見方をしていました。

しかし検査を受けた後、主治医から「あなたの病気はスキルス胃がんで、根治することは難しい」と伝えられた時、頭が真っ白になりました。これが現実に起きていることだとは信じられなかったそうです。目の前の先生の説明が自分のことを言っていると思えず、ドラマでも見ているのではないかという他人事の様な感覚を持ちました。

その後の記憶が飛んでしまっていて、帰り道に家にどうやってたどり着いたか覚えていなかったそうです。岡田さんは、家に帰った後も放心状態で、その日はほとんど眠れなかったそうです。しかし、朝方少しだけ眠ったのちに目覚めたときに、「ああ!、やはり昨日の出来事は現実なんだ!!」という実感とともに、激しい絶望感が一気に襲ってきたそうです。インターネットで自分の病気を検索すると、「5年生存率7%未満」という数字が飛び込んできて、愕然《がくぜん》としました。

❸課題1:喪失と向き合う

まだまだ何十年も生きていけると思っている人が、「あなたは、1年後に死ぬかもしれない」というがん告知をされると、「もともと持っていた人生観」がガラガラと音を立てて崩れ去ってしまいます。その瞬間に、暗黙のうちに当然のものと思っていた、生きていく上での前提条件が崩れ去るので、その直後は一時的に生きる意味が分からなくなってしまいます。

そして、それまで思い描いていた人生が来ないことを悟ったとき、その人は「喪失(失ったもの)と向き合う」という、最初の課題に取り組むこととなります。後ほど詳しく説明しますが、ここで大切なのは「怒り」や「悲しみ」などの負の感情を抑え込まずに、表すことです。これらの負の感情は心を癒やす力があります。

岡田さんは「27歳の自分は健康な生活を送って当然だ」と思っていたのに、大して悪いこともしていない自分が「進行性のスキルス胃がん」になってしまったことに納得がいかず、「なんで私がこんな目に遭わなければならないんだ」という考えが頭から離れなかったそうです。岡田さんは激しい怒りを抑えきれず、叫んだり、物に当たったり、両親に八つ当たりをすることもあったそうです。しかしいくらあがいても、現実は揺るぎなく目の前に立ちふさがり続けるので、怒るのにも疲れてきました。

岡田さんの怒りの感情が徐々に収まってくると、今度は悲しみで気持ちがいっぱいになったそうです。悲しみは「自分にとって大切なものを失った」時に生じる感情で、心を癒やす働きがあります。岡田さんは、それまで描いていた希望に満ちた未来を諦めなければならないことを考えると、涙が止まらなかったそうです。

❹課題2：新たな人生の意味を考える——

岡田さんの怒りや悲しみがやむことはありませんでしたが、「これは夢ではない。この現実からは逃れられないのだ」ということを悟ったとき、岡田さんの中で新たな問いが生まれました。「10年先がないとしたら、人は何のために今を生きるのだろうか」。ここから、2つ目の課題である、病気になった人生に意味を見いだすための格闘が始まります。

最初は書店でさまざまな本を手に取ってみたそうですが、ほとんどの本が人間が長生きすることを前提に書かれており、むしろ気がめいってしまったそうです。

そんな頃に岡田さんは私の元にカウンセリングを受けるためにいらっしゃいました。苦しくて、いっそ死んでしまおうと思っていたところ、担当医からがん患者の心のケアをする医師がいることを教えてもらい、一度どんなものか話をしてみたいということでした。岡田さんは最初カウンセリングに対して半信半疑で、「あなたに私の気持ちが分かるのか?」という疑いの目で私を見ているような様子でした。その背景には、自分より長生きできるであろう私をうらやむ気持ちがあったのかもしれません。私は今までのひと通りのいきさつを伺い、次のような私なりの理解を伝えました。

「岡田さんは将来のために『今』を生きていたんですね。別の言葉で言うと、将来のために『今』を犠牲にしていた。だから『今』の生き方が分からない」

そうすると岡田さんは「その通りだと思う。自分はどうしたらよいか、一緒に考えてほしい」とおっしゃいました。少し私に頼ってみようと思われたのかもしれません。

そして、岡田さんが「今をどう生きたらよいのか」という課題に取り組むためのコーチのような役割を、私は引き受けることになったわけです。岡田さんがその後どのようなプロセスをたどられたのかについて気になられるかもしれませんが、それはまた後の章で書かせていただきます。

❺新たな人生観

新たな人生の意味を考えた先にはどのような世界があるのか。心理学領域における心的外傷後成長に関する研究から、その人の考えには5つの変化が生じうることが明らかになっています。

それは、次の5つです。

①人生に対する感謝

②人間としての強さ

③新たな視点
④他者との関係の変化
⑤精神性的変容

がんなどの危機を体験した人全てにこの5つの変化全てが起きるわけではないのですが、それぞれの人の考えの変化の内容を注意深く見ていくと、この5つのうちの幾つかに当てはまることが多いです。この5つの変化の具体的な内容については、この後本書の中で説明していきます。

今日生きていることに感謝する

「死」を意識することは怖いことですが、その裏返しとして、5つの変化のうちの1番目である「人生に対する感謝」の念が湧きます。がんになると、「いつまで自分が生きられるんだろうか」という不安や恐れが生じますが、「実は今日1日を生きていることが当たり前のことではないんだ」という考えが出てきます。

人間は、希少であるものに価値を置く習性があるのです。貴金属のゴールドも、そこらへんに転がっていたら、誰も見向きもしなくなるでしょう。人工ダイヤモンドであるジルコニアは素人が見ると、絶対に天然物との区別はつかないと言われています。しかし、ジルコニアの価格は天然物の数十〜数百分の一でしかありません。

同じように、時間が永遠に続くと錯覚していると1日を粗末にしてしまいがちですが、時間が限られているとすると、1日1日がとても貴重に思えてくるわけです。そして、「今日1日を生きられることに感謝したい」と思うようになる方もいます。

私たちは、特に若い頃はついつい人生は当たり前のように今後も続いていくと考えがちですし、1年後も2年後も変わり映えのしない日々が続いているように思っています。そう思っている方が心は安定するかもしれませんが、ミドルエイジクライシスという観点からは、そうではない可能性、例えば「自分の人生は1年後に終わっているかもしれない」ということにしっかり目を向けた方がよいのです。

また、たとえ長生きできるとしても、これからの人生の中では今日がいちばん若く、これからますます体は弱っていくことからは逃れることができません。「人生に対する感謝」は、「自分が常に成長し続けられる」という〝幻想〟を手放した後、私たちの人生観に位置づけられる考え方なのだと思います。

お1人、患者さんの例を紹介しましょう。この方は70代の男性で、玉川淑雄さんとおっしゃいます。

玉川さんは、ヒッピー文化が盛んだった頃70年代に大学生時代を過ごし、バンドをやったり、女の子をナンパしたりと、若い頃は自由な人生を大いに謳歌《おうか》されていたそうです。マスコミ関係の仕事をされ、ずっと独身だったそうですが、50歳になってから10歳年下の奥様と結婚されたのだそうです。

実は、玉川さんはすでに亡くなってしまったのですが、亡くなる前にこんな言葉を残してくれました。

「今は、体が思うように動かなくて悔しいけど、今まで健康で生きてこられた、丈夫な体に産んで育ててくれた母に感謝している。

他にありがたく思うのは、気心の知れた友人たちで、皆、私のことを励ましてくれている。これからの時間、友人との関係も大事にしたい。

結婚生活でも、妻と食べる1食1食の食事を大切にしたいと思う。いつまでご飯を食べられるか分からないから、妻と一緒に楽しくおいしい食事を、できるだけ数多くしたい。食べることも、もはや簡単なことではなくなってしまったが、ささやかな願いである。

ずっと妻が行きたいと言っていて実現していなかったエーゲ海のクルーズにも行きたい。もう一度くらいは、妻の母がいる長崎に、妻のために挨拶に行きたいとも思っている」

時間が残りわずかだと思うと、病気になってから、ずっと面倒を見続けてくれた奥様と一緒に食事することや、和やかな時間を過ごすことが、「あと何回あるのだろう」と非常に貴重に思えたのでしょう。

喪失を経験されて、それを意識するようになったが故に、残された少ない時間の貴重さが分かったり、日常生活で普通にやっていた事柄に、かけがえのない意味を感じられたのです。

ミドルエイジクライシスとは徐々に何かを失っている状態

ある日突然、がんを告知されるということは、激しい「喪失体験」と言えます。進行したがんに罹患すると、それまでの生活で当たり前のように持っていた多くのものを失うことを余儀なくされます。激しい「喪失体験」は、死と向き合う事以外にもいろいろとあります。非常に美意識が高く、自分のスタイルに自信を持っていた女性が、乳がんになって乳房を切除しなくてはならないことも大きな喪失体験です。

料理人が舌のがんになって、味覚が分からなくなるということになれば、その人のアイデンティティが崩壊することになるので、大変大きな衝撃となることでしょう。また、がん患者さんのご家族も大きな喪失を経験することになります。大切なご家族が亡くなってしまった場合はそれまでの生活を大きく変える必要に迫られるので、はかりしれない喪失感を味わうことがあります。

生きられる日数、元気にできていた活動、肉体の一部などなど。どれをとってもかけがえのないもので、これらをなくすことの喪失感の大きさといったら想像を絶するものがあります。

岡田さんのように20代で進行がんになるような体験をすることもありますし、人生後半になればさまざまな喪失を体験する機会が多くなります。自分自身の肉体のイメージが変わり、病気になる機会も増えるでしょう。友人の大病の知らせを聞くにつれ、「自分もいつ病気になるか分からないな」ということを意識するようになります。自分を守ってくれていた両親が年老いていき、両親を亡くすという経験をする人も増えます。上昇志向の強い人が会社でミスをして出世の道を閉ざされた場合も、喪失感から同様の衝撃を受けます。

また、このように分かりやすく、ハッキリと何か大切なものをなくしたという経験だけでなく、多くの人が体験するミドルエイジクライシスのように、時間をかけて徐々に何かをなくした場合も同様です。じわじわと、ゆっくりとですが、「自分は成長し続けられる」という人生観が崩壊してしまうことには変わりはないので、同じように心の痛みとなって顕在化するのです。

先に説明したミドルエイジクライシスで閉塞《へいそく》感を抱くのは、自分でも気がつかないうちに徐々に喪失感が大きくなっていくことが関わっています。

強そうに見えるものは弱い

私はがん患者さんやそのご家族、およびがんで大切な方を亡くされた遺族の方を専門に診療を行っています。

一般的な外来診療とは別に、レジリエンス外来と銘打ち、喪失と向き合うための集中的なカウンセリングを実践しています。レジリエンスというのは、もともとは物理学の領域の言葉で、バネが元に戻る・復元力という意味があります。

この言葉が心理学にも流用され、今では一般的な心理学用語にもなっています。心理学ではこの言葉は、大きなストレスに遭ったときに、それをしなやかに乗り越える力や、一度落ち込んでもまた戻るという、人の心の柔軟性を意味しています。

例えば、頑丈そうに見える樹木があるとしましょう。幹がある程度以上の太さの木であれば、人間が力いっぱい押したぐらいではぐらつくことはありません。しかし、一旦すごい嵐が来るとこういう一見丈夫そうな木はボキッと折れてしまいがちです。

一方、決して頑丈そうに見えない柳の枝は、少しの風でもたわんで形を変えますが、風がやむと元に戻ります。

病気になったり、大事な人を失ったり、ショックな出来事に遭うと、多くの人は衝撃を受け打ちのめされます。しかし、時間の経過とともに柳のように元の形を取り戻すのです。

もちろんその過程ではさまざまな葛藤があり、一筋縄ではないのですが、このように元に戻るレジリエンスの力が人間の心の中には備わっています。

これまで何千人もの患者さんと向き合い、人間のレジリエンスの働きを目の当たりにしてきました。そうして、レジリエンスに関する学びが深くなるにつれ、実は、「強そうに見えるものは弱い」という確信を持つに至りました。

喪失と向き合う際に大切なのは、つらい気持ちを押し殺すのではなく、その気持ちときちんと向き合い、喪の作業をすることです。「そんなことが起きても自分はへっちゃらだ」、「そんなことは関係ない」などと何でもないふりをして、現実と向き合うことを避けることは、問題の先送りになり、慢性化して苦しむ時間が長くなってしまいます。

大事な人を亡くした遺族の方の場合もそうです。あえてスケジュールを埋めて日々を忙しくし、悲しむ時間をなくすという人がいますが、これも立ち直りを遅らせてしまうことにつながります。

また、遺族の方の場合、その人を思い出させる遺品の整理がなかなか進まないことがあります。また、結婚式を挙げた場所や、亡くなられた人が働いていた場所などの、思い出の場所に行けなくなる人も少なくありません。

「大切な人が亡くなった。もう会うことはできない」という事実と向き合いたくないという心の動きがそうさせるのです。向き合いたくてもあまりに苦痛が強くて向き合えないこともあるので、実際には簡単ではない事も多いのですが、現実を認めることを避けることは、「喪失と向き合う」という課題が進みづらくなってしまうことは事実です。

ですので、こういうご遺族のセラピーを行うときには、気持ちの準備ができたら、遺品の整理を積極的にやってもらったり、思い出の場所に足を運ぶようにアドバイスしています。

また、亡くなった日のことを、改めて振り返ってイメージしてもらい、「故人はもういないんだ」ということを実感しながら、積極的にしっかりと悲しんでもらうようにしています。

これらは、大切な人が亡くなった悲しみに暮れている遺族の方にとっては、最初はつらい作業になりますが、過去と別れを告げて、これからの人生を生きていく上で、必要な作業です。体に傷を負ったときと同じように、心の傷口も痛くても洗わなくてはいけないことがあります。

洗わないままにしておくと、外傷と同じように、心の傷も膿《う》んでしまい、回復が遅くなってしまうことがあります。

最新の心理学に基づいた精神科の臨床では、「悲しいときは、泣くことを我慢する必要はない。泣けるのであれば気持ちを押し込めずに泣いた方がいい。それは弱さではなく、実は強さなんだ」というアドバイスを送るようになりました。

しかしこの心理学の常識は、まだ十分には知られていないように思います。つらいことがあったとき、気持ちを押し殺してアルコールで憂さ晴らしをする方もいますが、これは最もよくないストレスへの対処法の1つです。さまざまな危機と向き合うときに、怒りや悲しみといった負の感情には大切な役割があるということを、知っていただきたいと思っております。

私の外来では、無理やり語ってもらうようなことはしませんが、苦しい胸の内を充分に語っていただきやすいようにさまざまな配慮をします。これは、悲しいときには悲しい気持ちをきちんと表すことによって、自らの力で立ち直ることができるという考えに基づいています。

悲しみの嵐が落ち着いてくると、前述の千賀さんのように「起きてしまったことは変えられない」という考えが生まれます。諦めのようなニュアンスからではありますが、現実を受け入れようとする心の動きです。そうすると、その現実を前提としてどう生きるかということを考えるプロセスが始まります。患者さんが「どこに向かうべきか?」、答えはその人の中にあるので、私が代わりに答えを出すことはできません。私は患者さんご本人たちに、「あなた自身の力で向き合っていくことができます」と促し、自分で答えを見つけてもらっているのです。

私の外来では、あくまでも主役は患者さんその人です。なぜなら私は、「人間は、苛烈《かれつ》な体験があっても、それをくぐり抜けていく力が備わっている」と信じているからです。

いかに喪失と向き合うか？

心理学の領域では、自分にとって大切なものを失うことを「対象喪失」、喪失と向き合うことを「喪の作業」と言い、喪失と向き合うときに人はどのようにしたらよいのかという問いに対しての答えが用意されています。以下は精神科医の白波瀬丈一郎先生の言葉ですが、「喪の作業」が進むプロセスを分かりやすく解説しています。

――仏教では葬儀が終わった後、初七日、四十九日、百箇日、一周忌、三回忌など法要が続きます。この習わしは精神分析の「喪の作業（mourning work）」という考えとよく一致します。別れや喪失を受け入れるには時間とプロセスが必要なのです。別れは一度で遂げられるのではなく、法要のたびに故人を偲《しの》び故人を失ったことを受け入れることで、少しずつ別れを告げられるようになるのです。

このプロセスの中で、さまざまな悲しみや泣く行動が現れてきます。ぼうぜん自失となり悲しむことも泣くこともできない時期、取り乱して泣き叫ぶ時期、自分の至らなさを悔いてしのび泣く時期、自分を残して逝った故人を恨み泣く時期、故人との思い出に浸りしみじみ泣く時期。こうしたプロセスを経て、人は故人に別れを告げ、人生の新たな歩みを始めます。

換言すれば、ぼうぜん自失となることも泣き叫ぶことも、自分や他人に怒りを向けることも、人が悲しみをしっかり受け止められるようになるまでのプロセスとして考えることができます。このプロセスを進む人にとって、そのプロセスの意味を認識し、共にいて見守ってくれる他者の存在は非常に心強いものです。――

『Cancer Board Square』２０１９年４月号（医学書院）Ｐ１７２―１７６「人はなぜ悲しむのか?」

清水　研、白波瀬丈一郎

この白波瀬先生の言葉が端的に示すように、図1で示した、「③喪失と向き合う」という課題から、「④新たな人生の意味を考える」という課題に進むには、怒りや悲しみなどの感情にふたをせず、心の赴くままに怒ったり、悲しんだりするのが非常に重要です。そして、その悲しみや怒りに耳を傾け、寄り添ってくれる人の存在は大きな力になります。

しかし、一般社会の常識は異なります。大きなショックを受けた人には、落ち込んでばかりいず、ポジティブに考えるようアドバイスをされる方が多いようです。周囲は「もういつまでも悲しんでいないで」、「悲しんでいるあなたは見たくない」、「元気を出していこうよ」などと声をかけたくなってしまいます。しかし、このアドバイスは心理学的には適切ではなく、その人をさらに苦しめてしまうことになります。

正しく怒るコツ

さまざまな喪失と向き合うときに、怒りや悲しみといった感情は大切な意味を持ちますが、その際、重要なのは、正しく怒り、正しく悲しむことです。

誰もが怒りを覚えたり、悲しい思いをしたことがあるはずです。しかし、多くの人は怒りや悲しみという大切な感情の役割を知りません。なぜ、われわれ人間は、時に怒り、時に悲しく感じるのでしょうか。

「怒り」の感情が湧くのはなぜか。まずは、こちらから説明していきましょう。

心理学では、「怒り」というのは、自分の大切な領域が、理不尽に犯されたと感じたときに発動する感情だと言われています。あるいは、「こうあってほしい、こうあるべきだ」という期待が裏切られたときに生じます。怒りという感情は間違いを正すためのもので、敵を追い払う力があります。

例えば「まだ20代なのに、なんで俺が死んでいかなきゃいけないんだ」というふうに岡田さんに怒りの感情が生じるのは、「20代は健康であるべきだ。健康なのが、当たり前だ」という、当たり前だと思っていた期待が裏切られたからです。

この時、「腹が立つ」、「ふざけるな」という怒りを抑え付けてはいけません。社会的に受け入れられる形、例えば信頼できる友人に心内を聴いてもらうような形で、やるせない気持ちを出すようにしましょう。そうすると、怒りは一般的には長続きしない感情なので、一時的に爆発したとしても、何日か繰り返すうちにだんだんと静まり、徐々に冷静さを取り戻します。「悔しいけど、現実の世界では、20歳で病気になることもあるんだ」などと、少しずつ現実と向き合えるようになってきます。

この時、心の中ではそれまで持っていた「こうあってほしい」という考えが形を変えています。「実は、今まで自分が引いていたこうあるべきだという境界線が、実はちょっと間違っていたのかもしれないな」、「20歳で病気になることもあるんだ」、「現実は自分が考えていたよりも理不尽で、厳しいんだ」というような変化が生じてくるのです。

すると「病気になってしまった」という喪失感から、今度は怒りが悲しみに変わるのです

（悲しみの説明は後段で詳述しますので、もう少し「怒り」に関して説明を続けます）。

実際問題、自分が思っていた「こうあって欲しい、こうあるべきだ」という境界線を引き直さなくてはいけない場面に直面することも、人生の中では少なくありません。しかし、一方で冷静に考えても、やはりその状況のほうがおかしいと感ずることもあります。

例えば、上司との間にトラブルがあった場合、その原因が無慈悲な上司の支配的な関係にある場合などなど、理不尽さが拭えない状況であることも現実社会では十分にあり得ます。

こういう事態に陥った場合、「怒っちゃいけない」と、ひたすら怒りの感情を抑え付けてしまうと、自分自身の心が生き生きした感覚を失い、喜怒哀楽の感情全てがマヒしてしまいます。怒る気持ちを抑え付けることは自分の大切にしている境界線を自ら放棄することと同義なので、自分の人生を生きているという感覚がマヒしていってしまうからです。

このように腹が立つのに、頑張ってニコニコして、いい人でいようとするのは、人生の楽しみを失いかねない危険な行為なのです。

一方で、めったやたらに「怒り」の感情を表に出してしまうと、社会生活を送る上で問題が生じることにもなりかねませんので、決してお勧めはできません。では、どうしたらよいか。激しい怒りの感情が湧いたときには、泣き寝入りするのでもなく、怒りを爆発させるのでもなく、「自分は腹が立っている」ということを認めた上で、取りあえずその場を離れて、まず怒りが暴発することは避けるようにします。

次になぜ自分が怒っているのかを見ていくようにします。可能であれば、信頼できる友人などに「悪いけど、ちょっと私の話を聞いてほしい」、「こういう話があったのだけど、どう思う?」と、腹立たしい感情をあらわにしながら、反応を聞いてみるのです。

色々考えたうえでも「やはり上司が理不尽だ」という結論に至ったとしたら、今度は「自分らしさを失わないためにどうするのがいいのか」、「自分にとってどうするのがいちばんメリットが大きいのか」、考えてみるのです。

上司が理不尽なのは承知の上で、会社にいるメリットの方が大きいと思えば、指示には従うが、上司の考えの方がおかしいという考えは持っておく。心は売り渡さないというのも方法の1つです。

しかし、自分が納得できない仕事をやり続けることは大きな重荷を背負って毎日を過ごすようなものですから、環境を変えることを考えることも必要でしょう。最終的に、「会社を辞める」ということも、場合によっては選択することもあります。

とにかくいちばんいけないのは、何も考えずに、ただひたすら我慢をして感情をため込んでしまうことです。自分の怒りの感情と向き合い、自分が何に対して怒っているのか、ちゃんと見極めるべきなのです。

自分の境界線を見直す必要があるときは、最初は受け入れ難いかもしれませんが、結果的に自分の視点を広げ、懐を広くすることにつながります。

例えば、日本では電車は時間通りに来るのが当たり前だとみんな思っているので、乗ろうと思っていた電車がものの数分遅れただけで、待っている人はイライラし始めます。しかし、イタリアに留学経験がある友人によると、イタリアではそもそも電車が約束通り来るという感覚がないので、数分程度遅れたくらいでは誰も怒ったりしないそうです。日本人とイタリア人では鉄道の到着時刻に関しての「べき論の境界」が異なるからです。

この例が示すように、狭い価値観にとどまらず、視野を広げることが、さまざまな考え方を理解するためのヒントになります。自分の「べき」の根拠が、「今まで自分の環境ではそうだった」というだけで他者にとっては理にかなっていないことも少なくはないので、そのことに気がついた場合は、冷静に対処して修正する必要があります。

正しく悲しむコツ

次に「悲しい」です。

「悲しい」という感情は、「自分は何か大切なものを失ってしまったのだ」ということに気がついた時に湧き上がります。

この「悲しい」という感情を正面から受け止め、しっかりと「悲しむ」と心の傷が癒えやすくなり、「喪失と向き合う」という課題が進むのです。

実際に、大切な人を亡くした遺族のカウンセリングにおいては、積極的に悲しむことが回復を助けることが科学的に証明されていますし、私自身の経験からも、このことは支持できると考えています。

悲しみの感情が生まれると、自然と涙が湧いてきます。しかし、日本では人前で涙を見せることはみっともないことだと思い込んでしまう風潮が強いので、涙を流さないようにグッとこらえて我慢してしまう人が少なくありません。我慢する癖がついていると、悲しみの感情が湧きにくくなります。

特に、男性は子供の頃から「男はめったやたらと泣くもんじゃない」と言われて育っているため、涙を我慢する傾向が女性より、より強いようです。小さい頃、私は「泣くのは弱い人間のやることだ」と繰り返し言われ、泣くと「弱虫」のレッテルを友人から貼られたものです。

また、1970年の三船敏郎さんが出演したCMには、「男は黙ってサッポロビール」というフレーズがあり、無口であることが男性のあるべき姿だというイメージが流布されていました。

しかし、実は、涙を流すことには、心の痛みを和らげてくれる効果があります。実際、泣いた後はリラックスする働きがある副交感神経が優位になるという科学的なデータも存在します。

世の中には意識的に泣くことでストレス解消を図る、「涙活」を行っている人もいます。「涙活」というと不思議な響きに聞こえる方もいるかもしれませんが、やっていることは実に理にかなっているのです。

悲しい映画などを見て泣いた後、すっきりとされた経験をお持ちの方も少なくないと思いますし、激しい失恋をした人から「思いっきり泣いたらすっきりした」という話を聞いたことがある方もいらっしゃるのではないかと思います。

このように涙を流すという行為には、心の傷を癒やす作用があるのです。

さらに言うと、涙を流す場合は、1人で泣くより、誰かの前で泣かせてもらう方が心の傷を癒やす効果が大きくなります。なぜなら心の痛みは、誰かに受け入れられたときに、最も和らぐからです。

国立精神・神経医療研究センターの堀越勝先生は、「この世に天国があるとしたら、それは安心して涙を見せられる場所だ」と言っています。

実は私自身、以前は泣くことの大切さを知らず、涙を流すことをポジティブに捉えていなかったので、患者さんが自分の目の前で泣きだすとうろたえてしまっていました。しかし、泣くことの大切さを知った今では、涙を流される様子を見ると、「ああ、この人は泣けてよかった」と思うようになりました。

ミドルエイジクライシスの喪失と向き合うコツ

「自分は健康そのもので、がんはもちろん病気になりそうもないから、喪失感なんて持てそうもない」

ここまでの内容を読んで、こんな感想を持たれた方も少なくないのではないでしょうか？

がん患者やご遺族の場合、非常に「分かりやすい」形で、自分が大切なものを失ってしまったことに気がつきます。一方、ミドルエイジクライシスの場合、自信や楽観的な見通しは徐々に失っていくのですが、失ってしまったこと自体に気がつかないのです。そして、その結果として、漠然とした不安ややむなしさを無意識のうちに抱え込んでしまっているのです。

つまり、全ての人が喪失とは無縁ではないのです。がん患者さんは失ったことに気がつきやすく、ミドルエイジクライシスはそうではない。それだけの違いでしかないとも言えますが、大きな違いかもしれません。

なので、ミドルエイジクライシスの場合は、意識的に喪失と向き合うことがレジリエンスを育み、「折れない心」を作るカギとなるのです。

コツは幾つかありますが、「ミドルエイジクライシスの元となる〝幻想〟を早く手放す方向に意識を向ける」ということがヒントになります。これはすなわち自分の老いや死を直視することでもあります。

一見つらいことに聞こえるかもしれませんが、この現実を直視することは、「今日1日」への見方が変わり、もしかしたら今生きているこの瞬間が少し輝いて見えるかもしれません。

人生100年時代。いつまでも元気で生きられるような楽観的なイメージを流布するこの言葉は口当たりはいいですが、そう信じ込んでいると落差に苦しむこともあります。2016年のデータでは、日本人が通常の日常生活を送れる期間を示す「健康寿命」の平均値は、男性が約72歳、女性が約75歳ですので、現実的にはもっと老いや病を実感する時期は早く来る可能性が高いわけです。

私自身はあと20余年で、72歳を迎えることになります。20年ってどれぐらいの長さなんだろうと思って、自分の20年前のことを考えてみると、すごく前のことのような気もしますし、つい最近だったような気もします。しかし、年々時間の進み方が早く感じるようになっておりますので、健康寿命までの時間は思いの外短いような気がしております。

死のイメージを大切にする

また、私自身は将来と過去、2つの「死」にまつわるイメージを意識するようにしています。「将来の死」に関するイメージとは、臨終を前にして、ベッドから動けなくなって天井を見つめている日々のことで、いつかはわかりませんが、私はその日が必ず来るだろうと思っています。

そして、あえてその時が1年後であると仮定して考えてみるようにします。1年後にベッドに居る自分から、今の自分を振り返って見たら、体が自由で何でもできることをとてもうらやましく思えるでしょう。そうすると、退屈に思えた今日1日が違って見えます。公園の木漏れ日の中を散策する時間も、友人と語り合っている時間も、風呂の中で心地よく湯船につかっている時間も、とってもいとおしく感じてくるのです。

自分の中にある「過去の死」のイメージも大切にしています。私は学生時代に自動車の無謀運転で、一歩間違えれば死んでしまっていたようなことが実際にありました。

思い出すだけでも身の毛がよだつような記憶なのですが、でもその時のことが頭に浮かんだときはしばしその記憶と向き合い、私もあそこで死んでいたのかもしれないな、などと考えるようにしています。

そうすると、心が凍り付いてしまう記憶が去っていった後に、今生きていること、時間が与えられていることをしみじみと感じ、温かい感覚に包まれます。皆さんの体験の中でも、「もしあのときこうだったら命に関わっていたかもしれないな」というものがあれば、その記憶を大切にしてください。最初はつらいかもしれませんが、私のように、味わってみるのも1つの方法でしょう。

将来と過去の死のイメージを大切にすることにより、「人生には終わりがあるし、それは突然やってくるかもしれない」ことを意識することにつながります。これらのことは、「自分はいつまでも元気で頑張り続けられる」という〝幻想〟を打ち砕く方向に働いてくれます。

「死」との向き合い方

「自らの死を直視する」ことは、今まで死について考えることを避けていた方にとっては怖いことかもしれません。しかし、「死について考えないようにする」というやり方は、死の恐怖に対応する第1段階です。表面的で応急処置のような方法なので、それほど死の問題

図2｜人が「死」を恐れるのはなぜか？

1．死に至るまでの過程に対する恐怖
・最後はどんなふうに苦しむのだろうか
・がんによる痛みはつらいのだろうか

2．自分がいなくなることによって生じる現実的な問題
・まだ子供が小さいので子供の将来のことが心配
・高齢の両親が悲しむし、その世話はどうするのか？
・今取り組んでいるライフワークが未完

3．自分が消滅するという恐怖
・死後の世界は？
・自分が消滅するってどういうこと？

に直面していないときにのみ有効で、病気になるなどして、「死」について頻繁に考えざるを得なくなる状況になるとあまり役に立たなくなります。

がんなどの命に関わる病気に罹患したり、大切な人が亡くなったりする経験があると、「死」の問題と直面し、「考えないようにする」という表面的な対応から、次の段階の対応に進みます。そして、「死」という問題ときちんと向き合って考えるようになるのです。

年を取れば取るほど、「死」について頻繁に考える機会は増えてきますので、いつまでも避けていることはできません。そして、正面から「死」についてきちんと考えるようになると、それまでの忌み嫌われるような恐ろしいイメージが変わっていきます。「死と向き合うかはどう生きるかを考えること」ということは、多くの患者さんが教えてくれたことでした。

では、「死」に向き合う際に、何を考える必要があるのでしょうか。これについては過去の心理学領域の研究である程度明らかにされており、私は死にまつわる問題を3つに分類すると整理しやすいと思っています（図2）。

そして、この3種類の問題には、それぞれ対処の仕方があるのです。漠然としたままにすると、得体の知れない不安や恐怖を感じますが、死にまつわる問題をきちんと考えていく中で、次第に恐怖の形は変わっていき、さまざまな備えができることが分かっていきます。この3種類の問題への対処は、今始めても早すぎることはありません。

死に至るまでの苦しみへの対策を知っておく

1番目の「死に至るまでの過程に対する恐怖」は、「がんは進行すると痛いとか言われているけれど、死ぬまでにどんな苦しみが待っているのだろうか？」という、肉体的苦痛に対する懸念のことです。

がんなどの病気に罹患した方の多くがこのことを心配され、「死」そのものよりも、そこに至るまで苦しむことの方が心配、という方はたくさんいらっしゃいます。

がんの場合、確かに以前は「壮絶な闘病生活が待っている」というイメージを強調するような報道、小説、映画などの作品が多くありましたので、一般の方が心配されるのも無理もないことだと思います。しかし、近年は状況がだいぶ変わってきた印象があります。

例えば私は病棟を毎日回診で訪れますが、患者さんとご家族が和やかに談笑されている姿にあちらこちらで出会います。看護師や医師など医療者もにこやかで、病棟の雰囲気に重苦しい印象はありません。もちろん、中にはさまざまな苦しみを抱えておられて精神的に追い詰められている方もいらっしゃるかもしれませんが、医療の現場を見ていただくと、「壮絶な闘病生活」という印象とはだいぶ異なることを実感していただけると思います。

では、死に至るまでの苦しみは、実際にはどのようなものなのでしょうか。例えば、国立がん研究センターが一般の方向けに作成しているがん情報サービスの中に、がんの療養と緩和ケアに関する項目があり、がんに伴う体の痛みの多くは、鎮痛薬を適切に使うことで癒やすことができること、現在は苦痛を和らげるための技術（緩和医療）が進歩していてさまざまなサポートが得られることが具体的に書かれております。

そして、近年はがん以外の疾患でも体のつらさを和らげるための緩和医療が受けられる様になっています。最近は在宅医療も発展が著しく、病気になっても家で療養生活が送れるように、医療や介護の体制が取られつつあります。

何も知識がないと、頭は悲観的な想像をいくらでも考え出すので心配になりますが、実際にどのように苦痛を和らげることができるのか、正しい知識を得ることは安心につながると思います。

先送りしていた人生の課題を解決する

2番目の「自分がいなくなることによって生じる現実的な問題」はどういうことかという

と、「自分が死ぬと家族が経済的に困るのではないか？」、「仕事を完成しないままに死ぬ時がやってきてしまうがどうしようか？」など、さまざまな社会的な問題に関することです。

最近は、「終活」という言葉が一般的になり、多くの方がエンディングノートを作成し、亡くなるまでに整理しなければならないことに取り組むようになりました。

「終活」に取り組むのは60歳を超えてからの方が多いですが、中年期を越えたら、おぼろげながらでもいいので、エンディングノートを作成してもよいと思います。エンディングノートを書くことにより、過去を振り返り、今を見つめ、これからの将来を考えます。そして、どういう自分でありたいかを確認することになるのです。

この問題と取り組むことで、その人が先送りにしていた課題に取り組むようになります。例えば、過去仲たがいしていてその後連絡を絶っていた家族や友人との和解をするなど、長年心に刺さっていたとげを、やっと抜こうとする方もいらっしゃいます。

「魂の死」を自分の世界観に位置づける

3番目の「自分が消滅するという恐怖」については、魂の死と言ったりします。死んだらどうなるのか？　科学や精神医学が説明できることではないので、私は正直なところ、答えを知りません。いろいろな方の死に対する考えをお聴きすると、魂は不滅で、別の世があると考える人、もう一度、現世に生まれ変わると思う人、死んだら自分が消滅すると考える人など、さまざまです。その人が死後の世界をどう捉えるかによって、現世をどう生きるかという姿勢が異なってくると思います。

死んだら自分の存在は消滅するのか。消滅したら感覚もないと思いますが、それってどんな感じなのか、死んだ人から話を聴くことはできないし、そうなったら怖くないのか、と考えてしまうかもしれません。

精神科医のアーヴィン・ヤーロムは、「死んだ後の自分のことを心配するのならば、なんで生まれてくる前の自分のことを心配しないんだ？」ということを言っています。確かに、生まれてくる前の苦しみは少なくとも今は意識されませんから、死んだ後のことも心配しなくてもよいということかもしれません。

死んだら自分の存在が無になると思っている方だけではなく、おぼろげなイメージも含め、死後の世界が存在するという感覚を持っていらっしゃる方がいらっしゃいます。

また、死後の世界が存在しないとしても、自分の思いは大切な人の心の中に宿っていることを意識し、自分の存在は形を変えて生き続けると捉えられ、「自分が消滅するという恐怖」が和らぐとおっしゃる方もいらっしゃいます。

65歳で大腸がんに罹患された方は、病気が進行していよいよ死が差し迫ったときに、最近生まれ故郷の景色がとっても懐かしく思い出されるという話をされました。祖父母は自分をいつも甘やかしてくれて、近所のスーパーでお菓子をたくさん買ってもらったこと。親戚の優しいおじさんは子供がいなかったからか自分を息子のようにかわいがってくれて、いつもドライブに連れて行ってくれたこと。真夏のネギ畑の強烈なにおいの中を両親に手をつながれて銭湯に行ったこと。

幼なじみと一緒にワクワクしながら浜辺で花火を見た記憶。お正月に親戚が集まって、にぎやかな中で楽しく遊んだこと。エピソード1つ1つがとても温かく、何度振り返っても、そのたびに気持ちが満たされていったそうです。そして、いろんな人が自分を愛してくれたこと、その人たちが居てくれたからこそ、自分の人生が豊かだったことに感謝の気持ちでいっぱいになったそうです。

そして次のようにおっしゃいました。「自分もいろんな人生の中で登場人物になっているんだろうな。チョイ役かもしれないし、時には重要な役割だったかもしれない。人間だから人を傷つけてしまったこともあっただろう。そういう具合に、自分もいろんな人の気持ちの中で生きていて、僕のことを覚えてくれている人が、また誰かの心の中に生きる。大切な人たちの思いを僕が受けて、次の人にそれを手渡している。そう考えると、自分はちゃんと命をつなぐ役割を果たしたような気がするんだ」と。

〝幻想〟の手放し方

ここまで、「自分はいつまでも成長し続けられる」という〝幻想〟を手放すコツを書いてまいりましたが、私自身が実際に手放した経験についてお話しします。

私は2003年の春、31歳のときに国立がんセンター（現・国立研究開発法人国立がん研究センター）での勤務を開始し、以降がんを体験された方やそのご家族の相談に乗ることが私の仕事となっています。

この頃の私は、「人間は成長し続けることができる」という〝幻想〟を持っておりました。「死」については真剣に考えたこともなかったので、「先生、もう私の先は長くないんです。一体どうしたらいいのでしょうか」という患者さんの問いに対して言葉が出ず、困り果てていました。この患者さんの悩みは、自分自身が全く体験したこともないし、想像したこともない世界の話なので、何と答えてよいのか全く分からないわけです。

そしてしばらくすると、「若い私が何の役に立てるのだろうか、役に立てるはずがないじゃないか」と思うようになりました。働きだした頃は、心のケアの専門家として期待されながらも何もできない自分に対して、大きな無力感を抱いていました。

その他にもう1つ、その頃の私が苦痛だったことがあります。

それは、自分が関わった方々が次々と亡くなっていくことで、その中には、自分と同じ世代や、自分よりも若い方もいらっしゃいました。特に同世代の患者さんの場合、お話を伺ってその方の人生に触れると、その方の心と私の心が共鳴し、その方の心境がありありと私の中に伝わってくるような感覚になります。

私の仕事の性質上、そういうことが頻繁に起こりますので、だんだん疲れていきました。そして、それまでは「死」について考えたこともなかった私に、徐々にではありますが、「死」は身近なことなのだという感覚が芽生えました。それまで持っていた「人間は成長し続けることができる」という私の将来の見通しとは不協和を起こし、だんだん私の中で〝幻想〟が崩れていきました。

今は健康だけど、その状況はいつか様変わりしてしまうだろう。少なくとも「今与えられている健康は永遠に続くものではない」と思うと、それまでの前提であった「明日も明後日も来月も1年後も当たり前のように人生は続く」という考えは崩れました。

しかし同時に、今日1日を過ごせることがありがたいことに思えてきた部分もあります。仕事が終わった後、友人と飲みに行ったときに、職場の同僚に真顔で「そのうちこのおいしいビールののど越しが楽しめなくなる日が来るんだな。そう思うと本当に今日に感謝したいな」などと言ってみたりして、「おい清水どうしたの？」と怪訝《けげん》な顔をされることもありました。

この頃、私の中に初めて死生観というものが芽生えました。

死生観とはその人が持つ生死に対する考え方のことを指し、自分にとっての死を見据えた上で生きることを考えていく中でだんだん形作られていきます。国立がんセンターでの仕事を始めるまでは「死」というものを考えてこなかったので、私の中に死生観はなかったのですが、自分が出会った患者さんの死と向き合う中で、いやおうなしに「死」を見据えざるを得なくなりました。

当時の私が死をどう見据えるようになったかというと、最初は「死んだら全てが終わり」と思うようになりました。毎日が楽しければ「死んだら全てが終わり」でもよいのかもしれませんが、27歳でがんになられた岡田さんと同じように、未来のために今を犠牲に生きていた私の場合は、このまま死んでしまったら「自分の人生は何にもいいことがなかった」で終わってしまうじゃないかと思いました。そして、「全てが終わる死が訪れるまでの生を、どの様に考えたら人生に意味を見いだせるのだろう」という悩みが生じました。

死生観を自分の人生に位置づける

そんな頃、テレビの番組を見ていた時に「人生は1回限りの旅である」というフレーズがぐっと私の中に入ってきました。

何気ない言葉のようですが、思い詰めていた私には、目からうろこが落ちるような感覚でした。

その時はっとしながら考えたことは、「なるほど、1回限りの旅か。この世に生まれ、せっかく1回だけの旅をする機会を与えられたのだから、いろんな人と出会い、さまざまな体験をして、豊かな旅にしないともったいないな」ということでした。

また、人生を終着点のある旅だと考えるならば、「死」は恐れの対象ではなく、「終着点」でしかないのです。

そして、「どうせ終わりが来るんだし、旅と捉えるのであれば、あまりくよくよと考えず思いっきりやればいいじゃないか」という開き直りのような感覚も芽生えました。当時の私にとっては、死を見据えることによる絶望、恐怖を通り抜け、人生を初めて肯定的に捉えることができた瞬間でした。

「死生観」を持つ、つまり、自分の人生観にきちんと「死」を位置づけることは、「自分は成長し続けられる」という〝幻想〟から離れ、現実を直視した上で人生後半を豊かに生きるために、必要なことだと思います。

第3章

他人の期待に応えない

——自分の「want」に従う

社会的に成功しても幸せにはなれない

第3章では、「社会に適応して成功すれば幸せになれる」という、頑張る方向性に関する〝幻想〟について、お話ししたいと思います。

ミドルエイジになって、私たちが取り組まなければならないことは、子供の頃から今まで周囲から教えられてきて「正しい」と思っていたことが、実は必ずしもそうではなかったということを認めることです。

物心がついた頃は、私たちは感情のままに振る舞うことが許されていました。しかし、両親からのしつけに始まり、学校での教育、社会人になってからも社会からの求めによって、「こうあらねばならない」という考え方がだんだん形作られていました。あるがままにこうしたい、という気持ちと、「こうあらねばならない」という気持ちがあまりにかけ離れていれば、その人は苦しみます。

それでも若い頃は、苦しいけど頑張ればきっとこの先に良いことがあるはずだと、頑張り続けるのです。しかし、ミドルエイジに差し掛かり、「必ずしもそのような良いことは起こらないかもしれない」ということを悟りだしたとき、「こうあらねばならない」という生き方を続けることは苦しいのです。

立派な外科医になるという〝幻想〟

先日も、外科医の石原さん（48歳）が私の外来にお見えになりました。

初めてお会いしたときは「私は精神科に来る必要がないと思っているが、信頼する主治医が進めてくれたので不本意ながら来てみた」と言い、弱っている自分を認めたくないので虚勢を張っているような印象がありました。

「なるほど、半ば無理やり勧められて、不本意ながらも来ていただいたのですね」とお伝えし、現在石原さんが置かれている事情を伺っていくと、徐々にご自身の心境について打ち明けるようになりました。がんの治療の後遺症で手に痺《しび》れが残り、「もう外科医としては働けないかもしれない」と思って、とても苦しんでおられました。

そして、「外科医として仕事ができない自分は空っぽの存在だ、何の価値もなくなってしまった」とおっしゃるのです。確かに、誇りにしていた外科医としての仕事に支障が生じる状況はご本人にとって苦しいことだろうと想像がつくのですが、石原さんの言った「外科医でなければ自分は空っぽの存在」という言葉が私の頭に引っかかりました。

病気になるまではどういうふうに仕事に取り組んでこられたのかということをお聞きすると、同僚に負けないように人一倍努力してこられたとのこと、卒業後20年以上もたって中堅からベテランの域に入っても、1日のほとんどを病院で過ごすような毎日だったそうです。すべての患者に最善の医療を提供することを自分に課していた石原さんは、部下が手を抜いているように見えたときは激しく叱責し、職場では厳しい上司としても有名だったそうです。

次に、「どうして医師になったのですか?」とお聞きすると、「それしか選択肢がなかったのです」とおっしゃいます。

「それしか選択肢がなかった?」、私は思わず聞き返しました。さらに、「自分は本当に医者になりたかったのか。いまだに医者が向いているのか、それすら分からない」と述べられました。「では医師になるしかなかったという事情を教えてくださいませんか」と尋ねると、石原さんはご自身が育った環境について話してくださいました。

母方は親族に医者の多い家だったそうで、立派な外科医であった祖父を、母は尊敬していたそうです。1人っ子で、物心がついたときから、「あなたには立派な医者になってほしい」という有言無言のプレッシャーを母から受けながら大きくなったそうです。石原さんが医大に合格したときは、人を褒めることが少なかった母が、「本当によくやった」と自分の頑張りを心から認めてくれたそうです。

晴れて大学を卒業し、外科医としてのキャリアが始まったときはうれしい気持ちもありましたが、ここが新たなスタート、祖父のように一流の医師にならなければダメだ、というように、プレッシャーを強く感じられたそうです。

ここまで伺って、「外科医でなければ自分は空っぽの存在」だとおっしゃったご本人の事情が理解できた気がして、「石原さんは立派な外科医にならないとお母さんに愛してもらえなかったんですね。それでずっと頑張ってこられたのですね」とお伝えしました。

そうすると、気丈に振る舞っていた石原さんが初めて気持ちを抑えきれなくなり、涙を流されました。石原さんの気持ちが収まり、顔を上げられた時に私はもう一言声をかけてみたくなり、「しかし、優秀な外科医でなければ本当に石原さんには価値がないのでしょうか?」と問いかけました。

その私の言葉に対して石原さんは、「さあ、どうなんでしょうか」と答えました。

それから、改めて石原さんの人生を時間をかけてカウンセリングの中で振り返ってみたのです。好きでなかった勉強を頑張ってきたこと、医師になってからは多くの患者さんのために頑張ってきたこと。

がんになる前の石原さんは、患者さんから感謝の言葉をかけられても「そんなことは当たり前のことです」ぐらいにしか感じなかったそうですが、今は「ああ、あの患者さんは本当に心細かったのだろうな」というふうに、自分が関わった患者さんの気持ちを想像されるようになりました。

そして、「自分が頑張ったことで、もしかしたらそんな患者さんを勇気づけることがあったかもしれない」と振り返るようになられました。

5回目のカウンセリングを終える頃までは、「こんな自分じゃダメだ」という内なる声がやみはしませんでしたが、徐々に今の自分を許せるようになり、小さい頃から母親の期待に応えようと頑張ってきた自分を慈しむ気持ちが湧いてきたそうです。

最後に面談した時、石原さんは次のように話されました。

「今まで最高の医療を提供しようと思っていたけど、それは立派な外科医である自分を確認することが動機で、実は全く自分本位だったんです。部下に厳しかったのも、自分が無理をして我慢していたから、それ以外の在り方、若い医師がのびのびとしていることがうらやましくて許せなかったのでしょう。今後外科医を続けられるかは分かりませんが、なんらかの形で医療を続けることはできるでしょう。そしてこれからは自分本位ではなく、本当の意味で困っている人の役に立ちたいと思います」とおっしゃいました。

今まで石原さんを縛っていたもう1人の自分は、それまでの石原さんの人生に全く役に立っていなかったわけではありませんし、お母さんに石原さんが認めてもらうためには必要だったわけです。

もう1人の自分は、石原さんに涙ぐましい努力をさせ、その結果外科医としてたくさんの患者さんを助けてこられたのでしょう。しかし、石原さんの気持ちはずっと窮屈で苦しく、悲鳴を上げていました。

そんな中でがんに罹患したことから、とうとう石原さんは行き詰まり、一時的には絶望されたわけです。しかし、その行き詰まりは今までの生き方を見直すことにつながり、もう1人の自分と決別し、結果的にはあるがままの自分を認めて生きていけるようになるきっかけでもありました。

「want」の自分と「must」の自分

石原さんの中にはずっと、「立派な外科医になるために頑張らなければならない」と自分に言い続けていたもう1人の自分がいました。

ほとんどの人が意識していませんが、人はそれぞれの中に「want」と「must」の2つの相反する自分が存在します。

2つの自分が存在するというと、「いや、自分は自分1人でしかない。もう1つの自分なんて存在しない」と奇異な感覚を覚え、反論したくなる人も少なくないと思います。しかし、「ｗａｎｔ」の自分と、「ｍｕｓｔ」の自分は存在するのです。

「ｗａｎｔ」という単語には、「欲しい」という意味があります。さらに、ｗａｎｔ ｔｏ（動詞）とすると、「（動詞）したい」という意味を持つ言葉になります。つまり、「ｗａｎｔ」の自分というのは、「～したい」、「～になりたい」、「～でありたい」という自分自身の強い意志や願望を発信する自分です。

一方、「ｍｕｓｔ」という単語には「～しなくてはいけない」という意味があります。この場合の「～しなくてはいけない」という気持ちは、自発的なものではなく、他の誰かの目や社会的規範を意識して発意されています。つまり、「ｍｕｓｔ」の自分というのは、他者の目や気持ちを意識し、「ｗａｎｔ」の自分を律したり、行動を制御する自分なのです。

「ｗａｎｔ」の自分の生き方は自分本位の生き方、「ｍｕｓｔ」の自分は「人からどう思われるか、社会的規範と照らし合わせてどうか」ということを基準にした生き方と説明すると、理解がしやすいでしょうか？

人は皆、まっさらな状態でこの世に生を受け、徐々にいろいろな感情を育んでいきます。物心がつく頃までは、まだ「悲しい」、「頼りたい」という気持ちのまま母親に甘えようとし、自分がこうしたいという「ｗａｎｔ」によって動機づけられる自分だけしか存在しません。

しかし、両親からのしつけや、社会生活を営むために他者との関わりが増えるにつれ、「弱音を吐いてはいけない」、「もっと努力をしなくてはいけない」、「立派な人間にならなくてはいけない」という、もう1人の自分、すなわち「ｍｕｓｔ」によって動機づけられている自分が形成されていくのです。

また、仕事で結果さえ出せば、出世さえすれば、会社に尽くせば、幸せになれるというのも「ｍｕｓｔ」です。あまりにも当然のごとく受け入れられているが故に、私たちは何の疑いもなくこのようなことを信じ込んでいますが、本来そこには何の因果もありません。

中には、親や家族、友人から認められなければいけないという「ｍｕｓｔ」に縛られることで苦しんでいる人もいます。

「ｍｕｓｔ」の自分も、「ｗａｎｔ」の自分も、どちらも自分であることは間違いがありません。しかし、その在り方は人によってそれぞれで、「ｗａｎｔ」に動機づけられてのびのびと生きている人もいます。しかし、「ｗａｎｔ」と「ｍｕｓｔ」が自分の中で闘っていて、「ｗａｎｔ」が「ｍｕｓｔ」に支配されているような生き方は石原さんのように苦しいのです。

問題の9割は親との関係

日本ではまだまだ、社会的な肩書が重要視される風潮が強いように感じます。極端な例を挙げると、「良い会社に勤めているのなら、同窓会にも胸張って行けるけど、そうじゃないから二の足を踏んでしまう」など、そんな話も耳にすることも珍しいことではありません。

このように考える人は、おそらく「一流会社に勤めなくてはいけない。それができないのは恥ずかしいことなのだ」と、若い頃から無意識に「ｍｕｓｔ」の自分の声を信じ込み、生きてきたのではないかと思います。

そして、このタイプの人が非常に多いことを、様々な方との面談を繰り返すたびに痛感します。

人は一般的に成長過程で周囲の人間や、社会の価値観から大きな影響を受けて育ちます。その中でも、特に大きな影響を及ぼしているのが、多くの場合両親です。物心がついたとき、私たちの心は真っ白なキャンバスのようなものです。そして、限られた人間関係、小さな社会の中での生活が始まります。小さな頃、子供にとって両親という存在は絶対的です。なぜなら子供は両親に見捨てられたら生きていくことはできません。

なので、両親が持っている社会の見方を、そして両親が自分に対して向ける自分の評価を、そっくりそのまま私たちの真っ白なキャンバスに写し、自分自身の価値観として取り入れるのです。「三つ子の魂百まで」ということわざもありますが、この時に植え付けられた価値観はその後もずっと自分に影響を与え続けます。コンピューターで例えるのであれば、基本ソフト（ＯＳ）をインストールするようなものです。

両親が適切な愛情を注いでくれて、自分の「ｗａｎｔ」が充足されれば、あるがままの自分で居ても、世界は心地よいのだという肯定的な感覚が育まれます。そして、「ｗａｎｔ」が「ｍｕｓｔ」に支配されるような苦しい生き方をしなくてもよい可能性が高まります。

しかし、例えば母親が過干渉で、「あなたはミスが多いから、気を抜いてはダメよ」と、何かにつけて口酸っぱく言われ続ければ、「自分はミスが多い人間だ」という自分に対する否定的な見方が出てきて「ｗａｎｔ」の自分を信じられなくなり、「常に気を抜いてはいけない」という強力な「ｍｕｓｔ」の自分が出来上がります。

また、父親が常に神経質で、外出したときにピリピリして、「愛想よくしていたら他人に付け込まれる」ということが口癖だったとしたら、社会は危険な場所で、虚勢を張っていないといけないという見方が出来上がってしまうでしょう。

もちろん、人によって生まれ持った性質は異なるので、同じ育てられ方をしても、兄弟で全く性格が異なることはあります。大胆な性質を持った子、怖がりな性質を持った子もいます。「社会は危険だ」という見方が親から与えられた場合、大胆な性質の子は他人と闘うようになるでしょうし、怖がりな子は引きこもりになってしまうように、表現する形は異なるかもしれません。

成長するにつれて、子供が生活する社会の範囲は広がっていきます。小学校に入学する頃から、両親と関わる割合は少なくなっていき、思春期になれば親からあれこれ言われることを嫌がるようになります。しかし、親の影響から離れたからといって、それで心が自由になれるわけではありません。社会から様々な束縛を受けます。特に日本社会は、「忖度《そんたく》する」こと、「空気を読む」ことを求める風潮が強いので、「ｗａｎｔ」の動機づけに基づいて行動していいという価値観に触れる機会は少ないかもしれません。

しかし、時に救われる体験をすることももちろんあります。私がお会いした児玉さんという方は、親からずっと否定して育てられたのですが、高校の時の学校の先生が認めてくれたことがきっかけで、自分に自信が持てるようになり、さまざまなことに積極的に取り組むようになったそうです。ただ、先ほどのコンピューターのＯＳの例えに沿って言うと、社会への見方はだんだんアップデートして改良はされますが、最初に親との間に形作られた原型の影響は残り続ける傾向があります。児玉さんも、新しいことに取り組むのですが、ちょっとした失敗のたびに、「やっぱり私はダメなのかしら」という自信のなさが顔を出すそうです。

私はいわゆる団塊ジュニアの世代に生まれました。私たちの世代では、当たり前のように、親から「良い大学に行って、良い会社に入らないと、お前の人生大変だぞ」、「働かざる者食うべからず。社会の役に立たない人間はダメだ」などと言われて育ってきた人が多いように思います。

当時は友人たちも親から似たようなことを言われていたので、特に違和感なく受け入れていましたし、両親も教師も私たちのためを思って言っていたのだと思います。

しかし、その「社会で活躍していなければダメだ」という「ｍｕｓｔ」の価値観が自分たちを縛ります。そして、自分が会社で評価されなかったりしたときに、「自分はダメな人間だ」と、自分で自分を苦しめることになります。

年を取ってから幸せに死を迎えるための課題は、今までの道のりを振り返り、「自分は良い人生を送った」と思えることですし、同窓会では昔の友人と懐かしい思い出について無邪気に語り合うのはとても幸せだと思います。しかし、そのためには社会で活躍していなければみっともないというような「ｍｕｓｔ」の自分から解き放たれ、「ｗａｎｔ」の自分が自由になっていなければ、心からは楽しめません。

親に認められなければいけないという〝思い込み〟

元タカラジェンヌだった福麻むつ美さんという方がいらっしゃいます。

福麻さんが私のところにいらしたときは、すでに肺がんを罹患され、全身に転移し、そのままだと半年生きられないと宣告された後でした。そのためか、初対面の時、非常に沈んでおられる様子でした。

お話を聞くと、生き永らえることは期待しておらず、なるべく周囲に迷惑をかけないように、そっと死んでいくつもりで、積極的な治療ではなく、症状の緩和だけを希望されていました。

実際、人との接触もなるべく遮断しておられました。告知を受けたのは秋だったのですが、その直後に夏物の洋服をはじめ持ち物も処分してしまわれたそうです。この時、「期待しちゃうとその分落胆するから、期待は持たないでおこう」という意味のことをおっしゃっていたのを、私は鮮明に覚えています。

福麻さんは、比較的裕福なご家庭の次女として生まれました。お姉さんがいて、福麻さんから見るとお姉さんはすごくかわいらしく、親戚の人からも、とてもかわいがられていたそうです。福麻さんはお姉さんに対して、いつも引け目を感じ、コンプレックスを持っていたそうです。

福麻さんのご両親は、ピアノやバレエなどの芸事ができることに大変な価値を置いておられたそうで、福麻さんはご両親に認めてもらおうと一生懸命稽古に励んだそうです。そして努力のかいがあって難関を突破し、宝塚音楽学校にお姉さんと一緒に入学し、その後、晴れてタカラジェンヌになられたのだそうです。

福麻さんは、演劇は好きだったらしいのですが、宝塚の全体主義的なところには窮屈な感覚があり、なじめず数年で退団し、アングラ（地下）演劇の世界に身を寄せたのだそうです。

ただ、アングラの劇団での福麻さんの活動を、お父さんは全く認めてくれませんでした。そのため、父を見返すために、劇団四季に入ったのだそうです。しかし、お父さんは、なぜか劇団四季の舞台は一度も見に来てくれなかったのだそうです。なので、せっかく劇団四季に入ったのに、お父さんに認められたいという福麻さんの思い（実際は、父に認められなければいけないという〝思い込み〟）は満たされることはありませんでした。

その後、劇団四季をやめ、アングラの世界に戻り、演劇は続けたらしいのですが、福麻さんにとって演じる上で大きな課題がありました。それは、「自分らしい演技ができないこと」でした。

ずっと演技をするときに「あなたの素を出せ」と言われ続けたのだそうです。「あなたは、すぐこう見せようとか、頭でジャッジする自分がいすぎる」と。のちに振り返ると、自分がどう演技したいかではなく、「どう演技したら褒めてもらえるのか」と考えていたことが原因だと福麻さんは述懐していました。

「周りに評価されたい」は危険

そんな中で、がんにかかってしまい、静かに死んでいこうと思っていたのにもかかわらず、「むっちゃん頑張って」と周りは一生懸命励ましてくれる。ご本人は、「今はそっとしておいてほしい、でも、断るのも申し訳ないから」と、周囲への配慮を優先してしまい、つい「頑張ります」と言ってしまっていたそうです。

もう自分の命は短いだろうというときに、気疲れしている自分に気づき、福麻さんはとってもむなしい気持ちに包まれたそうです。

福麻さんの場合、子供の頃から「あなたはあなたのままでいい」と言われることなく、周りの目を気にしなきゃいけなかった。芸事に打ち込んだが、その目的は自分を表現する事ではなく、両親に愛されるためだった。愛されるために、入りたくもない劇団四季にも入ったし、「自分がこうしたい」という「ｗａｎｔ」の自分よりも、「周りに評価されなければいけない」ことを気にする「ｍｕｓｔ」の自分が勝るようになってしまっていたのです。

私は福麻さんのひと通りの話を聞いて、だいぶ状況が把握できたところで、「でも、そろそろ、自分らしく生きたいんじゃないですか？」と問いかけました。この私の指摘は、福麻さんがもやもやして言語化できない部分を突いたのかもしれません。福麻さんは急に「あっ、そうなんだ」と言って、涙をぶわーっと流されたのです。

思うに、福麻さんはもともと、「ｗａｎｔ」が非常に強い方だったのですが、それよりさらに強力な「ｍｕｓｔ」に支配されていたのでしょう。「ｗａｎｔ」の自分はやりたい演劇を求め続け、しかし「ｍｕｓｔ」の自分はありのままに演技することを妨げ続けた。でも、「もう自分はもうすぐ死んじゃう」と思ったら、もう「ｍｕｓｔ」の自分に縛られて生きるのは嫌だという思いが強まり、「ｗａｎｔ」の自分が前に出てきたのでしょう。

それから福麻さんは一気に明るくなりました。幸い肺がんに対する薬物療法も奏功したことから、舞台にも復帰されました。私も一度彼女の舞台を見に行きましたが、生きる喜びを全身で表現するそのパワーに圧倒されました。進行した肺がんの治療は変わらず続けていますが、「がんでも、全然いい。残りの日々自分のしたいように生きるからいいです」とおっしゃっていました。心の中で大きな変動が起きていたのです。

自分を縛っているものは何か？

私が行っているレジリエンス外来では、患者さんや遺族の方に、以下の質問を投げかけ、ご自身に生い立ちを改めて振り返っていただきます。主に親との関係の中で作られた「ｍｕｓｔ」の自分を認識し、あまりに「ｍｕｓｔ」の自分が強い場合はその支配を緩めていくために、家族との関係を中心に話を聞いていきます。

【質問】

1. どのようなご家族（ご両親）の元に生まれてどのように育てられたか？
2. 少年（少女）時代はどのように過ごしたか？
3. 思春期にはどのようなことを考えたか？
4. 成人してからはどのように社会（仕事、家族、友人など）と向き合ってきたか？
5. 病気になる前はどのようなことが大事だと考えていたか？

6．病気になる前はどのようなことが嫌いだったか？
7．上記以外に大切なこと

レジリエンス外来の最初のオリエンテーションの時に、宿題としてこの7つの質問を考えて、紙に書いてきてくださいとお伝えします。次の会の最初に、「宿題をやってみていかがでしたか？」とお尋ねすると、「結構自分にはいろいろとあったのだなということが分かりました」と答えられることが多いです。自分で自分の人生を時系列に沿って振り返ることで、「ああ、確かにこういう歴史を経て今の自分があるんだ」という理解が生まれます。

そして、ご本人が持ってこられた原稿を元に、私が掘り下げるための質問を行い、それに答えていただきます。そうすると、ご本人の今まで生きてきた人生の物語について、私との間に共通理解が生まれます。

そして、「そんなことをしてはいけない」と強固に自分を縛っている「ｍｕｓｔ」の自分がいることが明らかになるとともに、「ｍｕｓｔ」の自分が生まれた原因が人生のどこで培われてきたものであるかが明らかになります。そうすると、次は「ｍｕｓｔ」の支配を緩めるための作業に取り組みます。

単純に言うと、例えば「優秀な外科医にならなければならない」という「ｍｕｓｔ」に縛られていた石原さんの場合は、「それはお母さんに認められるためですよね。だったら今はもう頑張らなくてもよいのではないですか?」という問いかけを繰り返すわけです。

現代人の多くが、心がさびてしまっている理由

昨年末に70歳で亡くなった海野充夫さんは、長年、母親との確執を抱えて生きてきました。父は開業医、叔父は東大教授。本人も頭脳明晰《めいせき》であったため、小さい頃から、母親に「あなたは医者になり、お父さんの跡を継ぐのよ」と強く言われ続けました。

しかし、海野さんは型にはまるタイプではなかったようで、中学校の時は越境して地域の有名中学に通っていたのですが、途中乗り換えの蒲田駅で映画を観たくなり、そのまま学校には行かなくなったそうです。高校に入学してからは両親への反発から勉強そっちのけで、

新聞ネタになるほど雀荘《じゃんそう》通いを繰り返しました。卒業式に暴れない事を条件に、退学を逃れたそうで、その無軌道ぶりを聞き、私は大笑いしてしまったほどです。

医者にはなりませんでしたが、もともと極めて優秀な人で、IT企業でナンバー2に。その会社で最も技術的なことを分かっていた人なので、プロジェクトを組織して皆に指示を出すのですが、プロジェクトの結末が本人の中で見えてくると、出社せずに競馬やオートレース場に行ってしまうという勤務態度でした。しかし、人懐っこくて部下の面倒見が良く、周囲の人には大変愛されていました。でも、最後は社長が会社を勝手に売却してしまい、海野さんは100人以上いた従業員を誰も路頭に迷わせることなく再就職させた後自分は引退しました。その数年後、肺がんが見つかりました。

お話を伺ったのは、肺がんがかなり進んでからでした。「がんになるなんて、俺はよほど悪いことをしたのかな。親しい人は周りに誰もいなくなった。どうやって生きていったらいいのか」と精神的にかなり追い詰められ、妻の和恵さんと共にカウンセリングを受けに来ました。

海野さんは「心が凍り付いてしまった」とおっしゃっていました。レジリエンス外来に通って、「心が凍り付いている原因を明らかにするための作業に取り組んでみますか？」と尋ねると、海野さんは「別にどちらでも。まあやってもいいですよ」と返事をしました。妻の勧めもあり、渋々承諾したような様子でした。

レジリエンス外来で、海野さんに人生を振り返ってもらいましたところ、心にふたをして、海野さんなりに周囲の求めに応じて何事も冷静にやり遂げてきたことが分かりました。一方で「僕は母の期待に一度も応えられなかった。認知症になった母は僕を最後まで『充夫くんは悪い子』と言っていた」、「文系に進んだ兄は、僕が医者にならないと分かると代わりに母の希望通り医者になってくれた。申し訳なかった」と自分を責め続けるのです。

つまり、ひょうひょうと生きているように見えていた海野さんも、「母の期待に沿って医師にならなければならなかった」という「ｍｕｓｔ」の自分が、70歳になったその時までもご本人を縛っておられたようです。

私は、「もう少しご自分を許してあげると、楽になれると思いますよ」と語りかけました。彼が競馬好きで、会社で競馬の予想ソフトを作ったこともあると聞き、馬に例えました。

「競馬の王道は確か芝の２４００ｍのレースでしょう。

気性が善くて常に勝つ馬もすてきですが、気性難で、走るときはぶっちぎるが、ダメなときは全然ダメという馬に私は魅力を感じます。芝はダメだけどダートや障害走だとめっぽう強い馬もいます。全ての馬が芝で勝つ必要はありません。いろんな個性の馬がいるから競馬は面白いんじゃないでしょうか。海野さんの人生も、そういう個性的な人生だったのではありませんか？」。

この言葉が心に刺さったのでしょう。以後、明らかに海野さんは変わりました。人生の最終盤で、自らの人生を肯定できたようです。当初、大切にしたい人の順番を聞くと「仕事仲間、友だち、家族」でしたが「家族がいちばん」に変わりました。最後の退院後、和恵さんに「今までごめんね。これからは家族を大切にするからね」と話したそうです。間もなく急変し、和恵さんの腕の中で旅立ちました。

ありのままの自分を肯定できること

がん体験後に、心的外傷後成長という変化が生じることを第2章でお伝えしましたが、その人の考えには5つの変化（新たな人生観）が生じ、そのうちの2番目が「人間としての強さ」です。これは、ありのままの自分を肯定できること、つまり「欠点もあるかもしれないが自分は自分でいいんだ」と思えることです。別の言葉で言うと、「ｍｕｓｔ」の自分を緩め、「ｗａｎｔ」の自分が自由になることとも言えます。海野さんも、人生の最後に自分自身を肯定することができました。もうお1人、弟さんを亡くされたあと、がんに罹患した松田義彦さんのお話を紹介しましょう。

松田さんは大学に進学したのですが、その後にバブル経済が崩壊し、父が経営していた会社が倒産してしまいました。松田さんはなんとか大学を卒業しましたが、弟さんは経済的な事情もあり、高校を卒業した後、大学には行かず地元の企業に就職されたそうです。弟さんは社会人になった後もさまざまな苦労があり、松田さんが36歳のときに自殺をしてしまいます。

松田さんは責任感が強い性格で、弟さんの自殺について悲しむとともに、力になれなかったことを悔やみました。また、自分だけが大学を卒業したことについて、弟さんに対しては大変申し訳ない気持ちを持っていました。その後は、まるで自分自身を罰するように好きだった趣味はきっぱりやめてしまい、弟さんが自殺したことで気落ちしている両親の世話をするようになりました。

松田さんが43歳の時に大腸がんが分かります。「ああ、やっとこれで、苦労知らずだった自分も、弟の気持ちが分かる」と、なぜかほっとしたような感覚を覚えたとお話しになっていました。「自分だけが良い待遇を受けた」ということについて、よほど大きな罪悪感を抱えていたのでしょう。自分も病気になることで、後ろめたい気持ちが和らいだということでした。

しかし、がんが見つかった時にはすでに病気は進行していて、厳しい状況であることが分かりました。死を意識すると、「私の人生って何だったんだろう」と、人生についても再び考えるようになりました。

松田さんとはいろいろとお話をしました。そして次のように声をかけました。「松田さんは、ご自分なりに一生懸命頑張ったんですね。あなたは大学受験で、非常に涙ぐましい努力をしたし、その後も誠実に生きてきた。弟さんが自殺したことは悲しいことだけど、その原因はあなたではなく、別のところにあったようですね。あなたは十分すぎるぐらい自分を罰してきたし、もう自分を許してもよいのではないでしょうか」。

松田さんには、「自分だけいい思いをしたんだ」と、ずっと自分を否定するもう1人の自分がいました。しかし、死を意識し、最後まで自分を否定して生き続けることがつらくなって、私のところにいらっしゃったのです。カウンセリングの中で、自分を肯定することができてからは、周りの人からの優しさを受け取ることができるようになりましたし、自分と同じように傷ついている人たちを助けたいという気持ちが芽生えたようです。

しばらくして、「これからは、困っている人の手伝いや、ボランティア活動をしようと思っている」と前向きに生きる気力を取り戻されました。

松田さんには小さいお子さんがいるのですが、治療を受けて、妻も自分も忙しい時に、さみしがっている子供を遊ばせてくれた人がいらしたのだそうです。そして、その方から「困っている人は、困っていると言えないんだ」と言われて、「まさに、自分のことだ。自分のことを分かってもらえた」と思い、ボランティア活動をするようになったとおっしゃっていました。

困っている自分が愛されたという体験が、すごく温かく感じられ、「これからは自分の周りの人々に、たくさんの愛情で接していきたいと思う。さまざまな出来事に心を込めて関わっていく自分でありたい」とも語っていました。

「振り返ってみると、自分は過去の確執とか、自分の罪悪感にとらわれていて、視野が狭くなっていた。だけど今は、そんな自分を責める気持ちは消えて、いろんな人を愛しながら生きていきたいと思っている」というようなこともおっしゃっていました。

自分が何者なのかが分からなくなる

ここまではがんを体験した方が、「ｍｕｓｔ」の支配を緩め、自分らしい生き方に目覚めていく話をしました。多くの方は、余命宣告されれば思い切ったことができるけど、自分の場合はまだ何十年も生きることを考えなければならないから、そこまで大胆にはなれない、と思われるでしょう。そこで、ここからは私自身がどうミドルエイジクライシスを通り抜けたかという話をさせていただきます。

私もつい最近まで「ｍｕｓｔ」に縛られた生き方をしていました。そういう生き方をしてきたのは、やはり両親の存在と、今まで成長する過程で影響を受けてきた社会の価値観がありました。

私の両親は一生懸命私を育ててくれたし、紛れもなく私を愛してくれました。何もできなかった小さな私の世話をして、さまざまな知識や知恵、前に進もうとする向上心を授けてくれました。

ただ、当時は「子供は甘やかしてはいけない」という考えが一般的でしたから、私の両親も「子供がどうしたいのか」ということを大切にするよりも、「こうあらなければならない」という考えに基づいた干渉が多かったと言えます。その結果、私の中の「ｗａｎｔ」の自分は声を潜め、「ｍｕｓｔ」の自分が形作られていきました。

小さな頃、私にとって父は偉大な存在で、父が居れば家族は安心という感覚を与えてくれるとともに、畏怖《いふ》の対象でした。父は私に対して、「社会のためになる大きな仕事をしろ、それが生きる上でいちばん大切なことだ」ということを繰り返し言いました。私はこの言葉に、つい最近まで縛られていたように思います。

また、当時の社会状況では、管理教育や受験戦争、校内暴力が特徴的で、現代よりもさらに「ｗａｎｔ」の自分が抑え込まれやすい時代背景があったと思います。今でも覚えているのは当時配られていた中学校の生徒手帳のことですが、推奨される髪型、持ち物、靴下の色、スカートの丈などについて細かく記載されていました。生徒手帳に象徴されるように、物事の考え方から、身だしなみなどの行動の細部に至るまで、個性を尊重するのではなく、一律に管理するという視点が強かったことを思い出します。

受験戦争が行き過ぎると、偏差値という単一の物差しでの評価に、子供が縛られるようになります。そして、良い点数を取らなければならないという「ｍｕｓｔ」の自分が「ｗａｎｔ」の自分を抑え込むようになります。せっかくその子供が豊かな感性を持っていて、心地よいと感じられるもの、例えばさまざまな音楽、自然の風景などに浸っていたとしても、「そんなくだらないことをしていては飯が食えない」と封じられてしまうのです。

私も、良い成績を取れば褒められ、そうでないと叱られました。そうすると、「良い成績を取っていないと自分は認められない」という暗黙の前提が自分の中に出来上がりました。そして、認められるためには「やりたいこと」は封印した方が好都合なんだと思うようになりました。

また、私は小学校4年の時に転校し、新たな環境になじめず、小学校高学年から中学校の時にいじめを受けたことから、他人を恐れ、ますます自分に自信が持てなくなりました。「等身大の自分でよいのだ」と思えず、いつもおびえているような子供になっていきました。

このように、私はとっても窮屈な思いをしていたわけですが、内向的な私は周囲に反抗する勇気も持てなかったので、その状況を受け入れざるを得ず、すっかり「ｗａｎｔ」の自分は心の奥底に閉じ込められていきました。

「ｗａｎｔ」の自分はすっかり声を失ってしまった一方で、「ｍｕｓｔ」の自分は進むべき指針を社会的な規範や周囲の意見に求めるようになりました。進む道が正しいかどうかは両親や他人からの承認によって判断するようになり、周囲の意見に左右され、さらに気持ちは揺らぎます。日々むなしく、常に何かを偽っているような感覚があり、「自分は何者なのか」が分からなくなりました。そして、「人は何のために生きるのだろうか」という悩みが生じました。

何のために生きるのかが分からない私は、高校生の時、進路を考えるときに困りました。苦肉の策として出した答えが、医学部に行って精神科医になるということでした。

精神科医の仕事をよく分かっていたわけではありませんが、とにかく困っている人を手助けするわけだから、父親が言う社会の役に立つ仕事ができるのではないかと考えました。そして、「自分は何のために生きるのか」という悩みにも、精神科医になることで答えを知ることができるような気がしたのです。

「自分の道が見つかった」という錯覚

大学時代は、私なりに自分探しをしてみました。夏休みになればバックパックを担いで、世界中の国を旅してみました。また、当時の大学はあまり出席に厳しくなかったので、部活やアルバイト、友人との遊びに明け暮れました。しかし、あくまでもこれは社会に出るまでの猶予期間で、医師になったら「社会に役立つ大きな仕事をする」ために頑張らなければならないという考えは、引き続き心の中に強くありました。

思春期というのは、親の支配から自由になろうとし、自分なりのアイデンティティを模索する時期です。親に反発して真逆のことをやろうとしたりすることもありますが、これはやはり親の存在を意識しているので、その影響力が残っているということを意味します。本当の意味で親から自由になったのではないのです。また、もし仮に親の支配がなかったとしても、まだまだ世間を知らないので、自分自身の独自の道を切り開くということには至りません。誰か憧れの人、尊敬できる人を見つけて、その人をロールモデルに歩んでいくことが多いでしょう。

私の場合、大学を卒業し、研修医や、専門医になるまでの期間は、自分自身の成長を感じられて楽しかったです。なぜなら、新たなことを吸収し、病気で苦しんでいる人の役に立てたと思う機会もあるので、「社会に役立つ大きな仕事をする」というゴールに近づいているような感覚がありましたから。

そして、医師になって5年目の時、国立がんセンターで働く医師の講演を聴く機会がありました。その医師は患者さんから得たデータを鋭く分析しており、その話からはがん患者の苦悩を科学の立場から解決しようという確固たる意志が見て取れました。

その医師は、「がんの患者さんやご家族の苦しみが少しでも和らぐよう、日夜努力したい」と話しており、その講演を聴いたとき、久しぶりに感情があふれ、目頭が熱くなったことを覚えています。父が言っていたこと、「社会のために大きな仕事をするということが見つかった！」、「自分が目指していたことはこれだったんだ！」と感激し、私はその医師をロールモデルに頑張ろうと心に決めました。

国立がんセンターは、がんという日本人の死因第1の病気に関して、わが国最先端の臨床や研究を行う組織ですから、当時の私からはその存在は高くそびえたっているように見えましたし、そこに属する医師は皆雲の上の人のように思いました。そして、その一員になって、頑張りたいと思ったわけです。しかし、ある意味これは最初に述べた2つ目の〝幻想〟、「社会に適応して成功すれば幸せになれる」という考えに基づいた道のりですから、いずれ壊れることになります。

中年期の危機

それからしばらく私の滅私奉公とも言える努力が始まりました。ほっとしたい、のびのびしたい、余暇を楽しみたいという気持ちはありましたが、先輩から「がん患者には土日がないんだ。だから私たちも休んでいる暇はない」と言われ、夜遅くまで働き、土日の仕事も当たり前のようにしました。その頃の自分はその在り方が正しいと信じて疑いませんでした。

レジデントという研修の立場であった最初の頃は、その姿勢で頑張れたのですが、国立がんセンターに所属して4年目になってチームのリーダーになり、後輩や部下の面倒を見なければならないようになってからは、明らかに仕事が自分の許容量を超えるような状況になりました。

管理職の心得のイロハも知らなかった世間知らずの私がいきなり人の上に立つことになったわけですから、私も苦しみましたが、部下にもたくさん迷惑をかけたと思います。いちばん問題だったのは、「滅私奉公が当然」と思っていた私は、部下にもその姿勢を求めてしまっていたことです。そうではない指向性を持つ部下のことは理解ができなかったので、非常によくない上司だったと思います。

また、自分の立場が上がってくると、そびえたっているように見えた国立がんセンターという組織の等身大の姿が見えてきます。誤解がないように言っておきますと、国立がんセンターは間違いなくわが国有数の非常に優れた研究機関です。国立がんセンターが生み出してきた研究成果は計り知れないものがあります。

しかし、どんな優れた研究機関も、理想論だけでやっていけるわけではないのだと思います。研究者がやりたいことがあっても、国の方針に合わせないと研究予算を得るのは困難ですし、採算も考えなければなりません。国の方針も厳然としたものではなく、政権が変わるごとに言っていることは大きく変わります。

5年前に「一生かけて取り組みなさい」と、トップから言われていたことが、いつのまにかそんなことはなかったことになっていることもありました。なので、滅私奉公のスタンスで、組織の言うことにただ盲目に従っているだけでは、自分が迷走してしまうようにだんだん感じるようになりました。自分は何か意味があることができているのだろうかという迷いが生じたのです。

入職したばかりの時、雲の上の憧れの存在に見えた国立がんセンターの医師も、付き合っていく上で1人の人間としていろいろと悩んでいることを知りました。組織の評価に縛られ、成果を出すためにもがいている人もたくさんいました。

もちろん、組織にフィットして楽しく仕事をしている人もいましたが、定年まで苦しみながら歯を食いしばって頑張り続ける人、燃え尽きていく人もたくさんいました。自分の置かれた状況や他人を知るほどに、滅私奉公の先には明るい未来があるわけではないことを知ったのです。

おそらく、「これがやりたい」ということが確固としてあり、それを実現するためにその組織で働くというスタンスであれば問題ないのでしょうが、私のように「組織の一員としてがむしゃらに頑張れば将来の自分は満たされる」と思っているだけでは限界が来ます。私の場合は、求められることのレベルが高まり、自分の能力を超えたことが苦しくなり、しかもそれが必ずしも自分のやりたいことではないため、40代に入って体力の低下とともに頑張り続けることが難しくなりました。ここらで限界が来たのでしょう。

もう1つ、〝幻想〟が崩れるきっかけになったことがあります。それは、両親が老いたことです。自分にとって絶対的な存在であった父も、畏怖の存在ではなくなりました。

父も70歳を超えて最前線の仕事から退くことになり、穏やかな日を過ごしています。そういう父を見ていると、「社会に適応して成功すれば幸せになれる」という考えも絶対なのではなかったのだということが理解できてきました。

成功しても不幸せな人、地位もお金もなくても幸せな人

ミドルエイジに来て、私をここまで導いてきた指針は全て崩れ去りました。自分の能力や頑張りにも限界があるし、社会に適応しようと周囲や組織の求めるものに応じて頑張っていても、どうやら幸せになれなそうだということを悟ったわけです。今まで信じていたものが徐々に崩れていき、ついに荒野にぽつんと1人で立っているような感覚でした。

しかし幸い私はその状況に絶望せずに済みました。自分は終わりだというのではなく、「どこかで間違えただけだな」、「必ず道はあるな」と思えたのです。なぜそう思えたかというと、自分が日々お会いしている患者さんたちが、進むべき方向を暗示してくれていたからです。

私が国立がんセンターで働きだして間もなくの頃、忘れられない出会いがありました。その頃の私より少し若い20代の男性患者さんで、口腔《こうくう》がんにかかられたのですが、手術をしたのにすぐに再発してしまいました。再発が分かったときは非常にショックを受け、「僕は何も悪いことをしていないのに、どうしてこんな目に遭わなければいけないんだ」と、人生の

理不尽さを感じ、怒りをあらわにされていたそうです。

その後、口の中の腫瘍がどんどん大きくなって、何も飲み込めない状況になりました。担当医より私に、若いのにがんの病状が進行してきっと気持ちもつらいだろうから、話を聴いてみてほしいと言われ、カウンセリングを担当することになりました。カルテを見て、この状態でどんな心境なのだろう、もし私がこの状況だったら絶対に耐えられないだろう、そんな彼に私は何か言葉をかけられるのだろうか、何ができるのだろうか。そう思いながら、恐る恐る彼のところに足を運んでいました。

しかし会ったときの彼の気持ちは前向きで、私にも「先生、会いに来てくれてありがとう」と笑顔で迎えてくれましたし、家族やケアを担当する看護師など周囲の人にも、いつも感謝の気持ちを伝えていました。ジュースをスポイトで飲み、「おいしい」と笑顔を見せたり、好きな小説を読んで感動したということを楽しそうに話していました。

当時の私には、彼がなぜ取り乱さずにいられるのか、周囲に気配りをし、笑顔を見せることができるのかが理解できませんでした。しかし、地位やお金はおろか、食べることの自由をはじめとした健康を奪われたとしても、幸せを見いだす道がどこかにあるということを、彼は身をもって私に示してくれたのです。

その後彼だけでなく、その他多くの患者さんが、「社会に適応すれば幸せになれる」という「ｍｕｓｔ」の自分が言っていたことは必ずしも真実ではないと、その方々の生き方をもって力強く教えてくれました。では何が大切なのかという話は次の章以降で話しますが、「ｍｕｓｔ」の自分から「ｗａｎｔ」の自分を救い出そうという道筋を、私は見つけました。

ミドルエイジクライシスは人生のチャンス

繰り返しになりますが、ミドルエイジクライシスはその名の通り危機でありますが、実は捉えようによっては、等身大の自分を見つめ直すチャンスと考えることができます。「自分はいつまでも成長し続けられる」という〝幻想〟と、「社会に適応して成功すれば幸せになれる」という〝幻想〟が崩れることが、危機をもたらすわけです。

つまり、危機を今迎えているあなたは、〝幻想〟から覚めて現実に目覚めることができているのです。勇気が要りますが、「社会に適応しなければならない」という〝幻想〟にしがみつくのではなく、それを手放して新しい価値観に心を開いていく作業が必要です。これも繰り返し申し上げてきたことですが、いちばんよくないのは、自分の心に湧き上がる違和感や虚無感を無視し、「もっと頑張らなければ」と〝幻想〟にしがみつくことです。

特に、今まで例を挙げた何人かの方のように、親の影響などで強い「ｍｕｓｔ」の自分がいる人たちは、そこから自由になることは簡単ではないかもしれません。しかし、〝幻想〟にしがみつくことを続けると、状況が悪化し、最悪の場合、精神を病んでしまうことにもなりかねないので、適切な対処が必要です。

ちょっとずつ反抗してみる

以前、ものすごく厳しいお母さんの影響を引きずられている患者さんが、ご相談にお見えになったことがありました。

その方は、竹田智美さんとおっしゃり、子供の頃はすごく活発な女の子だったそうです。ところがその頃、外で遊んでいても、夕方になるとお母さんが怖い顔で迎えに来て、「いつまで遊んでいるの」と家に強制的に連れ帰されていたそうなのです。

反抗すると、今度は父親が帰ってくるまで家に入れてもらえなかったそうで、ご近所の人に外に締め出されているのを悟られないために、家のあたりをうろうろして時間をつぶすような日々を送っていたのだそうです。

竹田さんの会社の職員管理は厳しく、竹田さんはあまり重要とも思えない会議に、正規の業務時間外に出席することを強要されることが少なくないのだそうです。あまりにもつまらなくて、ついウトウトしてしまうことも少なくないのだそうですが、見つかると上司ににらまれてしまうのだそうで、ガムなどをかんで、頑張って眠りを我慢しているのだそうです。

私はその話を聞いて「実にくだらない。その会議、さぼってしまえばいいのに」と思いましたが、組織の決まり事に背くことは簡単ではありません。竹田さんは職場で争い事は起こしたくないとおっしゃいます。また、竹田さんは上司ににらまれると、「何をやっているの」という母のことが頭に浮かび、「きちんとしなきゃ」という「ｍｕｓｔ」の考えが顔を出すそうです。厳しい母から教えられた考えに縛られている竹田さんには、「じゃあ遅まきながら反抗期をやってみましょう」とお勧めしてみました。

竹田さんが住んでいるところはご近所付き合いが活発で、すごく人目を気にしなければならない土地柄だそうなのです。私のところにいらしたときは、休職中だったのですが、家にいるとご近所の方から「お休みされているんですか？」と言われ、そのたびに後ろめたい思いを感じ、そのこともストレスになられていたようです。

そこで、私は「じゃあ、いろんな国籍の人がいる六本木で朝まで遊んできたら？　にぎやかな浅草で楽しむのもいいかもしれませんね。あと、髪の毛を金髪にしてみたら？」などと半分冗談で言ってみました。竹田さんは笑いながら、「そんなことできませんよ。でも面白いですね」と言いました。

次の外来の時、竹田さんは、次のように報告してくれました。「先生に言われて浅草に行ったんです。今までの自分ならやらなかったことをやってみようと思って、ストリップに行ってみたら、とても面白かった」と教えてくれました。聞けば最近はストリップにハマっている女性が増えているそうで、エロティシズムと美しさが融合する世界に魅せられているとのこと。竹田さんの中では、最初は母親に反抗するような後ろめたさがあったそうですが、行動した結果今までなかった楽しさを感じたことに満足されていました。

私自身の初めての「ｍｕｓｔ」の声へ反抗した実験は、今までだったら付き合ってしまっていた仕事の会合への誘いを断り、ささやかなやりたいこと、その時は心惹かれていたターシャ・テューダーの人生を描いた映画を見に行ったことです。

ターシャ・テューダーというのは、アメリカの絵本・挿絵画家であり、園芸家や人形作家という一面も持った人物です。彼女の描く絵は「アメリカ人の心を表現する」絵と言われ、クリスマスカードなどに盛んに使われています。

ターシャ・テューダーは50代の半ばに、アメリカの田舎町に移り住み、自給自足の１人暮らしを始め、生涯その暮らしを続けました。そのライフスタイルはアメリカのみならず、日本でも話題となり、一部の熱心なファンを獲得しています。

私が見た映画では、まさに自分の心のままに生きているターシャ・テューダーの生きざまが描かれていました。自然の美しさの中で過ごす日々は、毎日がバケーションのようだというターシャ・テューダー。見終わったときに感動を覚え、心が温かくなりました。

その夜ベッドに入ったときにどこか心に充実感を覚え、「ｍｕｓｔ」の自分に背いた行動をした事に対して、「ああ、この方向でいいんだ」と確信めいた感覚がありました。そのあとは、反抗することに自信が持てたので、大胆に反抗していきました。

このように、ちょっとずつ「ｍｕｓｔ」に縛られていた時にはやらなかったことをやってみて、「ｗａｎｔ」の自分が満たされる瞬間を見つけていけば、「ああ、こういうことをやっていくといいんだ」と思えるようになるのではないかと考えています。

ｍｕｓｔをアンインストールする方法

なかなか「ｍｕｓｔ」の呪縛から抜け出せない人の頭の中を、パソコンに例えてみれば、行動を律する命令調のポップアップが登場しているのだと思います。

例えば、休んでいると「ちゃんとしなきゃダメでしょう！」というポップアップが登場したり、仕事でも「そんないい加減な仕事で大丈夫なのか?」とか、「おい、誘いにはちゃんと応えないと不誠実だろ」とか、うるさいくらいにポップアップが登場しているように推察します。私も以前はそうでした。

こういう人には、「あなたの頭の中には、例えて言えば厄介なソフトがインストールされている」という指摘をするようにしています。

こうしたいと思っていても、「ｍｕｓｔ」のポップアップが出てくるので、気が気ではなく、心のままに振る舞うことを邪魔します。また、心が休まるのを阻害するので、ポップアップを出しているソフトにパソコンの処理能力の多くが使われてしまうようなものです。本当に必要な時に、本来の処理速度が出なくなってしまうので、そのソフトはアンインストールした方がよいでしょう。では、どうやればこの厄介なソフトをアンインストールできるのか。

最初の一歩は、自分の中の「ｍｕｓｔ」と「ｗａｎｔ」をきちんと区別することです。多くの人の頭の中には、「こうしたい」という「ｗａｎｔ」の自分と、「こうすべき」という「ｍｕｓｔ」の自分が混在し、両方とも同じ自分として認識されています。同じ自分として認識するのではなく、自分の中には「ｗａｎｔ」の声と、「ｍｕｓｔ」の声があること、それぞれにラベルを付けることができれば最初のステップが成功したことになります。

アンインストールしたいのは、「こうすべき」という「ｍｕｓｔ」の声をポップアップさせるソフトなので、「ｍｕｓｔ」の声が出てきたら、「これは本来の自分の声ではない」、「変なソフトが入っている」と異物として、しっかり認識するのです。

これを繰り返しているうちに、徐々にポップアップを意識的に操作できるようになります。

ただし、急にできるようになるわけでもなく、また、必ずしも全ての「ｍｕｓｔ」の声を否定しなくてはいけないわけでもないので、徐々に進めていけばいいでしょう。

「ｍｕｓｔ」の自分から感性を解放する

「ｍｕｓｔ」の自分を認識できるようになったらどうしたらいいか。これから書くことは、自分の「ｗａｎｔ」の声を聴き、自分らしく生きることを選択するためのささやかなコツです。私自身、「ｍｕｓｔ」の呪縛が強かったので、そこから抜け出るために苦労し、いろいろと試行錯誤しました。私に良かったことが皆さまの役に立つか確信は持てませんが、少し参考にしていただけると幸いです。

一時期、私は頼まれた仕事を断れずに強迫的なまでに引き受けてしまい、完全な容量オーバーで仕事におぼれているような感覚で毎日を過ごしていました。明らかに作業効率も落ちていましたが、それでも頼まれたら断れず、さらに自分を追い詰めるという悪循環になっていました。今からするとなんでそんなことをやっていたのだろうと思うような状況でしたが、当時は「そんなことではダメだ」、「期待に応え続けないと信頼を失ってしまう」という強烈な声が聞こえ、「休みたい」、「もう無理だ」という自分の声をかき消していたのです。

当時の自分に言ってやりたいことは、「ｍｕｓｔ」の自分に従って「ｗａｎｔ」を犠牲にすることは、相当重苦しいものを引き受けなければならないということです。行きたくもない会合に誘われたときや、やりたくない仕事を頼まれたときに、「断ったらその後孤立するかもしれないぞ！」というもう1人の自分が出てくるかもしれません。ある仕事を仕上げているときに、「もっときちんとやらなければダメな人間だと思われてしまうぞ！」という声が聞こえてくるかもしれません。

もちろん、それらを全て断ることは簡単ではないかもしれませんが、やりたくないことを引き受けることが積み重なれば人生をむなしくさせ、生き生きと生きるエネルギーを根こそぎ奪い、その結果としてうつ病にさえなってしまうリスクをはらんでいます。

そんな犠牲を払ってでも行く価値がある会合なのか、引き受けなければならない仕事なのだろうか、ということを、「ｍｕｓｔ」の声に無条件に従う前に、きちんと吟味してみたらよいと思います。そして、徐々に「ｍｕｓｔ」の声に反抗していったらいかがでしょうか。恐る恐る、ささやかなものからでよいのです。

小さなところから「ｗａｎｔ」の声を聴く

もう1つ、私の場合は小さなところから自分の「ｗａｎｔ」を聴く練習を始めました。例えば、昼ご飯はコンビニで買って食べる機会が多いのですが、今までは「うどんだったら手っ取り早く食べられるぞ」とか、「かつ丼はカロリーが高いな」などと考えながら、選んでいました。しかし、そういうような合理的な計算からちょっと距離を置いて、胸に手を当てながら「自分は今どんなものを食べたいと感じているんだろう」ということだけに集中してお店の戸棚を眺めます。そうすると、自然と食べたいものに手が伸びていきました。

理屈ではなくて、食べたいと思ったものを食べることで、少しだけ心は満足するように思います。その他、借りる映画のタイトルを決めずにレンタルショップに行って戸棚を眺め、心が動いたものを借りてみる、書店をぶらぶらして心がワクワクと反応した本を買ってみるなどもあります。結果的に買わなくてもかまいません。心の赴くままに行き当たりばったりということがとても良いと思います。目的や時間の制限を決めず、自分の心がどこにワクワクするのか、「ｗａｎｔ」の声を聴くことを意識することが大切なのです。

「私は人間になった」

私は地道に「ｗａｎｔ」の声を聴く練習を続けました。「ｍｕｓｔ」の声を異物と認識し、反抗してよいと思ったときはその声に大胆に逆らってみたりしました。そうすると、面白い変化が起きたのです。時々世界が輝いて見える瞬間が現れるようになったのです。

先日、軽井沢の森の中のある露天風呂に行きました。腰から下は温かい温泉につかりながら、上半身は自然の冷たい空気がピリッと心地よく、とても気持ちよかったです。上を見上げると、そびえたつ針葉樹の間から晴れ渡った高い空が見渡せました。私は深呼吸をしたくなり、空気を胸いっぱいに吸い込むと、「ああ、生きてる！」と心の底から思いました。場所を移動すると山に見える紅葉がとってもきれいで、その美しさに見とれているうちに、自然と涙があふれてきました。

実は、５年前にも同じ露天風呂に行ったことがあったのですが、その時は「帰ったら会議だ。どうしよう」、「あの仕事、まだ終わってないな」と、そんなことばかりが頭を巡り、周りが全然目に入らず、自然を堪能することなど全くできませんでした。

まさに、「ｍｕｓｔ」に縛られ、今生きている瞬間が楽しめなくなっている状態だったのです。それが、今回、軽井沢で紅葉を見て初めて「ああ、紅葉ってきれいだな」と思ったのと同時に、「私は人間になった」という思いが去来し、涙があふれ出てきたのです。

この時「人間になった」と感じたのは、紅葉を見て感動している自分を発見し、「私は冷酷な人間じゃない。ちゃんと美しいことを感じられる心があったんだ」ということを思ったからです。それまではずっと、心を殺して感情をあらわにすることもなく、皆が泣いているときもなぜか冷めた気持ちの自分がいて、「自分は冷たい人間なのかな」と思うことも少なくなかったのです。なので、「紅葉ってきれいだな」と思えた瞬間に、自分にも温かい心があったのだと思え、すごくうれしくなって涙が出たのです。

このように私自身に変化が生じたのは、「ｍｕｓｔ」に縛られていた自分に別れを告げ、「ｗａｎｔ」で生きられるようになったからに他なりません。「ｍｕｓｔ」に縛られていた時は本当の自分はどこにいるんだろうという感覚があったのですが、「ｗａｎｔ」の自分を救い出せた今は、本当の自分になれたような気がします。

第4章

自分は自分のまま生きると決める

——自己肯定の先にある愛のある人生

自分を許せると、他人も許せる

ここまで、ミドルエイジクライシスのメカニズムを説明し、そこから抜け出るには2つの〝幻想〟を手放すことが必要だということを述べてきました。そして、「ｍｕｓｔ」に縛られている自分を解放し、「ｗａｎｔ」に従って生きることが大切だと。

しかし、「ｍｕｓｔ」から自分自身を解放したら、自分勝手な人間になってしまわないのか？　だらしなくて怠け者になってしまわないのか？　という疑問が出てくるかもしれません。

しかし、そんなことはありません。「ｗａｎｔ」に沿って生きることで、本当の意味で人を愛せるようになるのだと思います。

第3章の冒頭で、外科医の石原さんのことを紹介いたしました。母親の「立派な外科医になってほしい」という期待を胸に、自分を律して働き、土日の勤務や残業もいといませんでした。

しかし、正しい行いをしている陰で、石原さんの心は悲鳴を上げ、ひそかに怒りの感情がたまっていったのです。その怒りは、のびのびと生きている若い後輩医師に向けられ、彼らには大変厳しく接してしまうことになったわけです。石原さんの若手医師に対する振る舞いは、愛情ではなくて、嫉妬とも言えるものだったかもしれません。

石原さんが完璧ではない自分自身を許せるようになった後、後輩も許すことができるようになったので、とても優しくなりました。それまでは「完璧な外科医」であろうとすることに意識が向いていたのですが、自分自身を許した後は、目の前の患者さんともきちんと向きあえるようになったのです。「ｍｕｓｔ」の自分がいなくなった後、後輩医師についても、完璧であることを求めなくなったのです。

私自身も、「社会に役に立つ存在でなければならない」と考えていたときよりも、穏やかになれたように思います。以前は「社会に役立たねば」と思い、周囲の期待に応えようと頑張ってきましたが、理想通りにはできないとき、「自分はダメだな」と責めていました。しかし、だんだん理想通りにはできない自分を許すことができるようになりました。そうすると、他の人も許せるようになるのです。人間とは皆欠点を持っているが、その欠点を抱えながら生きるさまが、いとおしくさえ思えるようになりました。

もちろん許せないと思う人もいます。例えば、自分や、自分の大切な人に危害を加えるような存在は許すことが難しいです。しかし、誰かに危害を加えられたとき、以前であったら「怒ってはダメだ、冷静に振る舞わなければダメだ」と素直な自分の気持ちを出せなかったのが、自分の感情を大切にできるようになりました。そうすると、怒りの感情をこじらせることがなく、次に進めるようになりました。

自分を縛る「過去の自分」を捨てる

ユングは、中年期の危機を迎えた後、人が目指す道筋を「自己実現」あるいは「個性化」と表現しています。これは、それまで「ｍｕｓｔ」に支配されて抑え付けられていた「ｗａｎｔ」を解放し、小さい頃は無邪気に表れていた自分を取り戻すこと、成長して社会に適応しようとする過程で忘れてしまっていた自分と出会うことを指します。

また、「ｗａｎｔ」の自分を解放していく中で、今まで知らなかった思いがけない自分と出会うことさえもあるでしょう。石原さんや私の例のように、「良い人間でいなければならない」と自分を縛るのではなく、今まで抑え込んでいた自分と出会い、自分の欠点を許し、あるがままの自分を認めることを指します。

冒頭の千賀さんのように強い父親として生きてきた人が、自分の中の甘えん坊でさみしがり屋な部分と出会っていくこともあるでしょう。常に冷静であろうとした人が、自分の中の少年のような無邪気な部分とつながっていく過程もあるかもしれません。

自分の中にあるさまざまな側面を知り、そういう自分を認めることは、人間としての幅を広げます。自分の「ｗａｎｔ」を探求し、自分の多様な顔と出会っていく。その結果として、さまざまな側面から物事を捉えられるようになりますし、深く考えることにつながります。

正しく強い自分だけでなく、弱い自分や、間違えてしまう自分を認める事も大切です。相田みつをの、「つまづいたっていいじゃないか　にんげんだもの」という詩は、まさにこのことを端的に言い表しています。すると、他人の様々な有り方を許容する事が出来ます。人に優しくなれますし、その結果人から愛されることにつながります。

では、忘れていた自分や、知らなかった自分と出会う作業はどうしたら進めることができるのでしょうか？　中年期になると、「この人のように生きよう」と思えるような若い頃のようなロールモデルとしての「尊敬する人」はもういません。

他人の真似をしていても自分とは出会えません。自分は自分であり、他の人と同じように生きようとしても、自分は幸せになれないことは分かっています。ミドルエイジクライシスの後の道筋は、もしもユングが言うように自分が知らなかった自分と出会おうとすることであるならば、それはある意味先が見えない大海原への船出をするような感覚かもしれません。

自分の旅をどう進めればいいのか？　もちろん、さまざまな文学や哲学の中に部分的な示唆はあります。ここでまた、がん患者さんの例に戻ります。人生には限りがあることを強烈に意識し、内面の豊かさの探求をして歩んだ道筋から、ヒントを得ることとしましょう。

人生の優先順位を見直す

第2章で述べましたが、危機の先にはどのような世界があるのか。心理学領域における心的外傷後成長に関する研究から、その人の考えには5つの変化が生じうることを述べました。

第2章では、「自分は成長し続けられる」という〝幻想〟を手放すことについて書きました。そして「死」を意識して時間が限られることを意識することは、1日1日を生きることが貴重に思えることにつながり、人生に対する感謝の念が湧くことにつながるのだとお話ししました。

また、第3章では、「社会に適応して成功すれば幸せになれる」という〝幻想〟を手放すと、自分は自分でよいのだと言えるようになることについて書きました。自己肯定できること、自分らしく生きられるようになること、これが2番目の「人間としての強さ」です。


そして、今日1日を過ごせることが当たり前ではないことに気づき、感謝の念が湧くと、人は貴重な時間をどのように過ごすのかということを一生懸命考えるようになります。人生において本当に大切なことは何か、その優先順位を考え、生きがいについて深く考えるようになります。これが、5つの変化のうち3番目の「新たな視点」と呼ばれる変化です。

もう1人、がんになったことがきっかけで、人生観に大きな変化が生まれた方の例を紹介しましょう。

お名前を渡辺弘道さんとおっしゃる男性の患者さんで、病気になる前は食品会社で仕事第一という価値観の下に働かれていた方です。

124ページで紹介したように、レジリエンス外来を受けていただき、自分自身の歴史を振り返るワークシートに、ご自身のことを記入していただきました。

そのほかにも、「病気になって気づけたこと（肯定的に感じていること）はありますか?」という質問をしています。

この質問に対して、渡辺さんは「人生には終わりがあることに気づいたこと」とお答えになりました。そして、「病気で死ぬかもしれないし、不慮の事故や天災の被害を受けることもあるのだから、1日を大切に、ベストを尽くさなきゃならないし、我慢をしてもいけない」

と思いを新たにされたとも、お話されていました。

実際、病気になられてからは、「うなぎを食べたいな」と思ったら、「明日にしよう」とか「またにしよう」ではなく、すぐに食べに行く。「歌舞伎を見に行きたいな」と思ったらパッと行くなど、即断即決、即実行へ行動パターンが変わったのだそうです。

以前だと、「歌舞伎を見るっていっても、どこで券を買うのかも分からん」、「ちゃんとした格好じゃないとまずいのかな……ハードルが高そうで嫌だな」と、やってみたいとは思っても、やらない理由を自分で作り出してしまっていたらしいのです。しかし、「自分には時間が残されていない」と考えると、「もうそんなことを言っている場合じゃない」と考えが変わり、行動的になられたのだそうです。

実際、歌舞伎を見に行ってみると、劇場ではいろいろな人が親切に教えてくれるし、カジュアルな服装で行っても全然大丈夫なのが分かったとおっしゃっていました。

渡辺さんは、元来、引っ込み思案だったらしいのですが、病気になり行動的になったことで、「自分が積極的に動けば、人は結構優しく受け入れてくれる」ことを経験し、世の中は怖いものだという先入観が解け、一歩踏み出せば誰かが助けてくれる。

逆に、今まで重要だと思っていたことが、ささいなことに思えることも増えたそうです。例えば、仕事の悩みも「そんなもの、病気になって死ぬかもしれないということに比べたら、しょせん一時的なものなんだ」、「そもそも仕事なんて、人生において大して重要なことでもない」と思うようになられたようです。

先々のことを心配するよりも、行きたいと思った美術展に開催期間中にちゃんと行くことの方がよっぽど大事だと思いだしたらしいのです。「このチャンスを逃すと、見たい絵が見られなくなる。今しかできないことがある」。

どうやら完全に物事の見方が変わり、「ｍｕｓｔ」に縛られていた自分から抜け出し、「ｗａｎｔ」の自分を取り戻されたようなのです。

渡辺さんは、こうも語っていました。「命に関わる手術を受けて、本当に生まれ変わったように感じている。病気になって良かったとは思えないが、気づいたことはたくさんある」

生きること、家族との絆の重要さにも気づけたし、病気を通じて、仲間とも出会えたし、新しいことができることへの期待も大きいとも述べていました。

愛に目覚める

貴重な時間をどのように過ごすのかということを一生懸命考えたのちに、多くの人が最も大切だと考えることは何だと思われますか？　それは、自分にとって大切な人との時間で、5つの変化のうち4番目の「他者との関係の変化」に当たります。

人生後半において、人を愛し、人から愛されること、つまり愛がある人生を送ることができたら、幸せを感じることができるのではないかと私は思います。一方で、どんなにお金があって、社会的地位があったとしても、愛がない孤独な人生は、私には耐えられそうにありません。

56ページで登場した27歳でスキルス胃がんになられた岡田拓也さんのその後をご紹介しましょう。岡田さんは若くして健康を失ったことに対する怒り、悲しみを経て、限られた人生をどのように生きれば自分の人生が有意義だと思えるようになるかという課題に取り組まれました。

がんになった当初は、両親に対しても行き場のない怒りをぶつけることも少なくなかったようです。

岡田さんが入院中のことでした。

食欲がないときにお母さんが「少しは食べた方がいいんじゃない」という言葉にイライラが爆発し、「俺だって食べなきゃいけないことは分かってるんだよ。でも食べられないんだ！　俺の何が分かるっていうんだ。もう帰ってくれ」と言ったそうです。

お母さんが帰り支度をしているうちに、岡田さんの怒りは収まってきて、八つ当たりをしたことの申し訳なさがあったそうです。「拓也さん、ごめんなさいね」と言い、少し涙ぐみながら病室を後にするお母さんの寂し気な背中を見て、岡田さんはむしろ切なくなり、「俺が悪かった。本当にごめん」とお母さんに謝られたそうです。

そのあと岡田さんは一時的に退院し、最後は緩和ケア病棟でなくなられました。退院した時、小さい頃のアルバムを見たそうです。そこには、懐かしい子供の頃の思い出があり、写真の1枚1枚にご両親の紛れのない愛情が詰まっていることを感じたそうです。

最後にお会いした時は、穏やかな表情で次のように話しておられました。「何よりも、ここまで育ててくれた両親に、感謝の気持ちをちゃんと伝えておきたいんです。僕がいなくなったら、きっとおふくろがいちばん悲しむ。その時が来たときのために、いい思い出を何か作っておきたいんです。ずっとすねかじりの親不孝息子だったし。大したことは何もできないんですけど、おふくろの田舎がある北海道に久しぶりに一緒に行こうと思っています」。

そして岡田さんは「若くして死ななければならないことは残念だけど、でも僕は幸せだった。今までありがとう」という感謝の言葉を両親に伝えられたそうです。


腎臓がんが再発し、私のところへお見えになった羽田和江さんという患者さんがいらっしゃいます。

この方は、アートの仕事をされており、非常におしゃれで情緒豊かなのですが、どこかで自分を低く評価されているような印象を受けました。

なぜそのような印象を醸し出されているのか、いつものように羽田さんにも、生い立ちを書いていただき、理由を探ってみました。

この方は三重県の生まれで、3歳上の兄がいて、親族からも大変かわいがられていました。兄は両親から大きな期待を受けていたことを、羽田さんは幼い頃から感じていました。

下には11歳年下の弟さんがいて、遅れてできたお子さんということで、弟も両親からの寵《ちょう》愛《あい》を受けていたように、羽田さんは感じられていました。そして、約ひと回り下の弟の面倒を羽田さんは一生懸命見られていました。

羽田さん自身も、ご両親から愛されてはいたとは思っておられましたが、兄や弟に比べ受ける愛情が少なく感じました。そして、両親は自分に対して「そこそこ育ってくれればよいんじゃない?」と思っているのだろうと想像していました。自分はきょうだいの中で「はみ出している感覚」を覚えていたそうです。

しかし、「真ん中の子供とはそんなもんだ」と自分を納得させ、特に不満を感じることはなかったそうです。

このようにおっしゃってはいて、ご本人は気づいていないご様子でしたが、実は「愛されたい」という気持ちを自分の中で抑え込んでおり、どこかにやるせなさを抱え込んでこられたのではないかと、私には思えました。

3人きょうだいの真ん中で「はみ出している感覚」を持ったまま大人になった羽田さんですが、がんになったことをきっかけに心境に大きな変化が生まれたそうです。がんになってから、同年代の友人の方たちが、優しい言葉や厳しい言葉をかけてくれて、全力で励ましてくれようとしていることを感じたり、ちょっと検査の結果が悪かったりすると、皆が本気で心配してくれたそうです。期せずして今まで我慢してきた「愛される」という体験をたくさんされたようです。そして、自分自身で生きる力を取り戻さないと申し訳なくなり、周りの方々の温かい気持ちに応えたいと思ったのだそうです。

羽田さんは、「死が近いと思ったときに、人生は有限だということに改めて気がつきました。そして、やりたいことを後回しにしないで、どんどんやっていきたいという強い気持ちが自分の中にもあることに気がつきました。さらに、自分は1人きりで生きているわけではないことも思い知らされました。自分が思っていた以上に、たくさんの方が自分のことを心配してくれることを知って、本当にありがたいなと思いましたし、自分が生きてきたのは、こんなにも温かい世界なんだということを改めて感じました。誰かが私のことを気に掛けてくれるということは、本当に生きる力になります」とおっしゃっていました。

また、羽田さんはこんなこともおっしゃいました。

「人の痛みに鈍感ではありたくない。自分と直接の関係がない人のことでも、無関心ではいたくない。知らないふりはしたくない。自分が病気になったときに、気持ちを傾けてくれた人は、友人だけでなくその家族だったりもした。このように人のつながりをたどっていくと、今は全く知らない人とも、どこかでつながるのではないかと思った。だから今は、日本から離れたところで起こっている大変なことも、人ごとだとは思えない」

このような言葉は、羽田さん以外のがん患者さんからも伺ったことが何度もあります。おそらく、苦しみを体験することで、他人の苦しみにも思いを馳《は》せるようになり、「赤の他人」という感覚が薄らぐのでしょう。

例えば、羽田さんは震災で津波に遭いお子さんを失ってしまった人の話を聞くと、被害に遭われた人の悲しみが、非常にリアルに感じられ、とても人ごととは思えなくなるのだそうです。

心境にこのような変化が現れるのは、他人に対する共感性が増す結果だと考えられます。

それでも自己肯定できない人のために

乳がんに罹患した山崎栄子さんの話です。山崎さんは43歳、独身で、美容関連会社に勤務していました。自分が美しいことをとても大切にされてきた方です。言葉が激しく、怒りの感情を表されるので、最初は私もとっつきにくく感じました。しかし、話していくうちに、その奥底に山崎さんのさみしさや優しさを感じました。

山崎さんにとって、「乳房とは何か?」と尋ねられたら、答えは簡単ではないそうです。女性の象徴とか、そんなものではなく、あえて例えるなら、「貴方《あなた》にとって貴方は何ですか?」と聞かれているくらい難しい。その方が手術の決意をし、その後の心境の変化を記した手記を紹介したいと思います。

乳癌を宣告された瞬間、「手術は嫌だ」という考えが瞬時に頭に浮かんだ。進行していたので、術前に半年間の抗がん剤治療となり、すぐ手術をしなくてよくなったので、むしろ「助かった」と思った。

手術の説明の時に見せてもらった乳房全摘出後の写真は、肋骨の上に皮膚がのっているだけの画像で、激しい恐怖に襲われた。

同僚や友人から「命が一番大事」「再建すれば良いじゃない」という声をかけられた時に、激しい怒り、殺意に近い感情を持った。「皆んなに何がわかる!?ましてや、子供がいたり、結婚してたり、スタイルの悪い人の乳房とは、全くの別物なんだ。私は手術なんかしない。がんが進行して自壊して、血と膿だらけの腐った乳房で苦しみながら、貴方達を怨んで死んで行く。」そう思ったし、実際にこの言葉をぶつけた相手もいた。

外科医も看護師もみな手術をすることを勧めたが、ある日、「出来ない。私には手術なんて出来ない!」と叫んだ時、1人の看護師さんが、「もう、いいよ。それが山崎さんなんだよ。」と言ってくれて、この言葉がとても新鮮に感じた。「私?私であるというのは、こういうことなんだ。」と思った。そしてその看護師に、この病院で、乳房切除術を受けるしかないように考えた事を涙ながらに伝えた。だんだん感情が高ぶり、子供が泣くように、ドラマや映画のように大声で泣いた。こんな泣き方をしたのは恐らく初めてで、発狂するかと思い自分で自分の気持ちを落ち着けた。本当はもっと泣きたかった。

手術後、自分は「もじもじ君」になった気がした。背中の真ん中まであった長い髪は抗がん剤で抜けてしまい丸坊主。凹凸の無い身体。まるで全身タイツを着たようだった。困った事に入院中、傷に軟膏を塗らなくてはならず、看護師さんに塗って貰うのが嫌で自分で塗る事にした。自分の失くなった胸を見る事になる。先ずは、副主治医に胸の写真を撮ってもらいそれを見た。切除した部分が自分の顔と一緒に写っていないと他人事になった。看護師さんに折畳み鏡を用意して貰い、毎日傷だけ鏡に写して軟膏を塗った。自分の顔と手術した身体を一緒に見られるようになるには、４か月かかった。

退院後、身体も辛く、心も病んだ。何の非も無い美しい女性を突き飛ばしたい衝動にかられ、そんな自分が惨めになり、本気で高所から後向きに飛び降りる事を考えた。手術をしても3年生存率は、68%。「自分はそう長くは生きない。この苦しみは長くは続かない。」と自分に言い聞かせたりした。

一年の休職を経て短時間勤務で職場復帰をしたが、身体もきつく何もかも上手く行かない。半年で退職した。

失ったものは、乳房だけでは無い。職場でのポジション、収入、体力。3ヶ月が過ぎて、再就職した。手術から丸2年。少しずつ身体は回復して来た。

癌になって、肌の弾力も失われ、顔の色もくすみ、髪も細くなった。手術で鎖骨下も窪んでいる。抗がん剤の副作用で足が痺れてる。着られる洋服も履ける靴も限られる。この事で毎日イライラする。

しかし、不思議なもので、しばらく時間が経つと少しずつ心境が変化してきた。このままじゃいけないと、楽しくなる努力もした。大人になると一年があっという間に過ぎるのは、発見、新体験、感動が減るのが一因と本で読んだ。「一日1NEW」を始めた。一日に一つ、初体験をする。食べた事がないものを食べてみる。行ったことがない所に行ってみるなど。結構大変だったが、そんな事をしているうちに楽しいと感じるようになった。

最近、いままで飲まなかったお酒が飲めるようになった。ある日、ビアフェスに行き隣に居た、いかにもオタクな男の人と話した。ペットは蛇2匹で、仕事は動物実験用の動物の飼育管理。「そうか。そんな職業もあるのか。私ががんの治療が出来るのは、こういう人達がいてくれるからか。」以前と比べて、人の許容範囲が広がった。着ている物がどこか変な人。スタイルが悪い人。今まで避けてきた人とも普通に関われるようになった。自分ルールをゆるくした。なきゃならない。を止めた。勤労、納税の義務をし、犯罪を犯さない。これだけでいいや。

手術から2年9ヶ月の血液検査で、腫瘍マーカーが基準値は越えないものの、手術直後からは倍になっていた。再発の予感。何故か急に思った。「こんな事していられない。一度仕事辞めよう。再建手術しよう。その前に海外旅行しよう。」

案の定、手術から満3年の再検査のPETで、主治医から「胸骨リンパ節と胸骨に転移再発」を告げられる。涙が次々溢れた。でも、それほどの衝撃ではなかった。「そうか。再発なんだ。」と受け止められた。死ぬより嫌な、乳房を切除する手術を受けたのだから。

今度こそ本当に死が近くなったのかもしれない。がん宣告をされた時、どうして、何も幸せになれないうちに死ななくてはならないのか？　と腹立たしかった。子供の頃も、学生時代も幸せだったとは思えない。恋愛も結婚も上手く行かなかった。子供もいない。仕事でも苦労が多かった。それでも、私は頑張ってきた。

今は、私の人生は、結構面白かったし、誇れる事だってある。幸せではないが、それなりの楽しい日々を送っている。

手術前は、五体満足で無理も効き、努力が報われてきた。ある程度の事は自分の力で変えられていた。だから、その先の人生も変えられるし、自分が幸せと感じる事を見つけて、幸せな人生を作って行く。という理想があった。

今は手術をして、後遺症も残り、自分の力が及ばない沢山のコンプレックスを得た。理想を捨てざるを得なくなった。手術前は、過去に自分がしてきた努力や誇れる事は過去でしか無く、前しか見ていなかった。これから先の幻の様な理想を叶える事が、私の幸せだったのだと思う。

手術をして未来を捨てたから、再発をして過去が輝き出したのだと思う。乳癌になり、幾度となく「もう終わりだって！もう終わり！」と言っていたのは、この事、未来を捨てた。という事だったのかもしれない。

今、毎日それなりに楽しいのは、未来の幻の理想のために、苦しい程の努力をしないからかもしれない。そして、幻の理想を得ようといくら苦しい努力をしても、私は幸せにはなれなかったと思う。それまで描いていた理想は逃げ水とか、蜃気楼？とかみたいなものなのかな？と思う。幸せとは、「生まれてきて、生きていて良かったと思えること。」だとしたら、私は未だそうは思えない。でも、面白可笑しいとか、満足感、達成感などは感じることができる。

「want」で生きると、いつのまにか人が集まりだす

山崎さんのように、がんになった方の場合、喪失を体験し傷つくこともあります。そして、今まで抱いていた理想を手放さなければならないことも少なくありません。しかし、人間が向き合わなければいけない現実「老・病・死」を直視すると、そもそも人間は万能ではなく、今まで抱いていた理想は、〝幻想〟だったことを悟るわけです。

そうすると、人間は逆らえない現実を苦労しながら生きる存在だという認識が生まれます。若い頃の「天下を取る」というような鼻息の荒さはなくなります。そして、誰もが人生の最

後は死に向かうと考えると、どちらが上でどちらが下という優劣をあまり意識しなくなります。名誉ということの価値が相対的に下がるので、社会的な地位が高い人への嫉妬もなくなります。かりそめの万能感を求めて社会的地位を得るための競争にエネルギーを注ぐことで、何か得られるものがあるかもしれませんが、いずれやってくる老病死などの現実からは逃げることができませんから、その様な努力はしたいと思わなくなります。そうすると気が楽になります。

理想を手放し、強く完璧であろうとする生き方をやめると、自分の弱さ、もろさ、ずるさを認められるようになります。そして、人間は聖人君子ではいられなくて当たり前という考えが芽生え、他人の弱さやずるさにも寛容になれるのです。

自分が弱っている時には、愛されたいとか、守られたいという気持ちが、誰もが強くなります。こういう時に、優しさに触れ、周囲の人が優しくしてくれると、本当にありがたく感じ、今までのよそよそしい人間関係のイメージを塗り替えるような体験をすることになります。そして、自分が人から愛されていることを認識し始めると、今度は人に対しても優しくなって愛情を注げるようにもなります。

ドイツの有名な心理学者であるアドラーは、「共同体感覚」という言葉で、他者との関わりの中で生きているわれわれの感覚を説明しています。

共同体感覚というのは、他者を仲間であると見なし、そこに「自分の居場所がある」と感じる感覚のことを意味しています。

人間というのは、生まれて死ぬまでの人生を、地球という共同体の中で、皆が協力し合いながら生きている。そのため、地球に暮らす全ての人が大きな家族のように感じられ、実際には会ったことも、存在すら全く知らなかった赤の他人に関しても無関心ではいられなくなるというのです。

自分が傷つき悲しい経験をすると、悲しみに対してすごく鋭敏になり、共同体の一員である他の人の悲しみにも敏感になります。

いろいろな人のことが大切になり、人の傷の痛さも感じるようになるのと同時に、人のやさしさを感じる様になり、愛されることを受け入れやすくなるのです。

老いることを恐れなくていい

多くの人は老いることを恐れます。特に、元気、美しさ、強さを大切にしてきた人にとって、体力が落ちること、容貌が老けていくこと、弱くなることは恐いことかもしれません。しかし、心配しなくて大丈夫ですから、安心して老いていく自分を認め、許してあげてください。

老いることを認めることができたら、窮屈さから解放され、新たな世界が開けます。理由はいくつかあります。まず、いくら努力しても、若さは失われていきます。なので、老いていく自分を認めることで、できもしない目標である「若さを保ち続けること」に縛られていることから自由になれます。老いていく自分、弱い自分を認めることは最初は悲しみが伴うかもしれませんが、そうすることで他人の弱さや傷つきについても慈しみの気持ちが生まれ、いろんな人に対して自然と優しくなれるのです。年を取って丸くなったと言われる人が多いですが、きっと皆このプロセスをたどっているのだと思います。そして、人に優しくなれたら、あなたの周りには自然と温かい人が増えていくでしょう。そして、愛がある人生の扉が開かれるのです。

第5章

「今」を生きられないと世界がくすんで見える

――その瞬間を楽しむ

前章では喪失を経験し、「ｗａｎｔ」の自分に目覚めると、心の中でさまざまな変化が起きること、愛のある人生が始まることを、幾つかの事例とともに紹介しました。もう1つ、ミドルエイジクライシスを抜けた先の景色として見えるのは、子供のような純粋な心を取り戻し、日々を楽しむことです。

そうすると、それまで見えていなかった美しい景色が目の前に広がるようになります。これが、心的外傷後成長の5番目に当たる「精神性的変容」とも重なります。

なぜこのような変化が起きるかと言うと、小さい頃は無邪気に表れていたのに、成長して社会に適応しようとする過程で忘れてしまっていた自分と、人生後半にもう一度出会うことができるからです。さらに、「ｗａｎｔ」の自分を解放していく中で、忘れていた自分だけでなく、今まで知らなかった新しい自分と出会うことさえもあるでしょう。

精神科医の泉谷閑示先生がしばしば引用されていますが、ニーチェは『ツァラトゥストラ』の中で、駱駝・獅子・小児という比喩を使って、人間の変化成熟のプロセスを示しています。※

※引用　泉谷閑示著『「普通がいい」という病』（講談社現代新書）

ニーチェの『ツァラトゥストラ』の言説

三様の変化
（同志への教説がはじまる。重荷に堪える義務精神から自律へ、さらには無垢な一切肯定の中での創造へ。これが超人誕生の経路である。）

わたしは君たちに精神の三様について語ろう。すなわち、どのようにして精神が駱駝《らくだ》となり、駱駝が獅子《しし》となり、獅子が小児となるかについて述べよう。

畏敬を宿している、強力で、重荷に堪える精神は、数多くの重いものに遭遇する。そしてこの強靭な精神は、重いもの、最も重いものを要求する。

（中略）

すべてこれらの最も重いことを、重荷に堪える精神は、重荷を負って砂漠へ急ぐ駱駝のように、おのれの身に担う。そうしてかれはかれの砂漠へ急ぐ。

しかし、孤独の極みの砂漠のなかで、第二の変化が起こる。そのとき精神は獅子となる。

精神は自由をわがものとしようとし、自分自身が選んだ砂漠の主になろうとする。

（中略）

わたしの兄弟たちよ。何のために精神の獅子が必要になるのか。なぜ重荷を担う、諦念と畏敬の念にみちた駱駝では不十分なのか。

新しい諸価値を創造すること――それはまだ獅子にもできない。しかし新しい創造を目ざして自由をわがものにすること――これは獅子の力でなければできないのだ。

自由をわがものとし、義務に対してさえ聖なる「否」ということ、わたしの兄弟たちよ、そのためには、獅子が必要なのだ。

新しい諸価値を立てる権利をみずからのために獲得すること――これは重荷に堪える敬虔な精神にとっては、身の毛もよだつ行為である。まことに、それはかれにとっては強奪であり、強奪を常とする猛獣の行うことである。

（中略）

しかし思え、わたしの兄弟たちよ。獅子さえ行うことができなかったのに、小児の身で行なうことができるものがある。それは何であろう。なぜ強奪する獅子が、さらに小児にならなければならないのだろう。
小児は無垢である、忘却である。新しい開始、遊戯、おのれの力で回る車輪、始原の運動、「然り」という聖なる発語である。

引用　ニーチェ著、手塚富雄訳『ツァラトゥストラ』（中公文庫）

人生前半は、「こういう人間になるべし」という規範を教わり、そのために人は努力を重ねます。ニーチェは、人生前半の人間を駱駝として描き、成長するために駱駝は「もっと重いものを背負わせてください」と望むわけです。駱駝に盲従を強いるものを龍として描いていますが、現代で言えば、親や学校、組織など、社会的規範を植え付けるものが龍に当たるでしょう。

しかし、だんだん人間は駱駝のように生きるのが窮屈になっていきます。そして、駱駝は獅子に変身して龍を倒します。これが、「ｍｕｓｔ」の自分から自由になるプロセスを表しており、ミドルエイジの危機にある人は、恐れの対象であった親や社会から与えられた価値観から自由になることが課題になります。

そして獅子を倒した後、自由を獲得した人間はどうなるのか。この問いに対してニーチェは小児に変身すると言っています。人生前半で植え付けられた「正しい振る舞い」から解き放たれたら、子供の頃の豊かな感性をよみがえらせて、ワクワクする気持ちを取り戻すのです。

理性を緩めれば、感性が息を吹き返す

では、ニーチェの言う小児になるとは、どんなことを言うのでしょうか。私は谷川俊太郎さんの詩の世界にヒントを見いだしました。

私が以前勤務していた病院には、院内学級という病棟の中の学級があり、小児病棟の子供たちが治療しながら学校に通っていました。

ちょうど私がミドルエイジクライシスの真っただ中にいたときに、この学級の小学校の低学年生が学習発表会で、皆で谷川俊太郎の『生きる』という詩を、順番に輪読のように朗読

しているのを見たことがあります。

生きているということ
いま生きているということ
それはのどがかわくということ
木もれ陽がまぶしいということ
ふっと或るメロディを思い出すということ
くしゃみをすること
あなたと手をつなぐこと

生きているということ
いま生きているということ
それはミニスカート
それはプラネタリウム

それはヨハン・シュトラウス
それはピカソ
それはアルプス
すべての美しいものに出会うということ
そして
かくされた悪を注意深くこばむこと

引用　谷川俊太郎詩、岡本よしろう絵『生きる』（福音館書店）

この詩を輪読している子供たちは、簡単ではない治療を受ける日々の中、きっと一生懸命セリフを覚える練習をしたのでしょう。生き生きとした子供たちの声を聴きながら、「ああ、いいなあ。生きているってそういうことだな」と感じたのと同時に、「私は、そういう意味では生きてないいな」と思い至ったことを思い出します。

第3章の終わりに、軽井沢の森の中のある露天風呂で、「自然が美しい」と思えるようになった体験についてお話ししました。それからは、だんだん自分の感性が開かれていきました。今ではこの詩のメッセージを素直に感じ入ることができる様になり、私自身に生きている感覚が生まれました。

「木もれ陽がまぶしい」というところでは、素直に「ああ、美しいな」と思えたり、喉が渇いて冷たい水をごくっと飲んで「ああうまいな」と感激したり、あなたと手をつなぐことという言葉を聞いて、昔抱いた恋心を思い出すのです。

第1章に描いた千賀さんもそうでしたが、私のクライエントにも、「こうあるべし」という厳しい「ｍｕｓｔ」から自由になった後に、子供が持つみずみずしい感性がよみがえる体験をする人はたくさんいました。

大人になったら子供の頃の純粋さを失ってしまうということがよく言われますが、私は失うのではなくて、強い理性によって心の中に閉じ込められているだけなのだと思います。なので、強すぎる理性を緩めていけば、感性は徐々に息を吹き返すのだと思います。

「罪悪感」という〝幻想〟から解放される

実は、「ｍｕｓｔ」の自分が作るある感情が拭えないと、目が曇ってしまって新しい世界が見えないことがあります。

子供の頃、自分のお母さんが自殺された経験を持つ宮田一明さんという男性がいらっしゃいました。その方はずっと「自分が心配をかけたからお母さんは自殺した」と思っておられました。

高校を卒業後、出身地である香川県の高校から東京の大学へ進学し、そのまま就職し、ずっと実家に戻ることなく過ごされていたそうです。もともと父親とも折り合いが悪く、また、故郷の空気に触れることが怖く、過去を消してしまいたいと思われていたようです。

50歳を目前に大腸がんを発症し、その後、転移が分かり、自らの死を意識するようになられたそうです。

父親と会うのはずっと避けていましたが、このままではもう父と一生会えないかもしれないと思うと、病気の説明だけはしておこうと意を決して何十年かぶりに帰省されることにしたのだそうです。

瀬戸大橋を渡って故郷の街に近づいた時の風景は、宮田さんの目にはとても重苦しく映ったそうです。

実家を訪れ、久しぶりに対面した父親は、宮田さんの記憶の中の父とは全く異なり、別人のように年老いていたそうです。その姿を見た宮田さんからは、長年抱いていた父親への反発心が影を潜めていったそうです。

長年不義理をしていた宮田さんに対して、父は優しく「よく来たな」と声をかけてくれました。そして宮田さんは初めてずっと苦しかった自分の胸の内を父に明かすことができたのだそうです。

その会話の中で、実は母が自殺をしたのは、宮田さんのせいではなく、治る見込みのない心の病を抱えていたからだということを初めて知ったのだそうです。

その瞬間、「そうだったのか！」という衝撃とともに、ずっと心に重苦しくのしかかっていた罪悪感が消えていき、とても穏やかな気持ちになったそうです。

自分の命はもうそれほど長くはないかもしれないが、自分を責めることはやめて、生きていこうと思ったそうです。

帰りの車窓から見えた故郷の景色は、行きに見たものと同じはずなのに、宮田さんの目には全く違うものに映ったそうです。そして、子供の頃に母親と過ごした記憶、友人と遊んだ記憶がよみがえり、涙があふれて止まらなくなったのだそうです。

宮田さんは、「その景色を見た時の感覚をあえて言葉にするならば、実に懐かしく非常に甘美なものでした。『juicy《ジューシー》』という表現がぴったりくるかもしれない。何とも言えない心を震わすものだった」と私に語ってくれました。

行きには重苦しく見えた光景が、自責の念から解放された帰路には全く違うもの、郷愁誘う実に甘いものに見えた。あなたが「ダメな人間だ」と自分を責めているとして、もし自分を許すことができたならば、その時から世界は輝きだすのではないかと思います。

心がよみがえる瞬間

「愛と美しさの世界」を体験された患者さんのお話を1つご紹介します。患者さんのお名前は、矢野裕子さん。48歳で乳がんを罹患された女性です。

矢野さんには中学生の娘さんがいました。この娘さんは、もともと少し内向的で学校の友人たちとなじめず、学校を休みがちだったのですが、矢野さんが乳がんになった時、一時不登校になってしまったのだそうです。

娘さんの行く末をとても心配していた矢野さんは、がんになり娘さんに負担をかけてしまったことで、自分をとても責めてしまったそうです。

娘さんが高校に入学した後、矢野さんの乳がんが再発してしまいました。化学療法を受けましたが、徐々に病気は進行してしまったそうです。

そんな矢野さんの姿を見て、娘さんは多くは語りませんでしたが、高校に通いながら、献身的に家事を手伝ってくれたそうです。

矢野さんは娘さんの姿を見て、「自分が病気になりさえしなければ、娘は普通の高校生活を送れたのに」と、後ろめたい気持ちを持ち続けていたそうです。

娘さんが高校3年生の3学期、矢野さんの乳がんが肝臓をはじめとして、全身に多数転移しているのが分かり、もしかしたら4月を迎えられないかもしれないという状況になりました。

矢野さん自身も、自分の命が長くないことを悟っておられたそうですが、なんとか娘さんの卒業式には出たいと思っていたそうです。

その願いはかない、矢野さんは車いすに乗り卒業式に参加されました。そして、卒業証書を受け取る時に、背筋をピンと張って立つ娘さんの姿を見て、「ああ、この子も立派に成長したんだな」という安堵《あんど》感と、まだわがままも言いたい時期だったのにもかかわらず、親孝行をしてくれた娘さんに対する感謝の気持ちでいっぱいになり、涙が止まらなくなったそうです。

そのあと夫と娘さんの3人で、桜の下で写真を撮られたそうです。その時、ふと視線を上に向けた時に目に入ってきた、青空の下、花を咲かせている桜の美しさに絶句したそうです。

「ああ、桜というのは、こんなにも美しいものだったのか……」。

今までは自責の念に駆られ、自然の美しさに目を向けるゆとりもなかった矢野さんでしたが、卒業式の娘の姿を見て、娘を信頼するとともに、それまでの自分を許すことができたのでした。そして、美しい花を咲かせた桜に、成長した娘さんの姿や、もうじきこの世を去る前に素晴らしい1日を過ごすことができた自分の状況を重ね合わされたのかもしれません。その美しい風景に、人の力をはるかに超えた、何か神々しいものを感じられたそうです。

富士山のいとおしさに気づく方法

肺がんの手術を受けて1年経過し、やっと普通の生活を送れるようになった加藤忠夫さんが、ご自身が感じた別の心理面の変化について、面白い体験をされたと教えてくれました。

この話を私にしてくれる数日前に、静岡県の裾野市にゴルフに行かれたそうなのです。季節はやっと桜が開花したばかりだったので、富士山は冠雪し真っ白でした。

その富士山の姿を見て、ふと加藤さんは思い出したそうです。「富士山をこんなにまぢかに見たのはいつ以来だろう？　しかも、冬場で雪をまとった富士山なんて、少なくとも30年間は見た記憶がない。ということは、次見るのは30年先かもしれない……そんな先まで自分が生きている保証はない。だとすると冠雪した富士山をまぢかで見るのは、これが最後になるのかもしれない」。

このことに気がついた瞬間、その時目の前に広がっていた富士の雄大な姿がいとおしくてたまらなくなったそうです。


改めて言うまでもありませんが、日本のシンボルである富士山が急になくなってしまうことは、常識的に考えればまずあり得ません。

それでも加藤さんが、「冠雪した富士山を見られるのは、今回が最後かもしれない」と感じたのは、肺がんを体験し、これからも当たり前のように毎日を過ごすという感覚を失ったことが大きく影響しています。以前にも述べましたが、人は大きな喪失を経験すると、今まで当たり前だと思って接していたものや、やっていたことの持つ意味が非常に大きくなるからです。

家族や友人と楽しい時間を過ごすこと、きれいな風景を見ること、おいしいご飯を食べること、これらは意識しないと当たり前のように通り過ぎていく時間かもしれませんが、こういう毎日がいつか失われるかもしれないと思うと、とってもいとおしく思えてくるわけです。

千利休の言葉と言われる「一期一会」もこのことを言っています。もう二度と会うことができないかもしれない、だからこそ今の出会いを大切にしようという気持ちにつながります。この考えは古代ローマ人の「メメント・モリ（死を思え）」という教えとも共通します。

第2章でも書きましたが、ミドルエイジクライシスでは、人生前半の「自分は成長し続けられる」という見通しが〝幻想〟であることを悟り、そして老いや死と向き合うことになります。しかし、老いや死を意識することは、全て存在するものは絶えず移り変わっているという感覚、無常観につながります。そうすると、目の前にあるものが当たり前ではなく、そこにある種の深い感動が生まれたりするのです。

いつ「死」がやってくるか分からないということを直視することはつらいことですが、「美しさを感じることができる人生」が待っているのです。

なぜマインドフルネスが注目されるのか

最近、マインドフルネス瞑想《めいそう》法が着目されるようになり、現代人が疲れたときに、心を休ませる方法として多くの人が興味を持つようになりました。マインドフルネスの源流は東洋の瞑想にルーツを持ちます。マインドフルネスを簡単に説明すると、「今現在において起こっていることに十分な注意を向ける」ことを指します。

イラストはマインドフルネスに詳しい精神科医である藤澤大介先生から教えてもらったものですが、きれいな自然の中を親子で歩いている様子を描いています。子供の頭の中には目の前の自然の景色がそのまま浮かんでいます。これはまさに心が満たされた（mindful）な状態です。しかし、一緒に歩いている父親の頭の中は明日の仕事のことで頭がいっぱい（mind-full）で、美しい景色を感じるゆとりがありません。

マインドフルネスに多くの人が惹きつけられるのは、いかに今この瞬間を生きることができていない人が多いかという証左になります。

強い「ｍｕｓｔ」の自分がいると、なかなか心が満たされませんが、強い「ｍｕｓｔ」から解放されるとともに、「今・ここ」の感覚に目を向けていくことに意識的に取り組むことも、子供の頃の感性を取り戻すことに役立つでしょう。

「今・ここ」を充分に味わう感性をよみがえ

らせるには、きれいな自然の中の方がよいのかもしれませんが、都会生活の中でもできることがあると私は思います。

人間には五感がありますし、常に働いているわけですから、自分が何を感じているのかきちんと意識を向けるのです。

例えば、ご飯を食べるとき、テレビはつけずに、静かな空間で食事と向きあうこともそうです。まずはふっくら炊けたご飯の湯気の温かさとにおいを楽しみます。一口ほおばったら、ご飯をゆっくりとかんでいきます。ご飯の形が崩れるとともに、口の中にじわじわと甘みが広がります。そして飲み込むときの喉越しをしっかりと感じます。毎日何となく食べているかもしれないご飯も、食べるプロセスにしっかり意識を向けていくと、私たちはさまざまなことを感じていることに気づきます。

アスファルトの上を歩くときだって、一歩一歩踏みしめている足の感覚を大切にすると、私たちは地球の引力に引っ張られながら大地の上に立っていることを実感します。

最近、東京の夏は長く、しかもものすごく暑くて閉口しますが、照り付ける太陽とじめじめした空気を感じることはまさに東京の夏を味わうことになります。しっかり夏を味わうからこそ、秋になって涼しくなったとき、過ごしやすい風の中のきれいな紅葉を見に行くと、秋の良さをしっかりと感じることができるのです。

心で聴く音楽

私は、音楽が好きで、いろんなジャンルの音楽を聴きます。

窮屈に生きていた頃はクラシックが聴けず、ジャズやボサノバが心地よかったです。クラシック音楽はリズムの縦の線がはっきりしており、各演奏者の自由度が比較的低く、周りに合わせるという感覚が、当時の窮屈に生きていた私にとってはしんどく響いたのです。しかし最近は、クラッシックのコンサートにもよく行きます。演奏者の心が一つになった時の、観客をも巻き込んだ一体感が好きです。

しかし「ｍｕｓｔ」の自分にとらわれていた頃は、オーケストラを聴きに行っても、演奏技術のうまい下手にやたらとこだわり、音を外していないかとか、ほころびがないかなど、どこかあら捜しをするような態度で聴いていました。

庄司紗矢香さんというバイオリニストがいます。彼女が弾いているシベリウスの『ヴァイオリン協奏曲』という曲を聴いた時に、自分自身の音楽の聴き方に大きな変化が生まれたことに気がつきました。

シベリウスは、フィンランドの国民的作曲家です。『ヴァイオリン協奏曲』は、ものすごく物静かな始まりで、大地にしんしんと雪が降るような感じです。ところが、途中からすごいパッションあふれだす曲です。

まるで、激寒のフィンランドの中で、非常に熱いものが燃えているようなイメージが迫ってくるのです。

庄司紗矢香さんの演奏は体全体で表現され、非常に情熱にあふれているのですが、そこからは、「他の人にどう思われたい」というもくろみのようなものは、私には一切感じられませんでした。

人によってはその身ぶりの大きさをオーバーリアクションと感じるかもしれませんが、曲と、庄司さんの「ｗａｎｔ」が一体になってその世界が見事に表現されているので、不自然さは全くありません。私はその演奏に聴き入っていく中、自分の感情にも温かいものが燃え上がり、なぜか途中から涙があふれてきました。

そして、彼女の演奏を聴いたときに、「ああ、私もこういう音楽を感じられるようになったんだな」と安心しました。

以前は憧れていた谷川俊太郎さんが表現する『生きる』こと、それを私もできるようになってきたと思ったのです。

この変化が起きた後、演奏の聴き方が全く違ってきました。反対に、全く心が震えないものもたくさんあることが分かってきました。プロの有名なオーケストラでも、消化試合のように冷めた気持ちで、音符だけをなぞっているように聴こえる演奏もあります。そんな時は最後まで私の気持ちも冷めたままで、がっかりした気持ちでホールを後にします。冷めたプロの演奏よりも、技術は稚拙でも心がこもったアマチュアオーケストラの演奏の方が、はるかにいいなと私は感じます。

アスファルトに咲くタンポポを美しいと思えるか？

中年期の危機を迎えた後、人が目指す道筋をユングは「自己実現」あるいは「個性化」といいましたが、これはそれまで「ｍｕｓｔ」に支配されて抑え付けられていた「ｗａｎｔ」を解放するプロセスです。「個性化」という言葉が指すように、もうこのプロセスは誰かをお手本にするわけにはいきません。

しかし、今まで述べてきたように、私自身の体験や、お会いしてきたクライエントの変化から、個性化を果たした先の形に、ある程度の共通項はあると言えるでしょう。それは、第４章で述べてきた愛であり、この章で述べてきた美の世界です。

自分の感性が解放されることで、いろいろな美しいものを感じられ、「生きている」という実感が持てるようになることについて書きました。それまでは見向きもしなかった、アスファルトを突き破って力強く咲いているタンポポなどにも生命力を感じ、「この花はすごいなぁ」と感動できるようになるのです。

つまり中年期の危機をくぐり抜けるプロセスを要約すると、やがて迎える「老・病・死」という人生の真実と向き合い、それまで大切だと思っていた地位や業績、資産などの価値が色あせる中、決して価値を失わない「愛」と「美」の世界に気づくことだと私は考えます。真・愛・美※という3つの道しるべを心のどこかにとどめておくことは、人生後半を豊かに過ごすための大切なヒントになるのではないかと思います。

※真・愛・美という3つ組は、精神科医の泉谷閑示氏から示唆を受けたものである。

おわりに

ここまでお読みになっていただき、ありがとうございました。ミドルエイジクライシスへの対応法について、いろいろと書いてきましたが、どのように感じられましたでしょうか。理屈としては理解したが、実践するのは難しいと思われる方もいらっしゃると思います。何より、ミドルエイジクライシスの最中にいた私も、様々な書籍を読んだ時にそのような感想を持ちました。

私自身が危機の真っただ中にいるときは、まるで鬱蒼とした森の中をひとりでさまよっているような感じでした。それを通り抜けた今の地点から当時を振り返ってみると、「なんだ！そういうことだったんだ。」という理解にたどり着くのですが、苦しんでいるときには、いつ出口にたどり着けるのか、先の見通しが全くつきませんでした。

思うに、ミドルエイジクライシスを抜けるには、今までやってきたことと正反対のことに取り組む必要があるという難しさがあります。人生前半は「手に入れる」、「挑戦する」、「頑張る」といったプラスの方向が正しいことと考えて進みますが、人生後半はまったく別のべクトル、つまり「手放す」、「あきらめる」、「適度に休む」というマイナスの方向のことがキーワードになります。慣れ親しんできたプラスの方向の努力から離れるのは簡単ではありません。頭でミドルエイジクライシスの理屈を理解して、きっとそれが正解だと思っても、いざやろうとすると、「ほんとうにそうかな？」、「そんなことしちゃって大丈夫なのだろうか？」という恐れが顔を出すのです。

私自身の危機を振り返ると、30代はつらいながらもなんとか歯を食いしばって頑張っていましたが、40歳を過ぎてからいよいよ踏ん張りが効かなくなりました。この頃は「ああ自分はダメな人間になってしまった」というような罪悪感、敗北感のようなものを感じるようになっていました。

そのころの私にとって、がんを体験した方が私に語ってくださったことは、進むべき方向性を示してくれましたが、実際に自分がそのように振舞うには勇気がいりました。「あの人たちは、人生が限られていることがわかっているからそうできるのではないか。先が長いかもしれない場合はそうはいかない。」と考えることもありました。様々な自己啓発本にも同様の示唆がありましたが、内容は理解できても、そのとおりに実行することはやはり難しかったです。

しかし、勇気を出して、恐る恐るマイナスの方向に進むことを始めてみました。最初は手ごたえもなく、中途半端に頑張りを手放したころがいちばんつらかった記憶があります。頑張るのをやめだしたころ、「あいつはどうしちゃったんだ?」みたいな声が聴こえてくると、とても不安になりました。それでもさらにプラスの方向の頑張りをやめていくと、景色が拓けてきました。私の場合それはおおよそ45歳ぐらいのときだったと記憶しています。踏ん張りがきかなくなってから、楽になるまで、だいたい5年かかったことになります。

今思うのは、次のような感じのことです。人生前半はみな成長しますので、人生は競争ではないのですが、他人と比べて差が開くように感じることがあります。しかし、人生後半はみな衰えて行き、差が縮まって、最後はすべての人が死という同じゴールにたどり着きます。だから他人のペースを気にする必要はないのです。みなさんいっしょに、ゆるーく人生を歩みましょう。

最後になりますが、私のクライエントである、がんを体験された方やそのご家族に、こころから感謝申し上げます。今回も多くの方々に、お話しいただく内容を掲載することを許していただきました。今回は、がん体験後の心的外傷後成長に焦点をあてて書かせていただきました。そこに至るまでの苦悩や、新たな心境になったとしてもそれと隣り合わせにある不安や喪失については十分に記述できておりません。なので、もしかしたらポジティブなところだけを切り取ったような印象を持たれた方もいるかもしれません。しかしあくまでもこれは、ミドルエイジクライシスを通り抜けた先の生き方を示唆する、という目的に沿うためです。本書は、がん体験という観点からはその一面を描写したに過ぎないことを、最後に申し添えておきます。

２０２０年９月

清水　研

著者略歴

清水 研（しみず・けん）

1971年生まれ。精神科医・医学博士。金沢大学卒業後、都立荏原病院での内科研修、国立精神・神経センター武蔵病院、都立豊島病院での一般精神科研修を経て、2003年、国立がんセンター東病院精神腫瘍科レジデント。以降、一貫してがん患者およびその家族の診療を担当する。2006年より国立がんセンター（現・国立がん研究センター）中央病院精神腫瘍科に勤務。2012年より同病院精神腫瘍科長。2020年4月より公益財団法人がん研究会有明病院腫瘍精神科部長。日本総合病院精神医学会専門医・指導医。日本精神神経学会専門医・指導医。著書に『もしも一年後、この世にいないとしたら。』（文響社）、『がんで不安なあなたに読んでほしい。』（ビジネス社）がある。

SB新書　520

他人《たにん》の期待《きたい》に応《こた》えない

2020年９月15日　初版第1刷発行

著　者　清水《しみず》 研《けん》

発行者　小川 淳

発行所　SBクリエイティブ株式会社
〒106-0032　東京都港区六本木2-4-5
電話：03-5549-1201（営業部）

装　幀　長坂勇司（nagasaka design）

本文デザイン・DTP　株式会社RUHIA

イラスト　吉濱あさこ

編集協力　小関敦之

編集担当　水早 將

印刷・製本　大日本印刷株式会社

本書をお読みになったご意見・ご感想を下記URL、
または左記QRコードよりお寄せください。

https://isbn2.sbcr.jp/06060/

落丁本、乱丁本は小社営業部にてお取り替えいたします。定価はカバーに記載されております。本書の内容に関するご質問等は、小社学芸書籍編集部まで必ず書面にてご連絡いただきますようお願いいたします。

ISBN 978-4-8156-0606-0